当代中国小说榜

风起竹林

窗北青山 著

中国文联出版社

图书在版编目（CIP）数据

风起竹林／窗北青山著．--北京：中国文联出版社，2016.3（2023.3重印）

ISBN 978－7－5190－1292－2

Ⅰ.①风… Ⅱ.①窗… Ⅲ.①长篇小说—中国—当代 Ⅳ.①I247.5

中国版本图书馆CIP数据核字（2016）第 066496 号

著　　者　窗北青山
责任编辑　李　民
责任校对　李佳莹
装帧设计　中联华文

出版发行　中国文联出版社有限公司
地　　址　北京市朝阳区农展馆南里 10 号　　邮编　100125
电　　话　010－85923025（发行部）　　85923091（总编室）
经　　销　全国新华书店等
印　　刷　三河市华东印刷有限公司

开　　本　880 毫米×1230 毫米　　1/32
印　　张　9
字　　数　239 千字
版　　次　2023 年 3 月第 1 版第 2 次印刷
定　　价　78.00 元

目 录

第五卷　几贪欢

第六卷　千杯令

第七卷　一晌梦

第一卷　月胧明

第一章

天气一日比一日的冷。我猜想腊月的太阳约莫只是个摆设，透着淡淡的光影，没什么生气。

"阿故，为师让你三日之内练好一个起手式，现在三日过了，你在干什么？别告诉我你没听见为师说的什么。"

"啊不不不……师父我只是看……看此处景致很美好，所以哈哈……有感而发想写首诗呢。"

石桌上闲闲坐着的男子以手托腮，映着身后十里竹林，眼眸满含笑意，亮如新月："啊，情之所至，诗文助兴。你倒还记得为师教过你什么。"复而微微皱眉道："那么，诗呢？诵来与我听听。"

我眨眨眼，装模作样的咳嗽两声，望着雾霭重重的华山诸峰胡诌说："曾经沧海难为水，除却巫……呃华山不是云。"

"不错。背得很顺口。"

我张着嘴看他，半晌才低头小声坦白："好吧，我错了师父，我不应该骗你，我剑也没练诗也做不出，根本没把师父的话当回事，实在该挨罚了，但我以后再也不这么干了，真的。"

男子起身离开，烟灰色外氅拂过满地竹叶："那现在练吧，明日我要看你的起手式。"走了几步又回身说："你刚刚说该挨罚来着？"抚额想想道，"今天玄青门用晚饭的碗全给你洗了。还有，不准找你师兄帮忙练剑，否则这一个月的碗你全包了。"话音落地是一声笑。

1

风起竹林

我抬眼望望竹林，一阵清凉山风吹过，在这样舒服的小风下沐浴的我，心情却糟得没话说。我十分遗憾地想，一失足成千古恨啊，我和九唐约好去偷看她师父幽会的事又要泡汤了。

我不明白师父向来不拘小节的性格，为什么对这套剑法颇为固执。一个起手式，给了我足足三日。再者说，平常我哪一次练剑不是找师兄帮忙指导，师父亦一笑而过，今次居然明令禁止……真是让人不能理解。

可玄青门到底是天界屈指可数的大门派，小道消息的传播速度也是一流。就像前几日我听门中传言，说掌门不久要隐退了。

师父要隐退了……嗯，师父要隐退了……这句话怎么念怎么不顺口。师父这样头一号风流潇洒的神仙，连一日的关都闭不住，他要隐退简直相当于他要自己把自己憋死。

我进师门的时候八岁。我是被师父领回华山的，从前我以为玄青门是学习知识的地方，同时还要通过学习，明白将来要怎样混迹于世，就像是人间的私塾。

我听说能上的起私塾的都是有钱人，我也就自然而然地认为自己也是有钱人。又因为师父教导我应当扶贫救困，是以我曾拿了师父床底下私藏的一包袱银子，站在人间一个人烟稀少的地方，来一个人就给一两银子，还对人家说："扶贫救困，不谢不谢。"一站就是一天。但师父不体谅我的辛苦，罚我在炎辰殿祠堂跪了一晚。但我认为能成大事者都要有顽强不屈的精神，不管师父怎么罚跪，我都对此乐此不疲。直到师父叹着气对我讲："阿故，你不用扶贫救困了，你救的人已经很多了，老天都会感谢你的。"

当然后来我知道，这里不是人间，师父是神仙，我生活在神仙的世界里，而玄青门是这个世界里生产神仙的地方。可新问题又来了……我不明白神仙是什么。

幸好我同门的好友九唐先我两年入玄青门，明显懂得比较多。她这样说："阿故啊，其实所谓神仙，就是可以长生不老啊，可以不吃饭、喝水、上茅厕，还会许多法术。你不知道一共有三界么？天界是神仙住的，凡界就是人住的，地界是妖魔鬼三族的地盘。神仙彼此也不一样呢，有些生来就是神仙，有些是凡人修炼成仙的，玄青门就是教你怎么修炼成神仙的嘛。"我才终于搞懂。

还有一点让我很困惑，那是与我周身环境所不相干、我自己的问题，我没有从前的记忆。记忆里出现了一个断层，把我进师门前的八年过活都埋没，每当我想去触及，太阳穴上的那颗朱砂印记就烫得灼灼逼人。我不知道自己娘亲是谁，阿爹是谁，连师父都刻意避开来不让我晓得，昨个儿还说我是他从东海海底捞来的，今日又改口成了是他老人家从长白山山腰一棵松树枝上抱来的。由于师父叫余岚季，我叫余故，我曾一度认为师父是我父亲。我还记得我第一次试探着叫师父"阿爹"的时候，师兄把整个香炉摔在了地上。

我的师兄，姓段名温言，是天界有名的天才。原是因为我还没进玄青门，师兄他就下凡界游历了，才导致我一直自信地认为我是掌门大弟子，所以每天就可以胡作非为……胡作非为也是不行的，会被师父罚抄经书。

我第一次知道我有个师兄，是师父跟我提起的。他脸上有骄傲神色，说："你师兄七岁进师门，两年就得了仙身，此后五年成了上仙，这是天界从没有过的稀奇事。"后来总有人跟我谈论他，说："你师兄是整个世界的奇迹，他……"我就接话："我知道我知道，他原先是个凡人，七岁拜师九岁得仙身，还当众单剑败过浮止上仙，从此名动天下无人能及是惊才绝艳天赐奇才，十四岁就修得上仙阶品，把三界都耍得团团转，您不必说了我都明白。"这时候师父就会拿眼瞪我。但我感觉没有什么，只是所有人都觉得他们比我更了解我师兄，这实在是不太正常的一件事。

事实证明我一点儿也不了解他，更不想去了解。别人都在我面前把他吹成了一个传说，虽然他的经历着实很传说，但传说听多了，在人心中就不那么传说，因此也就真成了传说。而他们越把他说得神乎其神，我就越觉得，这个人离我太远，说不定一辈子也见不着个活的。

直到我十岁那一天。

那时候，我每晚都梦到同一个梦。梦中是一片天目琼花的氤氲香气，隐隐有薄雾笼罩，像是在九重天上。面前坐着一个白衣女子，金丝软榻，锦衣玉饰。她斜倚窗檐，看向窗外，面上模模糊糊的，无论如何也看不清楚。她教导我说："小安，为神仙者定不要执着于身外之物，应潜心修道，一意养德，万不可迷了心智，堕天为魔。"我听着自己含糊应了句什么，却又听不大真切，每到此刻，这梦就停了。

我思来想去，觉得自己这两年随师父上天下海，见的人很多，但确然没在九重天上见到过这样一位白衣女子。我越想越觉得奇怪，就去问师父。

意料之中的，师父不告诉我。他眼含笑意地摸着我的头道："阿故啊，那天给你的剑谱，你练得怎么样了？赶紧去竹林练剑去罢。"得，又去竹林练剑，我哭丧着脸心中嘀咕，师父你编理由也换换样儿啊，怎么每次都是练剑啊……

要知这虽是个打发我的借口，但我若是不去竹林挥几下剑装装样子也实在说不过去，再者我虽已学会不少法术，却唯独拿这剑没办法，两年来一套剑法依旧是舞了这一招便忘了下一式。

我拖着师父赠的凉夜剑一点一点蹭进竹林。

玄青门是个悬浮在华山上空的门派，除大小亭台楼阁，习武念经之地共一百八十三处，最高处还立着三座大殿——各种活动、集会和议事的正殿炎辰殿，炎辰殿左边的掌门居所惜魂殿，以及炎辰殿右侧的五大长老居所结魄殿。

而我就住在惜魂殿上。

惜魂殿太大，坐落于华山南峰峰顶的一朵祥云，殿后院的竹林足足十里有余。

我寻了一块空地舞了那么一式两式，边喘着气边想着下一式是叫推……推什么玩意儿来着？想了半天没想出来，只得把凉夜剑一举，胡乱推了推，又煞有介事地再推了推，推罢垂下剑，再想下一式。

师父有很多爱好，其中一条就是钻研剑法。我现在舞的这套"寒梅破春"，便是他新创的。

这么停停顿顿舞剑舞得实在太累，干脆扔了凉夜剑召来一朵云，跳上去坐在云端，玩起束发的白绫。

这时忽传来脚步声，我以为是师父来检视了，慌忙想跳下去，装作练剑练得很认真的样子。不想一阵风起，我正手忙脚乱，手中的白绫竟被风吹了去，探身慌忙想去够，结果一个没坐稳眼看就要从云头上栽下去。

幸好我在关键时刻头脑总是十分清醒，空中双手结印，默念了个诀。最终还是没捞得着栽下去的。

不然师父见自己这徒儿从空中忽的掉下来，还摔了个狗啃泥，不但不会伸手去扶，还定会先大笑一番，待笑够了，再瞪瞪黑眼珠子，装作一副他是想忍笑没忍住的表情。

我能想象的出来。

稳了稳心神，我睁大眼睛强作镇定地往下一看。可巧不巧，这段白绫当真会找地方，此时正不偏不倚落在一个玄衣少年头上。

我刚庆幸来人幸好不是师父，转念一想不由渗出一身冷汗。

既然来者不是师父，那那那还有谁能上得这惜魂殿？只有师父才知道解开结界的令决啊！莫非……师师师师父你快来救徒儿啊。

正当我胡思乱想疑神疑鬼之时，玄衣少年抬指撩起白绫，朝云上望去，清浅一笑。

我整个人都呆住了。

眼前的玄袍少年，高挑的身段，如墨的黑发高高束成辫子，用冠套着。眉眼英气，脸颊轮廓硬朗，像从画中淡笔勾勒出的。琥珀色的眼，九天的繁星都尽数落在他的眼眸，而他在一片星光中望向我。

我僵硬地笑笑，不知道该说什么好。

他扬了扬手，示意我下来，又顺势做了个法术将白绫重新束回我头上。于是我还真就从云上跳了下来。

他拎起躺在一棵竹子下的凉夜剑，在手中翻了个个儿，"来，我教你。"话毕真舞起剑来。

山风清凉，竹叶飘飞，也不免沾几瓣在他的玄袍。

我刚微微回神，即刻又愣住了。

一招一式，招招式式，寒梅破春，九州失色。

一套剑法舞罢，少年将凉夜剑往我跟前一递，问了句什么。我没听清。他又问了一遍。

我正在回忆他刚刚到底问了句什么，于是这遍我又没听清。

他道："你……"

我终于想起来："我……我叫余故。"接了凉夜剑。

他自顾自道了声："余故。"顿了顿复又低低喃道："余故。"默了一会儿，才又说："你舞给我看看吧。"

我努力想着剑谱上所写，结果还是一点儿长进也无，玄袍少年轻叹一口气，几步上前，右臂环住我肩膀，握住我右手，从第一式开始手把手地教。

我当场惊得打了个哆嗦，从第一式到最后一式都绷紧了像根弦。

教过剑法，少年直将我送到惜魂殿门口。我见他竟还无走的意思，正欲开口问，就听师父的声音从殿里传来："温言，阿故，进来吧。"

　　我反应了半晌，迷茫地望向身旁人："师……兄？"

　　后来想想，他教我剑法时应该已经知道我是他师妹，我那时却不知为何没有想到问他名字。

　　这是我第一次见他，知道他就是那个勾勾嘴唇就能轻易将三界翻个个儿的段温言。但最要命地是，通常完事之后他本人已经云淡风轻的回去喝茶去了，当事人才明白自己被耍了，三界也恍然大悟地发现时局已经变了……

　　是因为他太光芒万丈，我才要用好长时间来适应他是我师兄这样的事实。那个只活在世人的传说故事中的人，在那一天突然闯进我的世界，来到我身边，从此夜夜梦回。

　　所谓那一天，就是仙历四十万零八百五十三年，七月二十一。

第二章

我师父有一句名言，它是这样说的："世所以为世，以人之生矣，而人为，乃成世。若人为而不道，世则难存。即为须从性，勤勤于本，于法之内，以好而为。如是，则世变而不失其真也。"

我初次听到觉得这话真是没什么条理，让人一头雾水。师兄就在旁边压低声音同我道："师父的意思，其实就是人老了，要有点儿爱好。"

我一想，这话果真不假，师父他老人家八千多岁高龄，最不缺的就是爱好这东西。不过通常，师父的爱好于我没有什么影响，唯一有影响的就是剑法和观水东宴。这剑法呢，之前已经说过，师父喜欢编剑谱。而且闲着没事儿就编套剑谱来给我和师兄练练。对于师兄当然没什么事，对于我可就有事了，就有大事了。所以我常常私下里希望师父每天越忙越好，越忙越好，千万别没事可干，要不然我就有事干了。

再说观水东宴。华山玄青门的观水东宴，这是天界人尽皆知的事。这宴席设在正殿炎辰殿，每月十八都有一次，来的都是各路的名仙高人。所谓"陪君看细水长流天地老，生生执手世世情"这种让最风流的神仙听了都觉得酸牙的主题。

观水东宴的排场阔到让人咂舌，只仅次于九重天上王母娘娘的蟠桃会。没有一样重样的菜，献艺的歌舞姬都是最好的，席间金碗玉盘，推杯换盏，师父每月都要为这个烧好多钱。经常听他暗自感叹哀悼他的金子，但到了十八号又乐此不疲地准备。我觉得师父这个人实在是个矛盾的存在。

每次宴席无不欢愉，多是一醉到天明，茶凉酒寒人才散尽。我虽是修为不算高，琴棋书画学的也不如尽人意，但至少做饭是个拿手的活计。每次晚宴的厨工名单我总在列，亏得是九唐也同我一起。尽管是，师兄做的饭也很好，特别是煲汤的手艺，但缘由他自己不愿意当厨工，师父对他要求也格外少了些，是以每次晚宴他总是端正坐着等饭上桌的人。

记不清是几年前的那一次，发生了一件令人意想不到的事。

那天炎辰殿上人还未到齐，师父向我招手，和颜悦色道："阿故啊，上次的沸腾鱼做得好，今次多做几条来。"我答了声好，侧身进了厨房。

厨房的烟火味很是熏人，烧菜开火的声音也很难听，我用块青花布把三尺青丝整个包了进去，以免做完菜头上的油烟味浓得就已经不能见人了。

我做鱼的时候，九唐跟我有一搭没一搭地聊着话。她将一根小木棍探进灶子里，让火生得更旺些，然后对我说："阿故呀，你知不知道，最近仙尊经常大半天都待在方丈仙岛。"

我没听清，回道："那不正常，师父一直和蓬莱岛掌门来往甚密。""不是蓬莱，是方丈。"她略微顿了一顿，"你可知，方丈仙岛的

掌门是个女上仙。"

我手一抖，把大半袋盐都撒进了鱼汤里。

师父看着我无奈道："你下山重新去买食材吧。"我顺从地应了。实则在座的大多数，只要修得个上仙阶品的，皆是手掌一翻就变出一袋盐和几条鱼来。可师父在饭食上着实是讲究了些，变出来的食

材味道自是不好的，所以每每都是派弟子下山去凡界买食材。

我从炎辰殿下到玄青门正门，刚一出门碰到一位女仙，她身着红袍，长发正绾，容态亲和，望我一眼说："我好似是在上次蟠桃会上见过你，你可是余岚季上神的小徒弟？"

我微点头："是，我叫余故。姐姐可是来赴晚宴的？"

"正是。"

我回想着从前没见过她，约莫着试探："那……姐姐是方丈岛的掌门？"

"啊，莫不是你见过我？"

"未曾，是师父提过。"

"是吗？你师父他，同我倒很谈得来，琴棋书画，他颇有志趣。"我心里想着，他除去琴棋书画，还对作诗填词喝茶饮酒种花栽树

制衣配饰钓鱼念经读书美食制香乐理赏花游历天文地理剑法女红都很有想法，唯一就是对管好玄青门当好这个掌门不太在意。

可话一出口终归是变成了："当然，他还是个好掌门师父。"

如此寒暄了几句她便上山去了。

概是天色已晚，再加之华山地处并不繁华，山下卖食材的店铺已熄灯打烊了。我想既然已经下山了，不妨就再找找看，腾起一朵祥云朝南面御风而去。

不过一刻，我行到一座小山头，看山腰间隐有灯火，就此降落。

这倒是个热闹的小村子。街上灯火通明，街上的老百姓都穿着礼服，街边多是卖些小东西的，还有杂要，卖点心的。我想说不准是遇上了什么节日，一问才知是当地的习俗，每月十八家家户户做糕点，家人共享。

我想这样真好，天界亦没有这么热闹。

我看见路边一家鸟店，尽是卖鸟。门口挂着一只鸟笼，笼中鸟

通体鲜红，眼如杏，头上顶着两根朝天羽毛。我心道这鸟的模样倒真是有意思。身后却突然传来轻飘飘的一句话："你倒是有兴致。"我不转头便知是师兄。

笼中鸟"嘎"地叫了一声，拍了拍翅膀。

我道："师兄，你来这里做什么？"

"许久不见你回来，我循着你的仙气过来看看。"

我眼观转向笼中的红鸟，它轻轻歪头。

"我已是个神女了，下个凡界什么的不会出事的。"

他淡淡丢了句："傲气。"

"这位客官好眼识！客官可知这鸟是西域的品种，与长安城里当今圣上的那只爱鸟长得可像呢。"店老板左手指着鸟笼，右手抚着山羊胡，挤眉弄眼道。

我说："师兄，我们买下它可好？"

"今夜你看好什么，尽可以买。"

我两眼放光问店老板："多少银元？"

"二两黄金。"

这么贵！我当即瞠目结舌，转头眼巴巴望着师兄。

师兄轻轻勾唇，修长手指没伸进随身银袋里，倒伸了左边袖子里，手背一翻，再出来时，掌心已托了两块黄金。

最终是我拎着鸟笼，师兄走在后面。我将手探进笼里拨弄着鸟头上的羽毛："这只鸟，我们叫它二毛好不好？"

师兄看我一眼，说："倒是个形象的名字。"

这条街当真是长，灯火一路呈金龙之势，蜿蜒顺山路而上。我们边走边又买了糖葫芦、桂花糕、烤肉串和一支仿玉步摇。

我说："师兄，我们何时回华山？食材还没买……"

师兄看着我："华山的话，不用回去了。天晚又在凡界，诸多不便。我已经跟师父传音说过了。今晚我们就在这附近找个客栈什么的，凑合着睡一夜吧。"

"哦……哦哦……"

后来，我被一只白毛小狗吸引住了，因我觉得它甩头的动作很可爱。我转头看着师兄。

他看了一眼小狗，挑挑眉道："不行。"

"你……你不是说过买什么都行的嘛……"我垂眼看着地面，低声咕哝，又偷偷抬眼看他。

他略微仰了仰头，眉头轻轻拧在一起，似是若有所思地说："我后悔了。"

我们在隔街稍远的一处有泉的地方找到一家客栈。这是家陈设简单的小客栈，正门垂帘，有夜风拂过帘珠时珠子碰撞的叮叮当当声，珠帘边上点着两盏用油纸罩起来的油灯，灯罩上拴着铁丝挂在屋檐的突起处，油纸罩呼啦呼啦的响，火苗摇曳许久，险些熄灭。

店里灯光昏黄，柜台的方桌后面空无一人。我扒着桌沿把脖子伸进里面看，发现掌柜的躺在椅子上面已经睡着了，轻微打着呼噜。也不知是这动作挤着二毛了还是怎的，总之它很响的"嘎"地叫了一声，那穿着粗布衣的掌柜惊得直接从椅子上掉在了地上。

我捋着二毛的羽毛，满意的看着掌柜蓬头垢面从地上爬起来，陪笑看着我们："二位客官，您……要房间？"

我说："啊啊，给我们两间房吧。"

师兄严肃看着他说："一间就行了。"

我惊诧地望着师兄："什……什……"

掌柜看看我，又转而看看师兄："好好。这边，请跟我来。"他绕过桌子，领我们往黑幽幽的回廊里去。

房间还算是宽敞的。我把装二毛的鸟笼放在一张圆桌上。

忽然师兄从椅子上站起来说道："我出去一趟。"

我不解："啊？可晚上这么黑……"

却见他径直走向门边，重重地说："阿故，你就守在房间里，别出去，若是累了就歇息着吧。"

我含糊应了一声，瞥见窗外隐隐浮了一层浅浅的金光。

师兄却一夜都没有回来。我原是在他走后不久就熄灯上床的，大概因了那金光的缘故吧，我并未睡好，迷迷糊糊醒来好几次。终归是我揉着头发起床的时候，师兄的玄色衣装才从窗外的草地里慢慢的显现出来，一起一伏地朝这边走来了。

师兄进门便说，今天一早就回去吧。我打着哈欠拎着二毛从客栈出来的时候，院里泉水正呈现出一种亦蓝亦绿的颜色。我听见师兄轻轻说了句什么。我思忖好半天也猜不透其中的意思。

他说的是，终还是难，唯一是西北那边还可以一试，不知他们来了多少，也得见机行事。

我跟在师兄身后，未去理会师兄的话，在华山时，师兄便常常神出鬼没，他的事我并不知道多少，这样奇怪的话，我不指望能理解。

师兄领着我向东南方向走，顺着昨晚长街的方向上山。时候尚早，山里很静，前面的小路不很清晰，半空里笼着一层白雾，其里似乎融着一种傍晚天空样的紫。我加紧往前跟了跟，一寸寸的挪小碎步。

越往前走，雾渐浓，涌动的深紫色光流绕着我们周围流动，又突然隐去了行迹。我只觉是有很多双眼睛在盯着我们。

我哑着声音浅浅的叫了声："师兄。"

师兄束起的长发在飘动，可他没有回答，甚至也没有停顿一下脚步。

越走着，我几乎已然看不见前面的东西了，可唯能看见师兄的玄色长袍时隐时现。忽然他停下了，我撞到他身上，二毛轻叫了一声，他略一扶我。虽然看不见身处何处，但我明白我们离山顶已经很近，走了这么长时间，应当是很高了。

师兄唤来了白云，顶大的一朵云，它就匍匐在我们面前。他站上去，回过身来向我伸出手："阿故，上来，我们乘一朵云。"

我想这也真是奇怪，可我终究还是握住他的手上了云。起先他飞的也并不快，可雾太大，我脸上就蒙了一层微凉的水泽，于是我垂头看着地面，即便是白茫茫的什么也看不见。

突然快了，风吹得微微有些凉意，我拽住了师兄玄色的袖角，裹紧了白衣。

云朵颤了一下，像情急之下要躲过什么。我从师兄背后探出头向前望，时隐时现的紫光就蓦地蹿到我眼前，我心惊之中侧身闪躲，不想一不留神二毛的笼子从我手中掉下云去。我听见二毛越来越远的叫声。我叫："二毛……"可声未落音就忽而没了音调，像被洪水瞬间淹没了嘴唇。

我惊异地睁大了眼，发现我们已经不在刚才的地方，云下是我昨晚刚来这座山时，从天上落下来的地方。山的西北面，雾消失了，风却更猛烈。我们飞得很快，抬头一望，就望见我们前方笼罩着什么淡淡的白色轮廓，只一层，泛着白光，以及上面暗涌的浅淡的紫色光流。

我们冲了过去。

因为烈风的缘故，我的白衣被风吹得飒飒作响。师兄侧身揽了我的腰，猛力一带，将我带到身前。我惊恐的抬头看他的脸，他脸颊轮廓清明，脸上却一丝表情也无。我攥紧了他的衣襟，整张脸都埋进他衣服里，头抵住他的锁骨。

他身上有桃木的香气，我总是喜欢闻这样的味道，他惯爱用桃木来熏香，有时我会找他讨要一些放在自己厢房里头用。

没过多久，或者说仅仅是一眨眼的工夫，我们猛撞上去，撞在那层白色轮廓上。我的脸依然埋在师兄的胸口，他用手臂环住我的头。有细微的声响，叮叮当当的声音。我抬起头来，我们脚下已经没有云了，我和师兄就这样悬浮在半空。而那原本浅淡的白色轮廓，我认出那是结界的边界，此刻上面尽是浓厚的紫色。

"段温言，纵你是余岚季的徒弟，名震一时，斗得过你们天界那些浪荡子弟，可还斗得过我们联主么？我们联主赌上了你会来这边，把所有兵力都压在西北角上，你倒当是我们联主心血来潮了？"

也不知是何时出现的一男一女，并排立在我们跟前不远处，那男人着一身蓝衣，头上戴冠，声调倒是阴阳怪气，劈头盖脸一席话。师兄不语，垂了头看我，他不笑，眼睛里像是有一片深海，我看不懂那海底里藏着什么。他把声音闷在喉咙里，轻声说话，吐息就在我的耳畔。他说："今天要从这儿走出去，怕是要费一番周折了。阿故，你可得耐心一点儿。"

那男人掂着剑柄走上前来，二话不说直攻师兄面门，师兄手起一个旋涡挡住了，他剑头一转，蜿蜒而下又攻师兄小腹。师兄侧身一旋就到了他身后，将手伸进了随身锦囊内，拈出四只匕首。

因玄青门有个师父赠徒弟兵器的传统，据说当年师父将师兄收归门下时，本想赠他一把剑，但他自己不愿佩剑，免得累赘，师父就赠给他五只锥形匕首，装在随身锦囊内，令他以天地灵气调养，日月光辉浸染，五行之力强化。后因师兄五行唯独对水行一窍不通，只养出四只匕首，即金，木，火，土。另一只匕首归还给了师父，现在正躺在我厢房里头。

师兄手掌一翻，四只匕首就全飞了出去，听着师兄操控，各放光华。蓝衣男子也不用法术，亦不招招致死，反而带些玩味，招法路数诡异，常常意在攻一处，剑锋一转又指向别处。

我渐渐地已看不清他们使了什么招数，只见是师兄的匕首放出的光，金木火土四行纠缠在一处，将他二人围在其中密不透风。

远处站着的那个女人，一身绿衣飘摇，脸上垂着面纱，一闪身就绕到我眼前。她用双刀，可我却看不见她的手。她把整只手都敛在绿色广袖里。我知道我只是个半吊子的神女，看她一招一招速度飞快，我心里到底还是害怕。

那蓝衣男子终归还是敌不过师兄，终于被四只匕首齐齐抵住脖颈。一直纠缠着我的绿衣女人上去帮忙。这时我瞥见很远的地方站着一个红衣人。红色本是很惹眼的颜色，可那抹红色极淡，像是在我们之间隔了一层薄膜。

那人走过来了，他挨着我近了，身上的红衣就忽然红得热烈，好像被血浸过。他走到我眼前。是个男子，紫色的长发披散。他的眼睛掩盖在额头紫发垂下的光影里，我看不见。

我往后退了一步，他就上前一步，略略将头抬了一抬。就听见我背后的师兄大声说："阿故！不要看他！不要看他的眼睛！"

可是晚了。我看到了，那男子用手指挑起我的下巴，我直直地看着他的眼睛，无处逃避。他脸上勾起玩味的笑。他的眼睛是紫色的，突然间泛起波纹，像是一潭深水被投了一颗石子漾起的涟漪。他的眼睛越来越大，或是我越来越小。我寸步未移，却一寸一寸地接近他的眼睛。我觉出师兄在身后拉了我一把。可他没拉住，他的手从我的白衣衣角上滑过。

我进入了那男人的眼睛里。

第三章

　　他的眼睛里有一个房间。这个房间只有白色，没有其他颜色。我是有颜色的，黑的头发，玉色的簪，琥珀色的眸子，莹白的皮肤，凉夜剑上闪光的蓝水晶。

　　这个房间看起来没有边界，因为它全部是白色的，若不是我摸到了墙壁，我会以为我存在在一片虚空里。

　　这个房间，还有一扇门。这是我找了很久后好不容易发现的。整个房间就只有这一扇。我推开了门，迎接我的是一片黑暗。我望了望身后的房间，抬腿踏进了门。可是门外不是另一个房间，甚至不是平滑的地面。那像是一口深井，而我从井口坠落下去。

　　我就这样坠下去，很长很长的时间。起初里面是很黑暗狭窄的，后来越来越宽了。我感觉到一股阴冷的潮湿气息，尽管实际上我什么味道也没闻见。

　　最终，我下坠的速度变慢了。像是有一双手提着我的颈子将我缓缓放下去一般。我结结实实地触到了地面。可这却不像是地面。我脚下踩着的所谓地面是红色的，暗红色。地上有一轮绯月，它好像深深埋在地面下，可我却能看到。实际上，应当是九轮月亮，只有这一轮是发着亮光的，而其他的八轮，都只有浅浅的轮廓而已。这些月亮或圆或缺，总之没有相同的形状。

　　我所处的这个地方很辽阔，满目的黑色，这是真正的没有边际了。

而真正的地面，在我头顶上，看起来遥不可及。那有六条土黄色的小路。从我的位置能看见，一条通向沙漠，一条通向森林，一条通向草地，一条通向海子，一条通向方潭，一条绕过一圈又回到这里。

这是一个反转的世界，地在天上，而天在地上。一瞬间我刚才丧失了的感觉全都回来了，担心，恐惧，震惊，像洪水一样袭向我，淹没我。

我一寸一寸地挪向光的源头，那轮殷红的月亮，我小心地伸手去捧它，我原以为它会很烫，因为看起来它好似在冒着热气。不想在我的指尖碰到它时，它竟如水一样地泛起些波纹。到底烫不烫呢，我也不知道，我发觉我的手已经试不出温度。

那月亮的光开始渐渐暗下去了，我就惊恐得用手去护，可这次到底是没碰着它，眨眼的工夫，天地间全都是黑漆漆的了。于是好像有什么人背后看着我似的，我几次回头却不见人。忽而那边竟又亮起红光，是另外的一轮月亮，那是满月。红光渐渐地亮了，我却发现头顶的路哪里不对劲。

那些路在变换，譬如先前西边那条还是通向沙漠的，这会子又去往草地了。原这路也是会变换的，每换一轮月亮，小路就跟着调换位置。要放到平常，这自是个有趣儿的事儿，可这时看了却越发诡异妖媚。

突然地，四下里就响起个声音，好似空灵地摇摇欲坠地垂在头顶，又像是潜伏在周围，隐隐约约的，忽而转到左边儿来了，忽而又跑到右边儿去了。那声音拖着长长的回音，我听细了才发觉是个男人声音，他说："好玩儿吗？"我几欲抬手捂了耳朵，直到看见那个红色的身影从那边飘飘然而来了，声音便停了。

那人紫发无风自飘，红衣上缀着流苏的金边儿径自摇摆。他好像是身上挂了铃铛，边走着，铃铛的声响就起起伏伏，越来越大。他周身都像涌动着一股风，所过之处皆飘起落花，是些嫣红的桃花。

我也不知道这花瓣是哪来的，却只见他曳地的红裳摇着阵阵铃声，踏花而来。

等他近了些，我才开始恐慌起来。怎么会是他！我明明就待在他的眼睛里！

他在三尺之外站定了，铃声就停了，桃花瓣也渐渐落在地上不动。他略略地抬起头，露出深紫色的眼睛来，上下打量一下我，脸上有了一点笑模样儿，只是笑意未至眼底。他张口，声音轻飘飘的，带着回音："看你这形容是害怕了？你还未见着真正吓人的东西呢。"话毕他从腰间抽出个什么东西来，只是我竟看不见那是什么。他又说："垂菱说过，若是看不见，就不会害怕了。果真是这样？"他手腕一翻，我脖子上就贴上了一个冰冰凉的物什，像纸一样的薄，却凉得让人要打寒噤。

我不敢动，愣愣地站在那里。我面前这个男人脸上的笑意更深，将那冰凉的东西在我颈子上来回地蹭了蹭，冷厉眉眼略微的弯了一弯。他忽然敛了笑容，眯起眼睛盯住我身后不动了。我意欲转头去看，不想刚轻轻把颈子一偏，那冰凉的薄物就扎了我一下。我轻叫一声，忙又缓缓地把头转回来。

"是你师兄来了罢了，你可别乱动，若是我不小心伤了你呢，你师兄要来跟我索命也难说。"

我听见师兄的声音从背后响起了："你千辛万苦骗我们进这迷月阵，如今又拿出这东西来比量，到底是何居心？"

"我舞阑绝一时想干什么便能干出什么，我想干什么，还须得告诉你了？从来没有人能揣度我的居心，管他是神是魔是仙是鬼，要硬说有一个人呢，你们师父那余老头子，我还得考虑考虑。"

他声音轻佻，顿了顿，把我脖子上那东西撤了去，重新收回腰里了："难道你以为我会杀了她？留着还有个用处。不过难保我一时兴起呢。"

　　我趁机退到师兄身后去了，偷偷瞄了师兄一眼。他只是拿眼看着那舞阑绝，也不说话。

　　舞阑绝一抬手，一股紫气从他手掌里蹿出来，绕着他身子旋了一阵子，渐渐地没了，他周身的风又开始涌动，落花就倏忽腾起来，他的紫发顺着风飞舞。他轻巧转身，带起铃铛的声音。而后，他的头轻轻向后转了转，我只看清他半掩的侧脸，深夜一样的紫色瞳仁盖在一绺紫发里，他的嘴角微微扬了扬，抬起右手一摆道："等我有了兴致，改日再来与你玩。"最后一字还未落下尾音，他的身影已不见了，我再仔细找时，却见他已在很远的地方了，又是极淡的一抹红色，宛如落日时太阳留下的最后一抹余晖，渐渐散尽不见。

　　依旧有铃铛的声音，和着他最后留下的四个字："余——故——神女。"一字一顿的声音，拖着长长的回声，绕在我身边散不去。

　　我躲在师兄身后，紧紧攥住他的袖口，终于算是长舒了一口气。

　　对于这迷月阵，我是怕的，对于舞阑绝，我是怕的。因为到处都有太多的未知，我只是个神女，对于他这样的人来说，就什么都不是，跟个凡人也没甚两样。我记不得来华山之前的事情，我的记忆里没有身为凡人的经历。可到了今天这样的时刻，我才觉出一个毫无修为的凡人，是断不能离开凡界半步的，因为过于的渺小。

　　是了，一个凡人也太渺小了。

　　不久我和师兄发现，这里面是用不得法术的，什么金木水火土的，全全没有效应，这当真是算作凡人了。

　　如此算是无事可做。我回想这两天经历的奇异事，百思而不得解，想这事必是另有隐情。我想师兄知道的总归比我多，于是就问他这事的来由。他背对着我席地而坐，玄色的衣裳铺洒成泼墨山水，黑色长发用银铜冠高高束起，斜缩着一只玉簪，边沿未束的两绺黑发蜿蜒垂地，与一身玄衣相融相合。这样看来的师兄，仿佛有了一丝寂寞寥落之意。

我仔细观察他的动静，见他不知从哪里弄来一只箫，许是来时揣在袖筒里的。他把箫抵在了唇瓣上，缓缓吁出个单音来，那低沉阴郁的单音缭绕一会儿，便消散了。

我想他大概没听见我问他什么，便也就地坐了，摆弄凉夜剑上的流苏坠子，又往前挪一挪，把坠子上的玛瑙珠对准了地上月的光影，仔细欣赏里面流动的光亮。

忽而师兄问："你知道什么是黎天联么？"我答不知。

他道："黎天联，是魔族一个神出鬼没的组织，内分八大天团，分别为赤、玄、浑、魅、煞、诡、诃、齐，现今在世面上露过脸的就三个，浑天团、魅天团和诡天团。浑天团团主，便是刚刚在外面的那个蓝衣男人。魅天团团主是那个戴着面纱的女子，叫垂菱的，传言说她手的形状与旁人不同，总归是没人看见过。诡天团团主你没见过，是个戴着半张面具的男子。"

"哦。"

他再吹出一个单音，才又慢慢地说："如今没人了解黎天联多少，可外面的事他们倒都清楚得很。他们虽不像是到处惹是生非，却也搞不清他们的目的。师父也不止一次跟他们交过手了，里面的人个个都诡异不凡，实力远不可估量。平常日里你虽看不见他们，但每到三界出了大事时必有他们出现。总之是所有的事都是一人统领，黎天联联主，"说到这，他竟把嘴闭上了，缓了缓，才又听见他叹着气似的声音极轻地吐出三个字，"舞阑绝。"

印象里这似乎是师兄第一次一口气说出这么多的话。倒也奇了，自从师兄来了这阵里，我之前所有的恐惧、担心都没了。只要闻着熟悉的桃木香气，瞥见那一片玄色的衣角，就会很安心。我那时并不知道，这种感觉，原来就叫喜欢。

"昨晚我看你去的时间长还未回来，就请师父准我跟过来看看。

我来的时候整座山都被施了结界，唯独西北面结界还薄些。我想已经进来了就难出去，夜里交战很是不便，不如挨到早晨再来解决，于是在这山上住了一夜。夜里我去查探情况，给你屋外施了层保护罩，这才探得原是这帮人作祟。"

我安安稳稳地坐好，等着他继续讲。

他就真的又开口讲下去："我也知他们将兵力全压在西北角上，可结界到底是薄，东南面虽无兵来守，但结界厚实硬朗。此种情况，就只有使个声东击西之计，面儿上是往东南走了，实质也只得赌上一赌，若是冲得出去便罢了，冲不出去就再难走了。"

"那舞阑绝呢？这迷月阵为何在他眼睛里？还有刚刚那……那冰冰凉的是什么东西？"

"舞阑绝其人，生性妖异诡魅，最爱用幻术。他的幻术可以达到以假乱真的地步，刚刚不过是将你送进了个悬空的阵法里，就是这迷月阵。以他心高气傲，本不屑于用剑。要说他佩一把剑是用来杀人的，还真不如说是为了好看。刚刚贴在你脖子上的就是他的虚符剑，是把无形之剑，没人能看见它，就像没人知道黎天联的去向。"

"这迷月阵，七天后自破，我看他没有要杀人的意思，且看到时阵法破了他还难不难为我们。"

我见师兄语气平淡，似乎迷月阵并无什么危险性，就放下心来不去思考这些事。

他说完终于转头来看我，就这样脸上毫无表情地注视我。我再仔细端详他的脸，修长的一张脸，眉若刀尖，凤眼微挑，高鼻梁，单薄的唇，是十分英气的眉眼。

他突然笑出声来，抬手招呼我："阿故，过来，我给你看样东西。"我小心地走过去，在他身边坐下来。他放下手里拿着的箫，从袖筒里又拿出一只笛。是只玉笛，莹白的笛身嵌了细镂的纹样，勾画成一张山水图。

师兄把那只笛递与我，带了笑意道："这只笛我早想给你，师父想授你一件乐器，你既不善弹琴，就教你吹笛。"

我接了来，手指细细抚过上面雕镂的花纹，还有明黄的流苏笛坠上挂的铃铛。

我问师兄："师兄，你的箫有名字吗？叫什么？"

"叫北画。"

"北画……"我沉吟一会，再见笛身上月白色的山水图，莞尔道："那我给笛起名南歌，可好？"

南歌北画，师兄似被我逗乐了，轻笑一声看着我不言语。

我被瞪得不自在，就低头研究南歌。笛身上许多孔，大小不一。我举起笛来，仔细抵住嘴边，用力吹口气，一阵怪音就从笛子里蹿出来。我慌忙停了口，差点就把南歌掉在地上。

师兄看我狼狈，笑说："你拿反了，嘴应该放在这边。"他细长手指一指笛头那端。又拉我到他侧身来，让我仔细瞧着他吹箫。

他说，箫与笛吹奏方法有很多相像之处，只是箫是竖吹，笛是横吹。吹笛的时候，用唇瓣轻轻含出笛口。气要缓缓细细地吹，不能太心急。

我就似懂非懂把南歌含好在嘴里，很慢很轻的吹出一口气来。这回它干脆不出声了，半晌是我憋得没气，赶紧松了笛口，大喘几下才作罢。师兄哭笑不得，又耐心地教，嘴里还不忘了调侃。

他如玉的手指在北画上跳动，声似山泉涓涓。可我终归是不见多大长进，总算是能吹出音了，力度却总也掌控不好，手指亦是不够灵活。

听他箫声悠长，我赌气把南歌扔在地上，背过身去噘着嘴不吭声。反正也是吹不好，要吹出些奇怪的音来，不免又要挨他几句笑话。箫声仍响，待一曲终了，身后才没了声音。我用都瞥着想看他在干什么。还没等看着，从后面伸出两只凉凉的手，我忽的打了个哆嗦。

身后传来一声轻笑，白皙修长的两只手，撩起我的刘海来，食指勾起来狠狠敲了我额头一下。

我吓得一闭眼，半晌睁开，脸上有些发红，气呼呼地哼了一声。师兄的声音淡淡响起："脑袋笨不笨啊，琴弹不好，笛也吹不好，"那手顺势就将南歌拿回去，"要么你还我吧，免得可惜了这好笛子了。"

听闻这话，我立马转过身去，扑向师兄的手，一边又伸手去抢笛子："你都送给我了！君子一言，驷马难追，哪还有拿回去的道理！"

师兄手腕一翻，笛子转了个圈儿，别到一边去，倒顺势又扣了一下我的头。我哎呦一声，又去摸头，慌乱间，碰到师兄绾发的银冠，不小心拽了下来。墨色的头发如水倾泻，扫到我脸上，发上有桃木的香气。手指略过丝丝乌发，沁凉顺滑，好像置身另一处天地，有青竹茂林，清风款款。我怔了一下眼看要栽在地上，就在额头快要碰上地面了，一双冰凉的手揽住我的腰。我愣了一会儿，才赶忙站起来。见师兄举着笛站在旁边，琥珀色眸子里水波微漾，长发婉蜒垂地，带着几分懒散，却还能纹丝不乱。

他说："看你还敢不敢再这么野蛮胡闹。"

良久，我才反应过来他原是故意的，明明可以早接住我，非要在额头距离地面一寸才揽住，分明是想吓唬吓唬我。但想起自己刚刚确实胡闹，脸上又红了红，只好作罢。心想着非要把笛子吹好不可，暗暗下决心不要再听他笑话。

我径自坐在地上练了一天吹笛，手僵直发麻，耳朵听得快要炸掉。看着地上红月变换，算来也差不多到亥时了。师兄一直在修习背经，听我曲不成调的笛声也未受干扰。我心想师兄真真好定力。

我吹笛吹得乏了，想着应该睡了。这里又没有床，那躺在地上睡也没有什么吧。于是随便寻了块地方，退下簪子，解下白绫。将两件披风都脱下来，一件铺在地上，躺下去，一件搭在身上。

　　一会师兄走过来，也不说话，径自在旁边躺下了，拿手放在脑后算充做枕头。良久，我睡不着，爬起来看着师兄。

　　红色微光下，师兄脸上泛起些绯色，眼睛轻轻合着。我忍不住伸手悄悄碰一下他的眼睛，又赶忙缩回来。他没有动静，我便大起胆子，用手轻轻摩挲他的脸，他脸上温热，不似他的手那样凉。他微微动了一动，我慌忙抽回手，仓皇躺好，紧闭眼睛，衣服也忘了盖。

　　就这样睡着了。梦里好像感觉有一双冰凉的手拂过我的长发，我微微张了张眼，发现衣服整整齐齐地盖好，头底下不知何时被垫上一件黑黑的衣服当枕头，还隐隐带些桃木的香气。

　　我用力吸了几下，心里觉得挺满足了，才翻个身继续睡了。

第四章

白日里练笛舞剑，定更后诵经，时间就这么走了三日。

第四日凌晨醒来，我蓬头垢面从披风里爬出来，左右看看，不见师兄踪影。

这还真是再正常不过的了，没有什么新奇之意，师兄神出鬼没的行事风格，要说在华山那会儿还不太习惯，这几天里来也算叫我摸了个透。

我打个哈欠，穿戴整齐，花好大功夫将一头乌发理顺，将鬓边的两缕黑发绾成双花，这算是挺不容易的了，试想在没有木梳的情况下，将头发打理好，还得是盘好髻。好歹是缀上了白绫，戴好了簪，方见师兄的身影从很远的地方走过来。

"哟，醒了。"他径直过来，把箫从广袖里拿出来放好在地上，在旁边坐下，向我招手道："你过来。到底是个神女，几天不吃饭，行不行啊。"

我乖乖走过去坐下，师兄拽过我的右手，用食指和拇指捏住脉搏处。我意识到他要干什么，使劲把手缩回来，口里叫嚷着："没饿呢，我有仙身了啊，几天不吃饭不要紧的啊。"

我起身就要跑走，师兄一把扯住我的衣服，没用多大力气就把我扯得蹲下来，又扳过我的手，重新捏好。

看着右手手腕周围涌起的金色光波，雄浑真气顺着体内血液源源不断地流动。我想这是干嘛啊，当真古怪，我又没饿，这还活蹦乱跳得有劲没处用呢，给我输什么真气，就当我这么没用吗？

好长时间他才将我手放开，我不服气鼓起嘴巴不看他。他就拿起箫来吹，我听出来了，是那首《姑苏行》。我挺喜欢这曲子的，干脆就趴下来，用手撑地托腮，脚也不由自主得随着曲调晃起来，心里的气也就一点一点消了。

突然听到头顶上传来一声冷哼，抬起头撞上师兄那双乌黑的眸子。他往我腰间瞥一眼，我会意，从腰间取出南歌来，却不太有信心，抵在唇边，想起这三天来的苦练，鼓足勇气吹出来，却是出乎意料的合拍，我自己亦有些惊讶。

师兄似笑非笑看着我，剑眉一挑，曲调呈扶摇直上之势，我赶忙去和，手指不停变换才勉强跟上旋律。

我吹得辛苦，心里却很是畅快，这是第一次与师兄笛箫合奏，也总算没让他小瞧了我去。

听曲调婉转，我竟吹得如痴如醉，也有了人笛合一的感觉了。

突然间，师兄的箫声突然停了，还没看清是怎么回事，已被师兄打横抱起，在空中转了个个儿，一道红光擦着脚底飞快穿过去。再回过神时已落在两丈远的地方。南歌被我直直甩了出去，落在地上撞出清脆的声音。

是舞阑绝，红色的衣角被风吹起，及踝的紫发在风中狂舞，一反手竟又是一道红光，直奔师兄而来。

"前些天还没事，如何今天这阵法就不灵了！段温言！你跟老子耍花招！好，老子不知道你用了什么邪门的道法，那我就杀了你，你的道法也就不攻自破！"

师兄飞身又躲过，手里攥着北画，使出七七四十九路玄门剑法，却是只守不攻，一只箫居然挡下舞阑绝层层攻击。

舞阑绝盛怒，手上突然换了套路，生出一段燃火的红绫来，一抖朝师兄甩过去。

"师……"我飞奔过去，可舞阑绝头也不回，一道光波就将我弹开。"滚！"我落在师兄背后三丈远的地方，蹲坐在地上。

师兄看我一眼，脸上没什么表情。他腾身在空中翻转几下，足尖点地，落在舞阑绝身侧。我没看清他用了什么剑法，只是一只箫上上下下翻转，宛若云龙腾空。我瞪大了眼睛仔细看，见是红绫片片坠落，剩下一段被他用箫缠住，飞身一转，冒火的红绫在空中划过一道长线，甩向别处去了。

我十分惊异，张着嘴似不能出声，半晌竟有了拍手叫好的念头来。我慌忙将那不合时宜的想法堵了回去。再定神看过去，他二人已到了我身前了。

舞阑绝周身铃声阵阵，一招快似一招，带火的掌招招致命。我不想师兄的轻功居然好到这种程度。舞阑绝脸上忽而勾起邪魅的笑，右手突然变出四支飞镖，一只当前，撂下了师兄束发的冠子。乌发泼墨而下，丝丝缕缕遮掩他的面孔。另三只并排冲向师兄面门，师兄一一侧身躲过，却只见长发飘逸，可一丝碎发也不曾被削落。

他躲过三只飞镖，不想后头竟还跟着一只，银色的尖头紧逼喉咙。

躲闪不及。玄色的身影一侧，飞镖比着他的左肩飞过去，他的背影就横在我眼前，黑色长发扫在我身上。衣衫被划破，一道长长的口子，鲜血尽数溅在我脸上。我看见他微侧的脸，出奇的平静，眉头也未皱一下，甚至一口气也不多喘。

我瞪大了琥珀色的眸子，却什么也做不出，眼见舞阑绝出手就是一掌，掌风生着熊熊火焰。师兄站定，不躲不闪，若是他躲开，这一掌就会砸在我脸上。

师兄气定神闲，那一掌正正停在距离他衣襟一寸的地方。掌上的火焰，一丝丝顺着他银边衣襟的纹路，蜿蜒而上，倒又似乎忌惮他身上浓厚的仙气，缓慢退下来。

"如何？"乱发从他肩上丝丝落下来，声音依旧清冷，"你不会杀我。"

舞阑绝看他良久，突兀爆发出一阵笑声，另一只手拎起我的衣领，直直把我拽到半空，我离他的脸很近，可以清楚看到皮肤上的纹路。他却一直定定看着师兄，道："那么她呢？你凭什么断定我不会杀了她呢？"

啪嗒，一滴血从师兄的伤口落在地上，声音那么清晰。

"凭这儿。"

我转头，师兄骨节清晰的手指抵在他的太阳穴。

"凭这儿。"

舞阑绝周身的杀气渐渐平息下来，长发安安静静地坠到地上，铃声不响。他一字未说，扔下我，转身离开。只一瞬，他的身影就从眼前消失。

我怔怔跪坐在地上，望着他离去的方向。

倏忽听见一声叹息，转头时师兄坐在地上，用手摩挲着北画。

"师兄，你的伤。"我过去查看他的伤口。伤口很深，几乎露骨，暗红色的血顺着他的臂膀淌下来。

"不是什么大伤，出点血罢了。等出了这禁了法术的地方，调养几天就好了。"他从袖口撕下一块布条，缠好伤口。可殷红的血不断地渗出来，因他穿的是黑衣，红色融进墨样的颜色里，我看不大出来。

"阿故。"

"嗯？"

他看着地上红月，声音里听不出感情："别太相信别人了，即便是最至亲的人，也别太相信了。"

我不知他此话有何用意，淡淡应了句"嗯"。

　　"终归是，要靠自己吧。"

　　那天自舞阑绝走后，迷月阵开始一点一点坍塌，头顶上小路隐去了，绯月没了光亮。直到某一个方向出现一个豁口，我才想起南歌，连忙跑过去，仔细一看。碎了。从笛声中间正正断成两截。我摸摸鼻子心疼得很。师兄却道："回去拿了给师父，用法术一修整也能还成原样。"我才打理了血迹，捡了南歌，同师兄往出口方向去了。

　　迷月阵外光线太强，毕竟在黑咕隆咚的地方待了好些天，眼睛有点不适应。不过好在踩在真材实料的地面上，心里难地踏实不少。

　　黎天联的人都没了，山上一片空旷。唯有离我们不远的地方，站着一个黄衣女子。山风吹得她衣裙猎猎，她疾步上前，福了福身子。

　　"浣颜。"我叫她。

　　浣颜是玄青门新进门的小弟子，因为曾同我在一处听课，就成了好友，后来我又介绍给九唐认识。浣颜说她从前是凡界的一个孤儿，被一个好心老汉收养，一直养到十四岁，那老汉死了，她走投无路，便来此学艺。我们听后颇唏嘘。

　　可她今天好似没看见我，只紧紧盯着师兄，双颊微红，说出一席话来："上仙，今天华剑会的日子便到了。掌门仙尊见你和阿故还不回来，吩咐找个机灵的弟子来找，我便来了。路过此处见有虚光，下来探寻。原……原上仙真在此处。还请上仙快回去吧。"她说到了"阿故"两个字，才略微瞄了我一眼。

　　我接话道："浣颜，今日师兄挂了伤，应好好调养，华剑会怕是不能参加了。"

　　师兄道："浣颜姑娘，你且先回去，跟我师父知会一声，说我肩上不大好使唤，阿故这几日也累了，这华剑会我们便不献技了，叫他老人家先办着吧，不必等我们了。"

　　我抬头看向他，他长发簌簌，脸上轮廓清晰，依旧是以往严肃的模样，眼底光华流转，嘴边微微噙了些笑意。

浣颜抿了抿唇，说："好罢。"眼光却定在师兄的肩膀上，心不在焉地说了句："那，浣颜告辞了。"到这时她才看了我一眼，脸上没什么表情。

于是黄色身影消失在天尽处。

说起浣颜，本是个还没拜师的弟子。玄青门的弟子刚进门的时候，都是每日上集体的大课学习，要被哪个长辈看上了，便挑去做徒弟，集体课也不用上了。要是两三年还没被挑走，玄青门长老就擅自分给年长些的弟子们去了。说来浣颜进师门也就一个年头，但她天资好些，在同时进门的弟子中比较出色，如今也到了该拜师的水平了。

再说这华剑会，名字叫得十足的宏伟，实则不过一个比武大会，在天界八年一次，每到这一天各门派自己办自己的，是分派弟子上擂台斗法，还要评出个前三名来，为期也就十天八日的，按说每个弟子都有机会上场表现。这次原本是我第一次参加，又因为舞阑绝误了，但好歹也要观摩一下，玄青门的华剑会是个怎么回事。我这样想。

半个时辰的工夫，我坐在炎辰殿的看台上，和师兄、师父、长老们并排，嗑着瓜子，居高临下看着比赛，心里无比畅快。心道掌门徒弟就是有这待遇。

实则要说这样坐上好几天，料想腰酸背痛是肯定的。而我又何必用好几天，一上午便支持不住了，要不是擂台下喊声震天，我几乎想要趴在台上打瞌睡。师父见我眼皮打架，幽幽道："阿故，困了就睡吧，来，躺那擂台上睡，多宽敞，没人觉得你给我丢脸。"我憨憨一笑，起身捞起桌上一坛果酒，使劲睁大了眼睛，又拾起一个酒壶，几个杯子，向师父一拱手："师父，徒儿且回惜魂殿了，在这儿……给您面上过不去。"

"阿故你这可是错怪了为师了，为师何时说你给我丢脸了，快回来坐下罢。"师父脸上带笑慢悠悠拉我回去。我勉强笑笑，一溜

风起竹林

烟回惜魂殿去了。

惜魂殿向来是个清静地方，即便此时也如是，偶尔只听得炎辰殿那边几声叫好。

我拎着酒坛哼着小曲晃进竹林，寻一个宽阔处，那儿正好有个石桌，几只石凳。已是秋了，天高云舒，清风款款，面上凉爽怡人。我坐了，只斯斯文文地把坛里的酒又倒进壶里，摆好酒杯，都斟了酒，一杯一杯喝。

我原本没喝过多少酒，这果酒像果汁一般，我自以为没多大杀伤力，喝酒如喝水，可哪知我酒量偏偏"好"得可以，喝了几杯，便觉身体里莫名暗流涌动。我却浑不在意，心想这不过是正常反应，又暗自鼓励自己："余故，你酒量还不错嘛，今天要过过瘾。"这话便随口说了出来。我笑笑继续喝，结果我本有些瞌睡，喝上了酒灵台越发混沌难理。

我把杯子沿着石桌桌沿摆好一圈，斟上了酒，摇摇晃晃往椅子上一坐，以手托腮，另一只手冲着对面无人处指点着，道："你们，猴子兄弟，老猫兄弟，狐狸姐姐……都给我听着！"我笑了笑，又语无伦次说："都听着昂！今天……你们一个个都得道……成仙，我请你们喝酒！都来我这儿坐……都听好了没有？成仙了吧？都……庆祝庆祝，别客气……"说完自顾自干了酒，又绕过去一个接一个把所有酒都干了，更是模仿着娇俏声音道："谢神女赏赐。"坐到另一个凳子上沉着声音说："谢神女赐酒。"完了哈哈笑着回到原先座位，拍手道：

"哈哈，不用谢，都干了！"

还欲再倒酒时，忽听一声长笑，一个清亮声音道："是谁在这儿摆宴庆贺呢！"随即又是一声笑。

我转头望过去，只见一团黑影走近了，长发飘飘，只是这人怎么是歪着的？还晃晃悠悠的，我歪着头看他，他近乎要倒立过来了。

我分不清这人是男是女，只摇摇晃晃站起来拉他坐下："你也得道了？快来一块儿喝酒。"先给他倒上酒，又给自己倒上，先喝了，看那人没什么动静，干脆一步上前，抄起酒杯要灌下去。那人手腕一转酒杯就从我手中到他手中了。我张口刚要说话，却见那人手一撇，果酒一滴不剩倒入我口中。我差点呛着，猛然咽下了酒，咳嗽了几声，又坐回凳子上去了。

穿黑衣服的那人笑了一声，听着像是嘲笑，我也不理，继续耍着酒疯。那人抬手敷上我额头，嘴里说着："这不是发烧了罢。阿故？"我一把撇开他的手，又反手一把握住，摩挲了半天，嘟囔着："你是谁啊？我怎的没见过你？"两只手就伸向他的脸，也碰翻了酒壶。在那人脸上，从上面发际线开始一点一点细细往下摸，在眼角处停了停，又伸向嘴角。我触到一个温软的物什，忍不住用手轻轻捏了捏，不过瘾，又用力捏了捏。

黑衣人握住我的手腕，说了句什么。好像是"阿故你醉了"还是怎的，我已经听不清了。就只好胡乱接话："我是醉了，你……你也要醉了才行的。"却只觉得身体一分分软下去，最终跌在一个温暖的地方，那地方萦着淡淡的桃木香气。我就再也想不起来了。一双凉如玉的手攀上我的脸，我抱紧了那双手，死命不放。那双手微微有些挣扎，一会儿便不动了。我满意地笑笑，昏昏睡过去。

再醒来已是黄昏了，我躺在自己的厢房里头，金光满堂。我揉揉脑仁儿，脑仁儿有些生疼。我几乎记不清是怎么从炎辰殿到了自己房里的。只好从床上下来，瞥见雕镂花窗外一个着玄袍的影子，突然间什么都想起来了。

一时间脸上像烧着了，红得难看。我又想，我耍酒疯那事，怎么偏生叫师兄碰上了，这回要叫他笑话上十天半月了。可仔细一想，幸好是他碰上了，要是师父，起码要被笑话一辈子。

我又把眼光转向窗外，不知何时师兄身边多了个浣颜。黄衣少女一身明艳色彩，低头道："上仙，浣颜仰慕上仙才华已久，刚刚浣颜在擂台上表现的可好？若是好……上仙收我做徒弟如何？"我惊得差点喊出声来，又连忙捂了嘴。

师兄微微一笑，说："也好。本上仙看你资质尚可。今日你既然找到惜魂殿来，便收了你吧。"

这回我真的喊出来了。

第五章

转眼已是来年三月，我坐在惜魂殿房梁上，端详手里一块绿檀木匾额，匾未上漆，纹理如流云，单嵌了一圈乌木纹的边，上题"乍雪空弦"四字。

第一眼看这匾沉静空灵，没有金字，没有银边。第二眼才看出这匾上四个字有点儿不对劲。虽都是墨色的字，笔画粗细也一致。却看那"乍"字打头，气势淋漓，笔走银钩，尽秀尽刚，鸾飘凤泊。再往后看，怎么这"雪空弦"三字看着这么寒碜呢？字虽然不走形，但一看便知是小心翼翼，一笔一笔描出来的，少了先前那字的锐气。

但这样我已经很满意了。唯独"弦"字最后那个点略微颤了颤，想到这儿就觉得遗憾。

原是我自腊月便生出个念头，要在惜魂殿辟一间房做我一人的单独书房。师父原先不同意，但这自然是奈不了我何的。我开始实行一系列软磨硬泡计划，比如在师父每日上朝会的时候，戳戳他的袖子提醒一句："师父我的书房。"再比如在我看好的房间门口等着，见师父来了就忽闪着大眼睛指指房间，轻声说一句："师父，我的书房。"每到这时候师兄就瞅着我笑话，于是我只能还他一个白眼。

直到了一月，有一日师兄不知是出于什么，跟师父说了句："惜魂殿房间几十，怎的就辟不出间书房呢？看她那贼样，给她一间罢了。"

风起竹林

我仔细观察着师父神色，他瞥我一眼，笑笑说："那就，给她收拾一间。"

后来，我又喜滋滋地跟师父要木头做匾，磨蹭了好一会儿才得了一块绿檀木，还有一点珍贵的乌木。

只是我明知自己字写得不好，就想着求师兄给题字，于是找一个晚上潜入他的书房，彼时他正在看书。

他说："按道理这书房是我给你要下来的。你又要我题字，是不是要求太多了？"

"我……我什么时候让你给我要书房了。"

"好罢。那我明日就叫师父把你的书房收了，免得你这又长本事。"

"别啊师兄，别……师兄，你看我这么可怜，你们都有书房，我好不容易得了一间，你别跟我置气。字我不要你题了，我我我……干脆做张空匾挂上去好了。"

"那好，书房不收了，匾也别题字了，就弄块空的吧。"

我急得汗都流出来了，好歹师兄让了一步，免不了得寸进尺道："师兄你看这……这……多不好呀。你写个字要费多长时间啊。"转转眼珠子轻声细语又说："就……就一个字吧。好不好？师兄就一个字。"我比着手指看他。

师兄瞪我一眼，气极反笑："匾给我拿来。什么字？"

我小心地捧着匾走上前去，放在他桌子上，用手指点道："嗯……就在这儿吧。唉别，在这儿在这儿，写一个'乍'字，就那个什么'乍暖还寒'的乍。"

看师兄骨节分明的手指，提起一只略粗的毛笔来，撇了墨，手腕一转，一个"乍"字一气呵成，跃然匾上。我狠狠压住要他把后三字也写了的厚脸皮想法，端起匾额，仔细看着脚下的路回房里去了。

之后我有意仿着师兄的笔迹，端端正正在那"乍"字后面跟了"雪空弦"三个字，到了最后的"弦"，我心想终于要完成了，心里恰好一激动，手恰好一抖，正恰好写在最后那个点上。

自此以后我时常安慰自己说："余故你看这最后一字结束的多艺术啊，普天之下头一份啊，独特啊，有个性啊，没什么好担心的啊。"结果却更不爽，只好换种口吻："你别把眼光都放在最后一个字上，看第一个字写的多霸气。"我几乎忽略了这个字不是我写的这个事实，把师兄的功劳全抛在脑后了。幸亏他不知道。

此时此刻我翘着二郎腿儿倚着房梁，脚下就是我觊觎已久的那间房间，现在已经被布置好了。我心里乐滋滋的抱稳了匾额，身子一挺，双脚一勾，头朝下脚朝上，露出光光的额头，呈倒挂金钩式吊在梁上，伸手把匾额端端镶在门框子上方，左看右看欣赏了一会儿，心里就想，书房终于完工，是不是要庆祝庆祝呢？不注意间身子就晃了起来，两只脚勾稳了，左摇右晃，如瀑的黑发缀着白绫荡来荡去，步摇的声音叮叮当当，我就晃得越发起劲。

"妈妈呀阿故你干什么呢！我还以为哪来的小鬼……"浣颜话未说完，突然疾步过来做伸手相扶姿势。

原她这一声来的太突然，我一下没勾稳差点栽下去。亏得心急之下放出真气，往上窜了一窜又窜到房梁上去了。

我翘着脚趴在房梁上道："浣颜你能不能别大惊小怪的，华山布防严密哪来的小鬼。"

她大大咧咧打个哈哈，不做声了。

自从那天师兄莫名其妙收了浣颜做徒弟并搬来惜魂殿，殿里就没清静过。

开始我总觉得浣颜住在惜魂殿怪怪的，但也有那么一件好事，就是从此我是她的长辈，她见面得叫一声"师叔"。

可直到那一天，她揉捻着黄衣衣角，露着雪亮的门牙娇滴滴叫了声："小师叔。"我从此就觉得师兄这个徒弟收的太失败了。

还记得当时我稳住了脚跟强撑着不跌倒，这么说道："你你你，还是叫我阿故吧……"

还记得她拜师的时候是华剑会以后了。这次会后，各家有悲有喜。有还没拜上师的，也有打得不错被挑走的。浣颜就在后者这一行里。

师父专门的设了拜师宴，让一排弟子上炎辰殿，各自跪在新拜的师父跟前，等着师父系绶带，送兵器。我想这一环节完全是没事闲得慌，绶带就是个摆设罢了，这么多弟子每人一块布条，还不如省了来做衣服。兵器什么时候不能给啊，非得特意辟出时间，本来大家还可以多吃点喝点乐呵乐呵，叫这档子事儿全占没了。想我当年就不用费这番周折，从被师父领回来，就成了过门儿媳……啊过门弟子，多方便啊。在这点上，我和师父就完全不同，同时也绝对证明师父是我爹这事是胡诌八扯的了。师兄听了我的感想，撑头想了想，得出这么个结论："阿故，你真是个直接的神仙。"

傻子才相信，他这是在夸我。

拜师宴后第二天，浣颜带着大包小包搬来惜魂殿。跟师父请了安，跟师兄请了安，才去找房间。大约过了一炷香的时间罢，她跑来找我，依旧斜跨包袱，背着一个书箱，并且提着一只竹篮，手里还抱了一个塞得鼓鼓囊囊的小荷包。

听她大声嚷嚷："阿故阿故你帮帮我……你们惜魂殿房间这么多，实在不知道挑哪间好，我瞧着西厢那间挺宽敞的，但后院边上那个单间挨着师父近些，还有仙尊隔壁那一间可以看到华山全景唉！不过东边那个有点像小竹楼的又很别具一格的，阿故啊你说我怎么办……"

其实完全不需要这么纠结……好的房间已经全被挑走了。师父那间最大最富丽堂皇自不必说。师兄那间在房上独建起一个小阁楼，探进惜魂殿后院，视野格外开阔。我这间虽然没什么特别，但就在师兄隔壁，要找他十分方便，再者从后窗直接可看到十里竹林和启明湖，是我喜欢的风景。

我心想着和浣颜住得近些固然好，但也不能太近，毕竟她晚上睡觉有磨牙习惯……在隔壁我会睡不着觉。所以想想她最适合单独住，左边五间没人住，右边五间也没人住，所以就随手一指，打发她去冷清些的西厢住去了。

本来以为如此算是太平安生，谁知她第一晚就把铜镜给砸了，当时我已和衣熄灯，只听见"哐当"一声，随即是"哗啦哗啦"然后是"啊呀——"，最后是"我我我的脚……"还咝咝地吸着气。

于是我只好拖着身子赶去她房间，但我刚行至门口，就看见旁边师兄桌上烛影一晃，玄色身影疾奔出去，带起的风撩得我一阵透心凉。我裹紧了白缎中衣，打着哈欠步到浣颜房中。

房里点了三盏灯，镜子碎片散了满地，旁边两个婢女在打扫。浣颜抱着个汤婆子靠在榻上，边叫："疼疼疼疼疼疼……"师兄蹲坐在地上研究她的脚，站在一旁的仙婢几欲上前，被他止住。他用两只手捧着，怕是碰坏了哪个地方，皱着眉说她："怎的这样不小心，你从前就这么大大咧咧的？"

我愣了愣，心里不知道为什么凉凉的，就像华山十月阴冷的山风，感觉有点窝心。

又听他说："以后应当学着像个女孩子些。"

直到浣颜看见我，招着手叫我"阿故快过来"我才惶惶然走过去，低声跟师兄说："我来吧。"然后蹲下，仔细看了看，脚上没有伤口，只是砸得有点通红，可能碰了关节。我从掌心生出两块生冰来，在脚背上来回滑动，这么保持着有一盏茶的工夫，才作罢。

从地上站起来臂膀已经酸透了，脚麻得根本站不住。师兄在后面略一扶我，我勉强维持着站立的姿势靠在他身上。

这一晚以全殿的活人都熬到三更半夜睡下才告终。当然除了师父他老人家早早就呼呼大睡了……

这还没完。在以后的两年里，浣颜打翻了盛满热水的水壶三次，用刀时不小心削到手一次，和仙婢打闹以致撞到屏风上两次，在亭子里喂鱼结果掉进启明湖一次……总之这种事时有发生层出不穷，还总是在我准备要休息时猝不及防的到来。

这真是上天专派来为我练习抗干扰能力的。

自此以后我闭关修行时能百毒不侵雷打不动，八面来风能奈我何。师父还曾为此表扬我，但我觉得这实在是一段痛苦的经历。

浣颜从进了师门就特别缠人，左一句"师父你教我认字吧"，右一句"师父你什么时候带我去钓鱼"，反正总是有说不完的话。师兄也由着她跟在身后唠叨，只是笑着看她不说话。

这时候我心里就暗自想，浣颜才进师门一年不到，居然比得过我们这么多年师兄妹情分，让人觉得委实无法理解。

人情如纸薄，人情三层叠起来也没有纸厚。

第二卷　趁梨花

第六章

最近我和师兄很不对付。由于浣颜总缠着他做这做那，我连看见他的机会都很少。

今日与往昔不可同日而语，想起这些就觉得很气很气，每天竟然怔怔的没什么事可做。有时候听见浣颜叫师兄陪她干什么干什么，都会皱着眉头捂住耳朵，就怕师兄说好或者别的什么答应的字眼儿，还一边安慰自己：他们是师徒，师徒就该这样。

也不知道师兄怎样想，我估摸他只会觉得高兴，从前他总说我气得他不行，得要少活几百年，现在和浣颜一起会很开心，大概把他少活的那些年数都补回来了罢。

我就只好每天去找九唐，九唐说我这是醋了，我就大声和她嚷嚷："醋了就醋了，醋了怎么了，我余故就是醋了。"最后声音越来越小，竟然听出哽咽来。九唐突然问我："那他怕什么？你要吓唬吓唬他，让他知道你气他。"我想想说："我好像从没见过他害怕过，不过他好像很怕冷的，还怕酒来着，他从来不知道酒量两个字怎么写，你知道师父酿的那种千年陈酿的梨花酒不？就是门里很出名的那种，那简直就是梨花水，上次有人误把那东西当成水，喝了三坛子什么事也没有。我师兄曾经被那个喝醉过……"

"哦，那还真是好没酒量。"她想了一会儿又说："酒的话还好说，你等着我帮你弄，你只要抓住时机就行了。"

九唐口中的这个时机，在五天之后正式到来。

细雨潇洒，凄凄如泪痕，顺亭檐汇成水柱。师兄从前院经过，我在院里小池塘边看书听雨，他抬手招呼我："阿故，过来。"我装作没听见。他又叫："阿故？"

我皱皱眉缓缓把头从书本里抬起来，看他站在那里，头上打一把二十八骨素色油纸伞，就披紧鹤氅到亭子边上去，眼睛一眨不眨的盯着他。

他挑起好看的眉："怎的，不开心？"

我嘟着嘴看别处："哪会不开心，我很开心，大家都很开心，你和浣颜在一块儿也很开心，她又会哄人又会逗别人笑，我只会惹你生气，你来找我才是自找不开心。"

雨帘泼洒，刹那间如亭檐泣不成调。

"今天怎么了？说话像气筒子。"没等我回答又道："下雨天太冷了，你想不想吃点东西？我给你做。"

我想了想，道："不，还是我来做。"

找了间避风的房，我把刚做好的三碗汤摆在他桌上，跟他讲："桂花糯米汤，白藕莲子汤，山药薏米汤，全要喝完，我去厨房给你讨食材做菜。"说完擦着手走出门外。

这三碗我都是用酒做的，九唐给我的那种特殊的酒。

我提着一条鱼和一棵萝卜回来，进门看见桌子上三只干干净净的碗，第一反应是，完了，师兄这么聪明，汤都倒了吧，这回他会更不想见到我。第二反应是，总之先躲一躲，看看情况再说。

刚准备蹑手蹑脚退出门，听见他的声音，朦朦胧胧的，带着浓厚的鼻音："由着你把我灌醉了，你气还没消吗？"我吓得腿一抖，好半天才转身看他："你早就发现了？……不对呀，九唐明明说那种酒是表面没味道其实后劲很大的那种啊。难道我放错了？"

看我睁着大眼睛张着大嘴，他才轻飘飘道："你在那个壶上贴了一个'酒'字吧。"

我才恍然去看我放酒的那个壶，结果确实……九唐明明还特意装在一个装水的壶里来的，最后被我傻乎乎地贴上一个酒字，我发现自己真是傻到家了……

师兄喝醉了的样子看着和没醉没什么两样，像他这种本来就气定神闲游刃有余，喝醉了更气定神闲游刃有余的人，我还是第一次看见。在他还没醉倒的情况下，若不是听他声音变化如此之大，还根本看不出来是喝醉。

我想了想道："啊师兄你明天是不是还有一个重要的会议要参加啊？是、是九重天上的会？"

他以手撑着额头，深深看我一眼："你说得对。"

"那你……你你你都发现那是酒了，为什么还要喝啊，要要……要不然我去给你再做点醒酒汤喝吧。"

他却反问我："你还气吗？"

我琢磨不太好再说气，就低低答："不气了。"

"消气了就好。以后别再没事乱生气了。醒酒汤就不用了，我没事。"

我刚转身准备离开，又想起来件事："那你说，我汤做的怎么样啊？"

"糯米太硬了，藕片切得太厚，山药薏米汤做的还不错。"

"怎么……我辛辛苦苦做的，怎么会这么差。"

"真的挺差的。"

"你……你这么说我又要生气了，好不容易做的，必须说都好！"

"好吧。都很好。"

我才满意地走出门去。

到了晚上，雨将停将歇，我回到厢房里，听见门外一男子声音："嘿，你这小姑娘哪来的，怎么跑到这里。"

然后浣颜在一旁接话："这话不是应该我问你么？我师祖就是掌门仙尊，这也要和你说明白？你倒底是谁，怎敢擅自闯进这里来？"

"啊喂你……不对，难道余故收徒弟了？"

听到这，我已经慢步从房里踱到殿门口，瞧了打着伞的紫衣青年一眼，淡淡地说："浣颜，他是我请来的。"然后转身又进去："小千你过来。"

从背后传来杂乱的脚步声，还有他的声音："哎余故你就是这么待客的？好歹帮我把伞料理了，然后弄点好吃的吧。喂，老子还是你恩人来着，你这么忘恩负义是什么意思，我还好心给你带来魔界的奇闻趣事……"

被我从中打断："小千你快歇歇吧，我给你做好吃的你先吃，吃完再说。"

这人名叫千葵，四年前的时候我曾将他接来华山小住，大约住了两个月的光景，他回魔界办事，今日才刚回来。

那年夏天出奇的热，以致我和九唐常能在山上发现中暑的知了，并捡回来烤烤吃了。

有那么一天中午，师父传音叫我去他书房。他交代我去魔族王宫找女君请一个神物，他有急用。至于为何他不亲自去，师父给出的原因是玄青门事务繁忙，他是掌门不能不管，而后来我和师兄共同认可的结论是，师父他老人家不知约了哪位仙友避暑喝酒斗蛐蛐。

这几年仙魔两族相处融洽，于是我十分顺利地进了魔族王宫，将师父的亲笔书信呈给女君后，她十分痛快地将神物交予我。师父要的神物是一只茶壶，且是一只纯玉茶壶。此壶可集得人魂飞烟灭后四散的魂魄，名曰齐归。

我原以为此行一帆风顺十分圆满了，可谁知这风一直顺到出魔族地界的路上就转向为逆。

风向转逆的时候，我正腾云行在魔族边界上空。

作为一个没见过世面的仙家弟子，我对魔族族人的生活颇为好奇，而此时正便于实地考察。我往云朵边上挪了挪，探头朝下看，发现看不到全景，于是又挪了挪，还是看不到，再挪了挪。不幸的是，我这两天正害暑湿，加之不知何处吹来一缕邪气的小风。由于这种种原因，我十分配合地打了个喷嚏。

托这个喷嚏的福，我从云边上直直掉了下去，并带着那只倒霉的齐归壶。

我醒来的时候，正躺在一张华丽的大床上，这张床被安放在一个同样华丽的房间里，床边坐着一个紫衣的魔族男子，紫发紫眼，高鼻阔口，手里正把玩着什么白色的东西。

他就是千葵。

我坐起身，并未感到有什么不适。他竟没发现我的动静。我凑到他身后，道："你拿的是什么？"

他看也没看我："玉啊。"顿了顿道："从你身上找到的。"

我显然没有去想他是不是搜了我的身："玉？我什么时候带着块玉的。啊……这个可能是……"

我恍然大悟地意识到这些碎片应该是什么东西。我明白过来后的第一个想法是：如果师父能大人不记小人过的，对我把他要急用的那什么壶摔碎的事实没什么特殊感想的话，我宁愿连吃五十碗鸡蛋羹。

千葵说，他是魔族的祭司，每年要到王宫里举行祭祀活动。

我告诉他，我叫余故，是天界仙族玄青门的弟子，师父叫余岚季，是个上神，师兄叫段温言，是上仙。

后来千葵跟我解释，我才发现我脚踝被摔断。那几天我住在小千府里，每天用法术悉心调养，待脚踝基本痊愈，我才腾云回天界。介于小千帮了我的原因，我决定将他也带回天界玩玩，再找机会报答。

他虽然喜欢自称"老子"，看起来却不太像那么回事，加上上次舞阑绝也爱这么叫，我都要以为这应当是魔界男人的普遍自称，就如凡界的"吾""余"什么的。

就这样他在玄青门住了两个月还多。他基本成了我了解魔界的中介，从前住在这的时候，他总跟我讲他们那里的故事，每次我都笑得停不了，常一聊就是一个晚上。

前几日他写信来跟我说在魔界过得无聊烦闷，我就请他再来住一阵儿，这样似乎也挺好。

第二日清晨，天空还迷蒙飘洒几滴雨丝。我想这场雨还真是没完没了。

有一搭没一搭地走到院子里，突然看到一只脚掌捆着三根红毛的白鸽子从竹林里冲出来，直冲进前院师父的书房。

飞鸽传书。还是绑红毛的飞鸽。原来是有要紧事，大约是天界要出大事，哪个门派的掌门来通知情况。

我进玄青门以来这样的情况一共有三次，一次是刚拜师的第二年，一次是进师门六年后我得仙身的时候，再就是这次。前两次都是在那鸽子冲进去后一眨眼的工夫，师父就二话没说也冲出玄青门去了。

但这次情况稍稍有点不同，不仅是师父冲出来了，而且是师父一把拉上我一块冲出来的。

我云里雾里迷茫地看着师父，刚想开口说话，他皱眉道："先别废话。一会把你安置个地方，你不管怎样也别离开，就乖乖在那待着，等我去找你。"

我只好闭了嘴不再出声。

一路风驰电掣，我头发几乎被风吹成鸟窝。师父所谓安置我的地方，就是荒山里一道悬崖上半掩的小山洞，崖下万丈，是一片苍茫大海。我猫着腰钻进洞里，里面倒还算宽敞，寻了块大石头坐下来，我等着师父来找我。

大约过了半个时辰罢，整座山居然开始震动，先是轻微的幅度，后来洞顶开始掉落石头，我觉得实在是待不下去了，就从洞里出来，飞到悬崖上边去。

远山层层叠叠，晕开宛若泼墨写意。我四下观望，才发现山脚下是一个宽阔山谷，有两支队伍相对而立，分成两开阵势，一面是神仙，一面是魔。料想刚刚的震动八成源于此处。

神仙那队，大约有五六十人，都是九重天下各大门派的重要人物，比如师父，比如武夷山派掌门，比如长白山派掌门的七个大弟子。一个个气势逼人。再看对面，顶头是一字排开八个人，后面一辆车，红色锦缎车帘，好似烧成一团火，车帘半撩，斜撇出一片红衣衣角，往后是八支旗队，每支队伍七八个人。

黎天联。八大天团。这是要出事。这是要出大事。

我紧张观察情况，看两派行事古怪，好久从神仙那队走出一个人，手里握着一把九节鞭，相应那边前头八个人里也走出一个白衣服的，可刚走了没几步，红车里伸出一只手，指点一下，后面旗队开始骚动，白衣人回头看一眼，答了句话，便恭恭敬敬退回去了。

我刚想进一步看下去，突然背后一阵凉风掠过，我下意识一个后空翻，空中才去细看是怎么回事。原是一个人，白缎长袍，罩着一件深蓝披风，手里握一柄短刀，动作是刚刚收回手。

这招实在好用，师父曾说，要想防暗算，身先动眼再看。

那个人不紧不慢转过身来，一头银发飘散，竟是个女人，出挑的面容，脸色却苍白。再仔细探究，她脖子上挂了一块奇形怪状的石头，身上衣服花纹路数奇特，画上的花鸟鱼虫，栩栩如生的。

内心越是慌乱就越要强装镇定，越是没底就越要让人觉得深不可测。我悠闲地背了手，陪笑看她："姑娘是何方神圣？"

她也带笑看我，毫不避讳地直言："黎天联异术师赵易。"

我瞥一眼山下："黎天联的，你现在不应该在那儿协助你们联主么？"

"我来找你就是协助我们联主，若同样是协助，我为何不做些我擅长的？"

"这么说你们的目的是我？"

"可以这么说。"

我没答话，转身看着山下已经开始混乱厮杀的场面，轻轻地道："你们联主，他刚刚点一下手指，下的是什么命令？"

她走近一步，手中刀刃银光闪烁："他说，别废话了，上，杀。"

我看着她笑笑，这笑意一定冻结在眼角，僵硬地裹上一层冰霜。我双脚离地，腾空后退到海面上，紧紧盯着她脖子上的石头，边思考那东西有什么效用，边缓慢道："你要是想把我带走，那来吧，我们试试。"

她愣了只有一瞬，一闪身到我面前，含笑说："神女先请。"

这人绝对不简单。要想赢她就要先拖住她，能打多久就打多久，等着有转机发生。那我倒不如先要要花招。

我看着她手里的刀，回想师父给我讲过的，计算以这刀刃的厚薄，如果被砍到，会伤到什么程度。照着她刚刚行刺的动作来看，她出招的速度会有多快，我有没有可能在正面相交的时候躲开。毕竟是异术师，她身上会不会带着暗器或藏着玄机，甚至她的出现只是个幌子。这些重要信息在脑中用三个眨眼的时间来完成。我从腰间拔出凉夜剑，右手拿剑横在身前，左手从袖口浅浅露出，摆出一个起手式。师父给我三日来练的起手式，玄青门历届掌门只传直系弟子的岳楼剑法。

　　故意露出的手指，勾起的无名指紧贴在伸得笔直的中指上，拇指并到掌心，食指小指分开伸直。这姿势看来很难一次熟练完成，这么看来师父给我这样长的时间也事出有因。

　　岳楼剑法讲究柔中并刚，处处圆滑，把劈砍这样的硬招式都省去，由划、削、刺这样的动作来代替，同时要求出剑迅速，轻、细，但锋利。这剑法一招一式连贯起来像是在跳一支舞，腾身在半空旋转，轻盈绫罗薄纱，灵动足尖点地，在空中划过，刹那间惊鸿一瞥。

　　我是水行，这剑法用水来驾驭更是绝妙，海上没什么别的，就是水多，这倒也算我今天好运气。

　　我看到叫赵易的女人一脸复杂的表情，就动作潇洒地在一丈远的地方挑起一滴水花。水花从海面上腾起来，跟着一缕水柱，绕在我指尖。我抿一个笑，身子一旋，广袖在风中划过，水柱跟着身子在空中划过一道圆弧，割裂破碎的阳光。再回身时，剑尖轻挑，水柱便绕剑而上，水流飞快，水花四溅。我往前进一步，水柱被尽数甩出，横扫她头顶。她情急下闪身，却被削落一缕发丝。

　　她往右躲闪，乘此势短刀直砍我肩头，刀尖升起袅袅紫烟。我皱眉屏蔽了呼吸，抬剑格挡。她大概觉得那柄小刀无法与长剑硬碰硬，突然向左闪身撤刀，留下一片黑色烟雾。我左手结一个印伽断了她的退路，同时腾身跃出烟雾，看见她的白发，从上空俯冲，剑上萦着点点银光，流水涓涓，刺向她左肩。她凝结出一道金光格开凉夜剑。

　　几个回合下来我越来越体力不支，出剑速度逐渐缓慢，期待的那个转机竟迟迟没有出现。赵易总要比我快上半招，弄得我只能防守无法硬攻。

　　直到她的短刀贴着我的脖颈划过，带下一道血流，我才觉得有必要想办法逃了。

　　于是我使个障眼法，甩出四滴水珠向她面门，她却没去理睬，身形如鱼，一软一扭之间蹿到空中，我一偏头，短刀擦着头皮而过。

我心寒地想这招真够狠辣，要是动作慢了就直接……

猛然间身体突然失衡，在从空中坠下去的那一刻我弄明白是怎么回事。师父说我如今这个修为，每天至少要屏息打坐，修炼内力一个时辰，要不然第二天会体力不足。我悲哀地想到前天因为和九唐在休息时间偷偷潜下华山去人间瞎逛，结果被发现，师父罚打扫炎辰殿，所以没修炼。昨天给师兄做汤，后来又给小千做饭也没修炼。今天真是不完蛋才怪。

我一闭眼想算了，这一生虽然不知道自己的身世，没功成名就也没嫁人，还有好多好吃的没尝过，好多想干的事没干，但还挺顺利挺开心的，就这样吧，就算淹死在海里也比被黎天联抓去好。师父永别、九唐永别、小千永别、浣颜永别、只是要是还能再看一眼师兄就好了。我还想告诉他，虽然我这几天对他爱搭不理，对于他对我的态度不太满意，但那也只是想让他多在意我，其实他一直对我很好，我一点都不生他的气。

抱着这样的想法，在我要触碰到海面的那一刻，竟有一双手接住了我，眨眼间宛若置身在漫天遍野的桃林。我听见一个声音在头顶上说："让你好好等着别惹事，怎么这样不听话？"

第七章

闭上眼桃花开成海，迷蒙间潮汐三起三落。今天师兄穿水绿色常服，墨发被海风拂开，眼睛落下点点星光，我想要捧起手接住，却飘散在风起云涌的海面。

他嘴角勾起美好的弧度，转身腾空，吐息温热："要再等一会儿，再等一会儿，就带你回去。"

飞过了几重山脉，赵易没有再追，师兄将我放进一片桃花林，靠在一块大石头上。一片桃色落在我指尖。我轻轻拾起放在阳光下细看，内里纹路清晰。倾世桃花晕成一片烟雾。

我这样问师兄："师兄，师父那边怎么样了？黎天联到底想要什么？"

他没言语，低身把我凌乱的头发拢到肩上，用白绫松松束好。我们就维持这样的姿势好长时间。

他突然说："阿故，你累了，睡一会儿吧。别的事你别管了，现在这些事，你只要躲在我和师父身后就行了。"随即给我输内力。我愣了愣，看向他的眼睛，他的眼睛有一种迷幻，层层叠叠的，这么看着睡意渐深，最后的清醒时刻，目光定在他轻轻挑起的眉梢。

醒来的时候天色依旧明亮，山风清明。师兄让我等着，我起身往桃林深处走。

走了没两步，身侧悄无声息地贴上一片锦缎衣角。人口中呼出的热气笼罩在耳畔，随后颈子上贴上一柄薄的像窗棂纸一样的尖刀。

那人用刀的钝面在我的喉口来回摩挲，我僵着脖子微微偏头去看，那刀马上翻个个儿抵住锁骨，划出一道欣长血痕。

身后一个沉着声音："神女最好配合一点，这样我们两方都好办。"微顿一顿又说："你大概不想让天界为了保住你而死太多人吧。"

他用另一只手扳住我的肩膀，越扣越紧，大约是想起威慑性作用。我皱着眉问他："你又是谁？是你们联主的亲信密探？还是什么别的人物？"

"神女猜得不对。我是诡天团团主穆谪。从前我也是个神仙，还是上仙。"低沉的声音听不出起伏。

"仙"字话音刚落，我微微张嘴想说一句话，一只手却突然送进一颗药丸。极小的药丸，没有什么味道，顺着咽喉滚下去。他却说："麻醉药而已，乖乖睡觉。"他转到我身前，我这才看清他的模样，玄青色衣装，头发束的干干净净，只在额前撒下发尾，右脸带着半边的面具，钩花纯银面具，露出深幽的眼，泛起点点亮光。

师兄。这人真像师兄。

这是我最后的念想。

再睁眼是在一张竹床上，金丝锦被，黄蕊纱帐。已经是晚上，空空旷旷的一座院落，地上攒着厚厚的灰，大约是无人居住已久。房间里点着油灯，灯芯明晃晃地刺眼。旁边一扇屏风，绘着一月寒梅。

我不认得这地方。

窗棂子噼啪一声响，我吓得一哆嗦，随即房门被哐当推开，进来的人，红衣紫发，铃声阵阵。

那人将一个汤婆子放过来，在地上点起了火炉。

我定定看着他，看他拉过椅子来坐下，闲闲拨弄床帐上的金流苏坠子。

他不说话，我也不说话，气氛怪得吓人。直到一道闪着银光的闪电将夜空划得破碎。

雷声如山崩地裂，我打着哆嗦缩到床角，将一床锦被密不透风地缠在身上，裹得严丝合缝。

我从前就一直怕打雷，在华山打雷的时候，我就缠着师兄吹箫给我听，是十分柔和的曲子。师兄会好多曲子，那些好听的曲子，都在打雷的夜晚被他成夜成夜地吹给我听。这时候我就会问他："师兄，你到底会多少曲子啊，你要是都吹来与我听，是不是很累啊。"他就拿下箫，递过来一盏热茶，调笑道："你也知道我会很累，明天手指累僵了就不能陪你练剑了。"但我还是会很开心很开心。

对面的舞阑绝静静看着我，好一会儿才起身去关上窗户。这时候门又被推开，一个白发的女子端来一碗黑乎乎的汤药。舞阑绝接了对她道："赵易，叫穆谪过来，让他等在门外待命。"

"团主是跟我一起来的，现在已经在外面了。"

"你出去吧。"

赵易走出去的时候，舞阑绝又重新坐下，把手里的药端给我，我问："这是什么？"

他说话言简意赅："药。喝了。"

我看着他，他才又开口："叫你喝你就喝了，你这是在自找麻烦。"

我哆哆嗦嗦接过药碗，将信将疑的把药移到嘴边，望着黑乎乎的药汤半晌，心里思忖这会不会是毒药呢？舞阑绝道："你不会有事，我们留着你还有用处。"

我方轻轻抿了一口，想了一会儿觉得是我想多了，他们要是真想杀我，早就一刀解决了。

这样僵持了好一会儿，害怕的感觉才突然袭来，先是从心底滋生的幼苗，转眼间就长成碗口粗的枝条，就像荒野里饥饿的蛇，猛然把猎物勒紧困住，然后一口吞掉。

想到这种场景，我像被针扎了一下，手抖得端不住药碗，突然一道雷划破天际，我手指一松，连着剩下的一口药汤带着瓷碗，狠狠摔在地上，黑色的药溅了一脸。

舞阑绝厌烦地看着打碎的碗，一句话也没说转身就走。走到门口听见他的声音，隔着一堵墙，被雷声劈成两半："穆谪，你去收拾了。把这小姑娘给我安顿好，让她睡觉。为什么那两把破剑居然是她守着，真是够招麻烦。"

不一会儿穆谪走进来，亲自把药碗扫了。我试探着开口："能不能告诉我，这是哪儿？"

默了一会他才说："魔界决凌宫。整个黎天联都在这住，这个房间是联主叫我给你专门挑的别院。"

"我师父他们呢？"

"他们没事，都回去了，你就好生配合我们联主做事，其他事跟你没关系。"

穆谪叫我睡觉，可我一直睁着眼听着雷声等到天亮。心里一直想，师兄说他会来接我回去，他从没骗过我，他只说要我等着，我就要等他来找我。

大约卯时，雷声将将收住，停了一会儿，我就下床把头发梳好，衣服穿戴好，到院子里逛逛。

院里种着几棵菩提树，香栀子花开满院，天越来越暖，菩提树叶生成海。

菩提树是佛教的圣树，我们虽然是学道的，但和学佛的也有那么点相似，因而师父总亲切的称他们"隔壁的"，刚进华山时总听到同门好友传颂他们的传说故事，就很是好奇，便要求师父带我去他们的寺庙看看，师父就用扇柄敲我的脑袋："不务正业。"

其中有个传说道，若有幸捡到掉落的菩提树叶子会交到好运，我就在树底下来回转圈，看看能不能找到掉下的叶子，要是找到了，兴许师兄不久就来见我了。只是现在是三月，初春时候树刚长芽，大概不会有叶子掉下来吧。

就这么哼起小调子，把那首很有名的"菩提本无树，明镜亦非台"的词编进去。唱到高兴时，院门忽然被推开，我探头去看，进来的是穆谪，手里依旧端了药碗。

我皱着眉看着他，又看看碗。他才说："每天喝两次。"

我极不情愿的接过来喝了，边递碗给他边道："你们这有什么可干的？有书么？"

他指着屋里："里面有个架子，上面有几本的，神女可以去看。"

我就乐颠乐颠地跑过去，看见有一本《北梦琐言》，就拿来看，还把椅子搬到院子里去，靠在菩提树底下，感觉只欠一杯好茶。

到了晌午时候。看到讲白居易那一段，已经有点打瞌睡，看下"白少傅居易，文章冠世，不跻大位"眼就不受控制的闭上了。再强撑着睁开，就直接看到"近曾得白居易文集否"，只得再去前面找漏看的那一句。

最后终于还是睡着了。本想着也睡不了多久，结果醒来已是黄昏，书掉在地上，一头黑发睡得像是被老猫掏过的母鸡窝，好不容易理好，又见穆谪从前院进来。

我觉得这个人实在是阴魂不散，顺从的喝完药，我笑着问他："你们黎天联是什么样子的？带我去逛逛好不好？"

一袋烟的工夫，穆谪走在前面，我跟在后面，走在这样一个阴气逼人的地方。所谓的决凌宫，实际上是一座宫殿群，有大大小小十多座宫殿，风格和天界的很不一样，都是房檐向下弯，檐角上挂着各色铃铛，铃铛上拴着各色流苏，流苏直垂到地上，正殿旁边皆跟着一座小角楼，三层的小楼，只有第三层辟有一扇窗户。我真不能接受这样的牢笼式设计风格。

这么走着，忽听边上两个侍婢掩在花丛里，捻着手绢子议论："你可知道从前锦一姑娘住的那个小偏院昨日搬来个神仙？"

我停住脚步，轻轻凑过去偏着头听。

"知道的。你说她是来干什么的？以前是因为联主欣赏锦一姑娘，说她是全魔界最好的乐师，才把她接来。这回这个小神仙又是怎么回事？她也是个乐师？"

旁边那个拍她一下："你可别瞎说，那是联主特意从天界抓来的，倒有可能是个人质还是别的什么，也不清楚，反正这事联主谁也没告诉，还是那个穆团主每天亲自去……"

"好啦好啦，赶紧干活儿去吧，这种事联主不说肯定有道理，背后议论小心惹出杀身之祸。"这才分头走了。

我略一寻思，小跑两步跟上穆谪继续逛宫殿。

如此到了第四天，这些天来，不知道是为什么，晚上总会做些奇怪的梦，总是在九重天上的。

经常梦到那个叫我"小安"的白衣女子，印象里，她眼睛总是看着窗外的。我只能看着她的后脑勺。她有一头乌黑油亮的头发，一直拖到地上，金钗细软戴的很漂亮，点翠的凤冠，绿松石簪子把头发盘成复杂的样式，要是婢女为她梳头，一定要花很长的时间。

她不常和我说话，我也不曾看见过她的正脸。

也梦见过别的一些人物，比如一个总穿紫色锦衣的贵公子，还有玉帝，和几个打扮地雍容华贵的小孩子，这些人和他们说过的话，杂乱无章地在我脑子里像走马灯一样循环播放，刚刚还是在飘雪冬日，雪花未落到地面，又变成知了声此起彼伏的炎夏。

因为这些，我常常从半夜里惊醒，睁眼猛然看见黑乎乎的床帐顶，却觉得轻松许多。我太阳穴上那颗从小就带着的朱砂痣，这时候也像被针扎了似的隐隐地疼。

要是能早点回去就好了。要是，师兄能早点来找我就好了。

每次带着这样的想法，我再逼着自己睡过去。

就这样过了五天。

第六天晚上，我醒了之后就怎么也睡不着，反而烦躁得急出一身汗，就干脆下床披上披风，点好油灯，再看那本没看完的《北梦琐言》。这时候院门缓缓开了，从后边先现出一片黑色的衣角，离地面三寸高的高度，再是一双软底银边靴。想都不用想，这是穆谪。

我晦气地想，别告诉我从今天开始半夜也要起来加一次药，实在是对那种药味深恶痛绝。

可他这次没端碗，看我屋里点着灯，愣了一会儿，才绕过回廊走进来。

我等着他来跟我说话。

他信步走到椅子前站了一会，毫无表情地开口："你想不想回华山？"

我嚷嚷："当然想啦，这种问题也要问吗，我已经受够这种囚犯式的生活了。"

"我带你回去。"

我正翻书页，结果手一抖把整页纸撕下来。我心疼地把那张纸小心翼翼地拼回去，边颤着嗓子问他："你说什么？"

"我可以带你回去。"

我闭闭眼，盯着他道："你再说一遍。我没听清。"

"我带你回华山。"

我不相信地眨着眼看他。

他皱皱眉头，身子一转，雕花面具上闪过一束银光："你不愿意就算了吧。"

我立马腾地跳起来拽住他，披风也滑在地上："别，我非常愿意，我们什么时候走？"

他的眼睛挡在发髻下发尾拢住的一片虚光里："今晚。现在。"

"你为什么肯如此？"

他偏了偏头："这是联主的指示。"

我心想着舞阑绝这个人果真奇怪得很，上次莫名其妙将我关在迷月阵里，什么都没做又莫名其妙地放了我，如今将我抓来喝了几碗不明用处的药，过了几天又要放我走。

我拽起外袍来胡乱往身上一套，重新披好披风，把凉夜剑系在腰上，环顾一周看没有别的东西了，吹了烛火就往外走。

穆谪腾了一朵云，将我拉上云头，朝一个不知什么方向疾驰而去，那些宫殿在视线里飞速向后倒退，这样转瞬就飞跃了七八座宫殿，已经在决凌宫边缘。

他容我休息一会儿，突然四周腾起一片虚幻的黑烟，我们猛然间直线上升，直到冲破了天空。

到了外边，是魔界一座突兀耸起的山峰，光秃秃的什么也没有。我才发现整个决凌宫被罩在一片虚假的天空里，在外面看不见它，更无法进去，约莫是有什么令诀之类，就像玄青门的结界。

我们一直靠着这一朵云，冲出魔界回到天界。穆谪把我送到华山西峰一棵老松树底下，转身已经行出好远。我虽然晓得他不会告诉我，还是这么问道："你们到底，抓我去做什么呢？"声音飘散在华山森冷的晚风里。

他回头看了我一眼，连嘴唇也懒得动一下，就好像装作没听见一样，这么走了。

我看他背影好一会儿，突然觉得很冷很冷，非常想念惜魂殿厢房里醉人的桃木香和暖烘烘的小火炉，就赶紧往上面走。

刚进惜魂殿的院门，师父坐在书房窗前，看到我愣了老半天，开口这么问："阿故？是你吗？"

我点头钻进他书房里，一屁股坐上软椅子，就再也不想动弹了。师父问我是怎么回来的，我就如实告诉他。他沉默了好一会，眼神满含深意地望着我，轻轻叹着气。只是我懒得去参透他是什么意思。

从师父那里出来，在西厢见到浣颜，她一见我就吃惊地大声道："阿故你终于回来了，你知不知道我们找你找得很辛苦啊。"

我就打着哈欠回她："你是不知道我这几天过的有多辛苦。"

她撇撇嘴问："那你怎么回来的？"

"他们送我回来的。"

她疑惑看着我，忽然瞪着我很正式地开口："你知道么？你被抓走那天晚上，我在仙尊书房外面听到他和我师父说话，就说的是你的事，然后什么'神剑'啊什么'紫佛书尉'啊，还有'苏少'之类的，总之完全听不懂。不就是他们把你抓去当人质，怎么那么复杂啊。啊不过，仙尊不让把这些事外传的，你被抓走了这件事都只有他、我和师父知道呢，你可别乱讲啊。"

她叽里呱啦说了半天，我也没搞懂到底怎么回事，或者问问师兄呢？

于是我向浣颜道："哎，我师兄呢？怎么没见他？"

"去寻你还没回来呢。"

这时小千听说我回来了，也急急赶来。接口道："他都出去找你好几天了，你刚被抓去的那天晚上回来过一次，我还记得他的样子，嘴唇快裂了，还说，你从小就怕打雷的，这样的晚上，他却连你在哪儿都不知道，想不出你在陌生的地方是怎么过的。第二天一早上就又走了。"

我突然觉得心头一热，才明白原来师兄他一直在找我，一直很担心我，他不是不记得要来接我，只是不知道我在哪里。

希望明天早上他就能回来。

第八章

第二天竟一觉睡到晌午，天色晴好。这一晚倒没做那些奇怪的梦了。

睁眼师兄就坐在旁边，还是跟那天一样水绿色的常服，闭眼把头靠在椅背上，形容倦怠。我本想轻手轻脚下床去，结果轻轻一动就被他发觉。

"醒了？"他看着我。

我点头坐起来。他顺手从桌子上取过茶盏，看着已经冷掉的茶水："你等等。"然后出门去添了水，回来递给我，又重新安稳坐回椅上。我一看这是要长谈的架势，就接过来，轻轻用盖子拨弄漂浮的茶梗，却没有马上要喝的意思。

他看着我道："师父跟我讲了，你昨晚回来的事。那个叫穆谪的，要是以后碰见了，你多提防着点。"稍微一顿，又说："如果再看到黎天联的人，不管什么时候，传音告诉我。"

我换一个更舒服的姿势，等他继续说下去。他却没再说什么，一副凝重的表情盯着我。我于是就问道："那他们为什么要抓我？听浣颜说跟'神剑'还有'紫佛书尉'什么的有关？"

他的眉头突然就皱起来，声音低下来："浣颜跟你说的？她还说什么了？"

我莫名其妙道："就这些吧……嗯，还有'苏少'来着？"

"阿故，你要明白，有些时候什么都不知道才是最安全的。"

我心里着急，这些话就一股脑从喉咙里蹦出来："但是这样，他们以后要是还抓我，我就只能被动地抵抗不是吗？我就什么也不知道，他们说什么，我就只能信什么，不管是真是假，以假乱真我也只能信他们。那要是……那要是……我，我不想什么都依赖你和师父，上次迷月阵的事情，其实你也早就察觉到危险，才下来保护我的吧。你什么都不告诉我，师父也什么都不告诉我，我就像个傻子，连自己是谁都不知道的傻子……"

这么说着，最后竟有些呜咽的意味。

师兄看着我，又转头看向窗外，阳光捡着他鬓角垂发的缝隙透过来，我眯了眯眼睛。一只红爪的鹤落在启明湖边上。

"你最近怎么这样让人……"他凝眉想一想，又接上话头："这么让人麻烦。"

他严肃地思考了一会儿，瞳孔里有什么亮晶晶的东西一闪而逝："昨夜我同师父商量过了，料你也不会如此好唬，其实说与你知道本也无妨，只是这些事，涉及三界的争端内幕，里头牵涉颇多，怕跟你说了你也听不明白。"

我听着他是有些松口了，慌忙催到："你快说罢，我也不是小孩子了。"

他皱了皱眉，叹口气说："黎天联已经为了得到两把上古神剑费了好大的工夫了，几百年前就盯上的。不过那是上古神族流传下来的剑，被收在九重天一个专门的宫苑里，黎天联为它们在天上闹了不少事。后来玉帝没办法就把这两把剑秘密分给各门派轮流守着，先是给了玄青门和峨眉派，后来又换到太白山和嵩山派去了，这么过了几年，

不知道谁把这消息告诉了黎天联，玉帝还在犹豫要不要正面和他们交手。但黎天联的实力太诡异，战争带来的损失远不可估量，

风起竹林

这当口有个人称苏少的隐仙说他有办法。嗯……因为天界除了十三门派还有好多各成一体的种族，此外还存在一些或隐居或流浪的散仙，独身一个人的，大多都会点儿奇门异术，有些甚至修炼天界明令封杀的禁术。这个苏少是他们中间很有影响力的，传言是两万年前就绝了种的九尾凤凰族和灵蛇族的混种，但神龙见尾不见首，那时候却出现在九重天上，当着玉帝的面把两把神剑封印在第七天紫佛苑里。为这个玉帝专门设了紫佛书尉，每天负责看守神剑，修习这种法术，只有他们才能解开封印的。"

他略一思索道："可上一届紫佛书尉是玉帝亲封的荣庆公主，但接任不多时便死了，下一任却不知道谁才合适。总之要是没有接班的，这两把剑怕是永不能重见天日。可黎天联不知道这桩子事，以为玉帝又把剑藏在各个门派里头，所以才起了争执。后来抓你去做了人质，只是那个穆谪把你送回来，八成也有些目的的，以后一定小心。昨天夜里师父已经找药医来给你诊过脉，你睡得沉不曾察觉，不过医师说你身体没有什么异样，该是他们怕你闹，给你吃了药好多睡睡。"

但照他说的，我却觉得不像是这么回事。毕竟赵易说了他们的目的可以说就是我，总归不该是人质这么简单。

我想了一会儿，觉得有点头晕，决定先不考虑这事，以后有时间可以慢慢想。就像师兄说的，现在这些事，我只要躲在他和师父身后就行了。

师兄沉默好一会儿，我自觉气氛尴尬，就开始没话找话："师兄，我觉得……嗯，你还是穿黑色好看。"

他才总算有点笑模样："这算是要求吗？你要是喜欢，我以后天天穿黑色。"

我满意地点点头，欢快地把茶喝完了。

接下来几天里，我按部就班地在厢房里闭关背书，门中的活动一概推拒。好在华山玄青门虽为天界大派，门风却宽松，弟子一概皆如散养，不想参加的活动，从不强迫。

现在我手中的这本经书已被翻得甚不像样，乍看时定会以为是流传上千年之久的秘籍，实则是本去年新编的《正易心法》，外表如此古老的原因，是一年来师父只给了我这一本书。我觉得是师父他低估了我的智商。自师父前几日考了倒着背这本书后，我就一直巴望着师父能别出心裁地考个斜着背，如此一来我终于可以动动我生锈不转的脑子，二来也可婉转地提醒一下师父该换书了。

小千这几日也待在他房中闭门不出，可于小千此人来讲，他在背书的可能性等同于他在做女红。

我知道他在描丹青的可能性最大，因万事中他除了法术、描丹青和脑子短路之外，已经找不出拿手的事。而最近他正在以"我的真命天女"为主题创作一系列丹青。

果不其然，几天后他捧了一幅画卷屁颠屁颠地跑来我跟前。我将手中的一袋瓜子推给他，道："来，吃瓜子。"他打开卷幅用手指给我看，喜滋滋道："看我新描的丹青。"画上一个女子，锦衣华服，长发高绾，面目清丽。我想这就是他的真命天女。真命天女斜倚在软榻上，左手捏着一只精致的糕点，右手正翻桌案上的书。

我吐掉嘴里的瓜子皮，淡淡道："这不就是我近日的生活写照嘛。"

他甚诧异地将我浑身上下扫了一遍："人家一看就是大家闺秀贵族气质，你……"甚嫌弃地将我浑身上下又扫了一遍，"若是我照着你画上去会吓跑人的。"说完很自然地伸手拿瓜子，结果被我一把抢去："谁允许你吃的！"

我一本正经地对他说："虽说我坐的不是软榻而是竹席，穿的不是真丝而是素袍，吃的也不是糕点而是瓜子。但是……但是，呃，我至少还不是那么丑嘛，再说我们的精神境界是相同的，都是在看书。"

小千撇着嘴看了一眼我那本烂掉的经书，因争不过我，抱着他的宝贝丹青去找师兄去了。

一盏茶的工夫以后，师兄端端正正坐在我对面的椅子上，看看我，又看看小千的丹青，再看看我。来回看了好几遍。

我道："你能不能快点……"

他嘴边噙了些笑意："是很不一样。"

我自然不服气，但与师兄争辩并胜利的可能性几乎为零。于是我恶狠狠地瞪了师兄身边得意忘形的小千一眼，没想竟被瞪了回来，于是我又不甘示弱地瞪回去，然后又被瞪回来。来回瞪了几次后，师兄的声音幽幽地飘过来："那我就不打扰你们眉来眼去了……"

我一惊，瞪回最后一眼后，拿起被我搁在一旁的经书继续看。

半晌听见师兄又道："拿反了。"

后来几天，我与小千实在不是很对付。这种关系一直持续到那日他来找我。

当时我正在桌旁研墨。

他扭捏了半天后，对我道："我对你一个同门有意思了。"我道："谁？"

良久，他嗓音轻轻地道："就是你师兄身边跟着的那个漂亮姑娘……"

关于最近常出没于师兄身边那个青衣少女，我其实已经疑惑很久，疑惑之到底是何方神圣，能得师兄另眼相看。于此时而言，小千当着我的面提她，正是给我一个机会可以好好探探她。

我决定拉上小千一起，心道被发现也定要拖一个下水，跟他同归于尽，或者情况好一点，拿他当个挡箭牌，我便得以甩甩袖子一身清。

想到这，我板起脸一本正经看着对面的小千，开口道："你可曾和她打过招呼？"

他如实答："没有。不过我正打算找一日……"我打断他："那你可知道她是谁？芳名为何？"他看我一会儿，认真地摇摇头。

我心中窃喜，表面却装着责备："这怎么行呢？既是这样，我可以帮你了解她，也算是报你的恩。不过这事可要保密，若明着问，许就让她觉得我们有什么别的意图。"况且我的确算是有别的意图。

他踌躇一会儿，点头应了。

我想，查事情总要从根源查起。在我努力回想以后，理出这样一个梗概：

师兄早上有晨练的习惯，每天刚过卯时必定要把我从床上拖起来陪他练练剑法，且一练就是两个时辰。

大约三日前，师兄破例没有来叫我晨练，可如今我起床已养成习惯，过了卯时就睡不着，遂翻身下床，顺着师兄的仙气一路找到玄青门山门口。

门口站着个青衫少女，明眸皓齿，斜绾玉簪。师兄捏诀开启结界让她进来，两人寒暄了几句。幸而今天风向正好吹向我那边，只言片语飘进耳朵里。

那少女道："相别六年，秋窗总算是没有失约。"

师兄一改平日冷面的模样，笑道："啊，既然你以前修过金术，本上仙就给你在合昌长老门下留了个位置。"

合昌长老正是玄青门五大长老中的金长老。

我刚想近一步看，门旁的两人一闪身没了踪影。

好友九唐讲，外头传言我是个好奇心重的神仙，且好奇心不是一般的重。凡是我想弄清楚的事，拖上一刻，心里就像有个小爪子在挠，挠得夜夜睡不着觉。

此刻正是碰到这么一件闹心的事。

后几日，青衫少女常出没在惜魂殿后院，但没和我打过照面，互相并不认识。

如此是这事的缘由了。

这样想来，不难让人觉得这少女与师兄曾是老相识，我和小千商量后定下主意，打算在她与师兄的对话中找些线索。

次日，由于师兄和目标对象要在后院的启明湖边钓鱼，我和小千一人穿了件一青衣，头上顶一条碧色披帛，只露两只眼睛，可与湖岸上绿色的花草融为一体，便于伪装。但考虑到旁人一眼看到花草丛里长了两双贼亮贼亮的大眼睛会是何种惊吓，我们又各自在脸上蒙了层青纱，方才出门往湖边赶。

初夏的启明湖，水清清。一池荷花，红得亭亭。

青衣少女立在湖边，左手撑一把二十四骨油纸伞，伞上广玉兰盛放。及膝的乌发绾成一朵花的模样，用一只打磨光滑的广陵玉簪子别在后脑，让人实在无法将她与钓鱼这种事联系在一起。湖畔的小风撩过她的衣裙，显出一双白绣鞋。她握伞的手紧了紧，袖子向下滑了一滑，露出莹白手腕上的翡翠珠串。

我硬拖着看美人看得动不了的小千躲到离湖岸远些的一棵柳树后头，那儿恰巧有块大石头，可供坐下休憩。

未几，师兄玄衣飘摇出现在来湖边的青石板小路上，背着的手执了一柄折扇："秋姑娘这几日，在门中住得可习惯？"

撑伞的少女斜过身，略微点头道："是，师父待我很好，同门也都很热情。"

师兄望望启明湖，扯出一个笑："姑娘不介意的话，不如我们到亭中坐坐。"

她回了一个字："好。"

启明湖上的八角亭，曾有那么一段故事。

算来五万年前，玄青门才刚建立不久，那时的掌门展荒上神是个风靡三界的厉害人物。三月初十，正逢鬼族传统的邀灯节，鬼君一张请帖传到天界请他来参宴。邀灯节邀灯节，本是半夜来庆的节日，整个鬼族地界被彩灯装点得五光十色，犹是举办筵席的露台一围最甚，明晃晃的亮如白昼。台上歌舞升平，宾客一夜畅饮。

正是欢愉时，竹台上舞姬轻足点地，起一支新舞，罗纱裙旋转间，一只高高悬挂的彩灯嗖地掉下，火势飞快蔓延整个竹台。

为使彩灯亮起来时更加明亮，鬼族法师在灯火中掺了法术。被施术后的灯火表面看来没有两样，实则大部分人都知道，这种火极不容易熄灭，且被火苗触了皮肤的，不管是神仙还是妖魔，都会顷刻间化为飞灰。

一时间场面混乱，台上舞姬吓得花容失色。原本热闹的宴会一眨眼间冷冷清清没剩几个人，只有地上横七竖八躺着几只鞋。按我平时看戏时得来的经验，每到这时总会有一位救世英雄从天而降，身着一袭金光闪闪的长袍，手拿一把金光闪闪的长剑，大手一挥就啥事也没有了。而五万年前的那时，虽的确出了一位救世英雄，但此人既没穿金袍也没拿金剑，他就穿了一件普通的白衣服，手里拎了只刚刚准备下酒的鸡腿。

展荒上神扔了鸡腿，长身玉立在半空。空中忽有一道白光闪过，还看不清是怎么回事，上神已抱了台上的舞姬翩翩然落在地上，衣服上一点儿火花没沾。他微微抬抬手，手上陡然升起一道金色光芒直通天际，下一刻大雨瓢泼而下。雨下了三天三夜，竹台上的火方才被浇灭。

此后半年，展荒上神娶妻，一台红轿迎进玄青门的，正是那时被他救下的舞姬流鸢。

传说这个流莺，虽是鬼族出身，但出淤泥而不染，自小有神仙的仙骨，可惜红颜薄命，嫁给展荒不过三年，中毒而亡。因她生前喜欢荷花，展荒就在启明湖中种了一池红莲，红莲长到他们常游玩的亭子旁边，生生改了艳丽妖冶的红色为纯净的白，成一道奇景。因而此亭得名"浣莲亭"，象征一段千古佳话。

师兄和青衣少女已走到亭中，在青石小桌旁相对而坐。师兄将扇子搁到桌上，玉指一弹，桌上出现一套白窑茶具，他为自己和对面人斟上茶，又变出一把钓钩，抛到湖中，重新坐好打开扇子。

听他们说了几句寒暄话，亭中少女突然道："上仙这扇坠当真奇特，静置在桌上时只是一串白玉珠，此时摇摇晃晃已变了五种颜色。"

师兄放下茶杯："这是五色珠，仔细看其中还似有一条龙在游走。"笑笑又说："姑娘喜欢，就送给姑娘吧。"话毕把扇坠取下，送到她手里。

小千一时按捺不住，看样子就像是要冲上去掐断师兄的脖子："一串扇坠算什么，看老子我……"边说边一掌拍到柳树上，因他情绪太过激动的缘故，这棵倒霉催的柳树微微晃了晃，咔嚓一声从小千下掌的地方生生断掉，砸在草地上。

亭中男女双双回头，神色诧异。

如此第一次行动就以失败告终。亏得我在事前已在脑中模拟过几十种被发现时的情景，但这一种我还真没有想到。

我干笑两声道："啊，师兄，我们最近正在研究……啊研究弄死一棵柳树的所有方法。哈哈，你别见怪……我们穿成这样是为了万一这柳树转世投胎成人，认不出我们也就无法来报仇，哈哈。我们这就回去，你们继续，哈哈，你们继续……"

回去的路上，我们碰见了师父，他看了我们一会儿，神色戏谑地走过来，我还没反应过来，脖子上已架上了师父的剑。他笑得邪魅：

"你们胆大包天了，敢来我惜魂殿行刺，说吧，谁派你们来的？"

我默默格开师父的剑。

小千恍然大悟道："啊，原来刺客不只有黑衣的，还有青衣的啊。"

我无奈："不是……"

偷窥计划失败，而又不能再尝试一次，一是师兄必有些防范，二是以小千的性格，不坏事就简直誓不为人。因而我想，既然正面的路走不得，那就走侧面的路，于是我决定找个高人指点指点。

据上古史记载，盘古开天辟地后天上地下共分为三界，即天界，地界，人界。天界住着神族、仙族，地界又分妖族、魔族、鬼族，人界即为凡界，只有一个人族。

单说天界，九重天上大部分神仙，九重天下各占一方的六个宗族，以及四海水君的宗脉都是神族，生下来就是仙身。其他在十三个派别修道成仙者为仙族。

天界年长些的神仙大都仙法卓然，多者修得上仙品位，更好的修得个上神，唯一人除外，即蛟龙族小皇子柏梦柯。

柏梦柯其人，年岁四千还有余，三界中风流第一号，四千多年半吊子的修为，阶品上只得算个神君，人称梦少。

梦少之风流，不只于他做事，脑袋也是一等一。三界无一八卦他不知晓，以至地界哪个蚊子精哪时哪刻在哪儿生了一窝小蚊子，这一窝小蚊子一共多少只公多少只母他都清清楚楚。

故而日日向他请教八卦之人络绎不绝，千年来蛟龙族王宫的门框子被挤破了六六三十六次，门槛子被踏烂了七七四十九次，门环子被扣弯了八八六十四次。逼得蛟龙族王君专设了个偏殿堆放备用的门框子门槛子门环子九九八十一套。

可要请教梦少必是要依着他的时刻安排，大多人是无果而返。

风起竹林

但常言道，物以类聚，人以群分嘛。风流者必与风流者为友，师父就与他有些交情，因而他能给我们个优先待遇。

是日我带着小千甚悠闲地御了个风来到蛟龙族占据的内海千秋海畔。入了千秋海，我们一路轻车熟路直入王宫，站定昭弥宫门前轻扣那只刚换上的金门环，却并无仙官仙婢来开门。轻轻一推，门竟开了。进了前院，风流公子柏梦柯在八角亭中坐得四平八稳，一袭白袍镶定银边，黛绿色长发随意披散，手上掂着一只黑瓷酒盏。他嘴唇上垂得轻松，眼中却慢慢浮上一层笑意："等你来呢。"

言道师兄下界游历时，一日路过条山涧，其间流一条河，贯穿山体南北。忽见右边山头上紫光一现，又有金色的微弱光波弹开，料想是一个神仙和一个妖在缠斗。

登上山顶朝下望，见一头金色巨蟒以蛇身立在空中，后尾一击山体地动山摇。巨蟒跟前站着一个少女，左手托着个紫金轮，右手提着把剑，红衣飘飘。她那把剑剑身连带剑柄上全是血，一舞就在空中划成一道血痕。

他看出来这巨蟒是个强妖，也看出来这个红衣少女修为很浅，像是还未得仙身，此时已是危在旦夕。

他觉得这个人他有必要救一救。

他近到红衣少女身前，瞥见她用一种惊讶的眼神看着他。

只见巨蟒周身一阵紫光暴涨，巨尾陡然腾起一股紫色冷焰，奔着师兄扫过去，带起一阵狂风。红衣少女一愣，慌忙送过去紫金轮抵挡。

师兄他不紧不慢，从腰间锦囊内掏出四只锥形匕首，向金蟒掷去。一眨眼的工夫，电光火石，匕首又飞回锦囊中。再看眼前，巨蟒真身已灰飞烟灭，徒留一缕紫烟缓缓升向天际，那是强妖被灭后残存的魂魄。

虽说师兄下界前被封了法术，但匕首乘了他的修为，吸了他的气泽，直如一个小段温言跟在他旁边，再者他已修得上仙阶品，以至如今一招能灭了金蟒。

身后红衣少女惊得半晌没说出句话来。师兄眯起眼睛再定睛细看，玉帝爷爷的王母娘娘来，原这少女穿的本不是一件红衣，而是一条青裙，之所以会看成是红色的原因，是因为她左肩右腰上各挨了一蛇尾，幸得有紫金轮抵挡，伤口不是很深，却也浸得满身是血。

他走过去喂了她一颗仙丹，伤口便迅速愈合。

原这青衣少女是凡界当今圣上的小女儿，换句话说是今朝小公主。虽是公主，却是个苦命的公主。

当今皇帝膝下无子，一心盼着能添个小皇子。这位小公主的母亲秦才人原本不得宠，后来有孕期间颇爱吃酸，因俗语云"酸儿辣女"，皇上龙颜大悦，封秦才人为昭容，赐了个封号"英"，宝贝一样关在宫里。

不久，英昭容产子，皇上特地从御书房赶往后宫，不想到了宫门，听闻又是个公主，未进英昭容宫中半步，拂袖而去。从此英昭容独自一人将小公主带大，起了个名字叫秋窗。

皇上见着小公主就想起无皇子的烦心事，秋窗亦总被姐妹欺负、排挤。六岁那年，她出城途中碰见一位神仙，自称是隐居神仙苏子鸣。她当场拜了师父，回去跟皇上一提，皇上很是高兴，面上却沉吟了一会儿，准了。

入师门不过十年，英昭容在朝中给秋窗安排了件亲事，招她回宫。她行到半途碰到金蟒围堵，这才被师兄救下。

任一出英雄救美的戏段都等于在英雄和美人之间牵了一根红线，这一出自不例外。

秋窗不愿随随便便嫁了，为自己父亲所利用，又感念师兄的救命之恩。调养几日后，择了一个夜晚入宫，给母亲留了封告别信，当夜就随他四方云游去了。

后来师兄要回玄青门，与秋窗相约待她料理完凡界的事宜去华山寻他。是以六年之后才出了这么一桩事。

听完这段往事，小千一语不发。我却是颇感兴趣，先惊讶了这段故事的曲折片刻，再唏嘘了秋窗的苦命片刻，又赞叹了这场缘分的奇特片刻。

后来一想不对，这么说这个秋窗的老师就是那个著名的苏少？

想了一会儿觉得十有八九，却不晓得到底如何，就端起梦少给斟的酒抿了一口，拉起小千起身告辞。

第九章

四月中，暮春的花事零零落落。我随师兄在后院种下成片的千日红。

玄青门处在一年里最安静的季节，没有什么活动，每天只是照例诵经，修习，练法。好友有时聚一聚，遭数不多，每次都草草散了。

一日师父给我上岳楼剑法第四十二课。我真佩服他，一套剑法七七四十九路，他教了……一二三四，啊，四个月还没教完，可见师父优哉游哉的外表下，掩藏着一颗多么有耐心的心啊！

今天要学的这一式叫"横步生云"，师父是这么解释的："阿故啊，要想用好这招，应当先一步或两步跨到距对方脚边两尺的距离，当然如果是右手执剑最后一步就是要右脚着地，如果不幸是左手拿剑就相反，这时候剑尖要向后，腰要前倾，手往后伸直，手背朝上让剑平放，不过要小心不要划到自己。距离到了就马上划向对方肋骨，狠狠地划，刀口控制在三寸左右，然后另一只脚朝前迈，落在对方背后一丈的地方，横剑抵住他后脖颈。总之还算简单。"

我垂眸接话："确实简单，我从没见过这么简单的。"

其实归纳总结一下，这一式就是一步上去照着别人腰砍一下然后转到他身后。我都有点崇拜自己的概括能力了。

师父说："这一招要用在两人之间距离比较近的时候，但也不能太近啊，如果很近，人家就分不清你是要砍他还是要投怀送抱，所以一定要拿捏好距离。"

我说："但是如果让对方以为是在投怀送抱，其实有一半确实是投怀送抱，但另一半是实质性攻击。然后他就会愣住，于是我就可以出其不意地攻击，这难道不是更好吗？"

师父笑眯眯的看着我，好久才说："那你就试试，看看人家会不会在你刚动第一步的时候就干净利落地结果了你。"

我仔细考虑了一会儿，然后决定放弃这个不要命的计划。

这么练了能有一个时辰，师父一直在旁边桌子上自斟自饮。我眼睁睁看着他喝下三大坛天界十分有名的、存放了两千年的桂花酿，还能和梦少隔空在意识沟通里下棋并完胜三局。这究竟是怎样让人毛骨悚然的酒力啊……

偶尔时候，他会看我一眼，然后指点一句，比如"手要伸直，重新练"，然后我就要从头开始。或者是"步子太大了，容易摔倒，重来"，于是我又重新尝试。

终于，在他胜过梦少五局棋的休息空当，我拖着剑一口灌下半壶酒，然后苦着脸问他："师父啊，下午我还要去练笛子，今天就到这儿好不好。"

他头也没转的把玩着一颗黑子，语气坚决地说："不好。阿故，你练得速度太慢了，再这样下去，就没时间了。"

我举起酒壶："什么叫没时间了？"

他偏头过来，脸上带着笑，以后想起他那个笑，我就会突然觉得很暖很暖，暖过任何季节的太阳。

他抬起右手摸我的头，然后把碎发别到耳后去："因为，一个月以后，我就要隐退了。"

我刚要把酒往嘴里倒，听了这话，手突然不稳地一抖，剩下小半壶酒都洒在脸上，顺着下巴淌进广袖的白色上襦。

"师父……"

"到时候你师兄会接任掌门，他是个很认真的人，会把门里管理的很好。以后你要是有不明白的事，就去找他。"

不等我说话，他转头看着天，脸上轮廓很清晰，阳光染出光影："这套剑法，是我最后要教给你的东西。它很难很不好练，但招招精细得毫无差错。如果掌握得好，它会救你很多次。"

"阿故，一定要好好保护自己。"

我满脸都是酒，鼻子里充斥着桂子清甜的香气和浓郁的酒味，我想就算现在哭出来也不会有人发现。但是打了好几圈的眼泪又回去了。这种酒味，在多年以后，我每次想起师父，都像是绕在我鼻尖。

这是我不喜欢喝桂花酒的原因。

练剑回来经过启明湖，隐约看到亭上人影晃动，走近一看才知是师兄和秋窗。几日之前秋窗在炎辰殿与我碰见，她主动同我打招呼。她长得很漂亮，眉毛微微上扬，双瞳剪水，脸色莹润，双唇微抿，眉眼虽然不浓丽却清雅别致。同我打招呼时行揖礼的动作，亦是贵族门庭长久调教的大气温婉。

我想象她曾经是公主的时候，戴着金钗首饰，穿着颜色鲜艳的锦缎襦裙，应该是很好看的模样。我只能在心里悄悄承认，我不如她漂亮，也不如她有才华，更不如她性情温雅。

师父一直致力于把我培养成一个琴棋书画样样精通的大家闺秀，结果最后却成了吃喝玩乐样样精通的废柴……

从前秋窗还没来玄青门的时候，师兄曾教我下棋。这事本该师父教我的，但最后以我上了八节课后还没搞明白"马"要怎么走而告吹。在师父彻底断定我对下棋一窍不通的时候，师兄自请来教我。结果我在半个时辰之内把初步规则全部掌握。后来九唐惊讶地问我师兄是如何做到的，我撇撇嘴回她："没什么。他给了我一本棋谱，说我背会一页他就给我做一次我最喜欢的清蒸鲈鱼。说完他就出去了。"

师兄从五岁学下棋，如今已经二十四岁了。从我进玄青门到现在，我从来没见他输过。如此高明的棋艺，秋窗竟然还能与师兄杀成平手，比起来我的水平实在是太惨不忍睹了。

这时候亭中博弈正酣，师兄手捏一颗红子盯着棋局转了好半天，秋窗先看到我，勾起嘴唇笑了笑。师兄一回头，看见我一愣，招手道："阿故，你来学学。"

我磨磨蹭蹭走过去，坐在一旁观摩。秋窗给我倒了一杯茶。

几个回合，师兄修长的手指执起一子落在秋窗的黑色的"帅"旁边，秋窗忽然眼睛亮了亮，随即轻叹一口气："我输了。"

我赶紧凑过去看棋局，师兄准备收棋盘，被我一把按住，用手指头指着道："这怎么就输了？把这个子跳到这边来不就好了？喏，就这个位置。"

师兄看我好一会儿："阿故，上次白背了，把鲈鱼给我吐出来。"

秋窗在旁边掩着嘴憋笑。

午后的阳光，以一种精巧的角度铺开在启明湖上，成群的鱼一尾尾西行，远处松树林里铮铮的鹿鸣，传过来已经成了一片忙音。

丑时三刻，一只雁长鸣着飞过惜魂殿上空，我被这叫声惊醒，茫然好半天才弄清楚怎么回事。我这个人有一个毛病，就是半夜一旦醒了就再也睡不着了。思忖良久，我起床靠在窗边小榻上吹笛，是那首我白日里练了好久的最喜欢的《雨霖铃》："今宵酒醒何处，杨柳岸、晓风残月。此去经年，应是良辰，好景虚设。便纵有、千种风情，更与何人说。"

哼起这首曲子，时光都有片刻的静止。

在这片刻的静止里，合着曲子的箫声从院子里传过来。我微微愣愣，点上一盏不着花纹的白油纸提灯，裹上鹤氅举笛奔到后院。

竹林萧瑟的撒下浅浅的光影，师兄一手掂着玉箫，一手转着银纹走游龙酒杯看我："将破晓了，可举杯一叙？既有晓风残月，三杯酒后，今宵可醉卧此处。"

我僵着脸看他："此处只有竹林并无杨柳依依，四月天凉，今宵酒醒医馆病榻，伤寒难愈，举药碗声泪俱下，便纵有、千种风情，只惜染病体弱，无力与人说乎！只怕师兄若要醉不必三杯，一口酒后即可醉卧此处。"说完倒一杯酒一口饮尽。

师兄深深看我一眼，幽幽道："今晚上皮痒了是不是？"

我干笑着把提灯搁在桌角上，在石凳上坐下又喝一杯酒。

师兄盯着我抬手举酒杯的动作，轻声说："本来打算送你样东西，你既然这样说，那就算了吧。"

我立即把身子探过半个桌子，忽闪着大眼睛，软着声音道："师兄，我刚刚跟你开玩笑。其实你很能喝的，三大坛也不会醉倒的，而且四月已经快立夏了，天一点儿也不冷，师兄身体很棒绝对不可能害伤寒的。所以……所以，师兄你既然已经把那东西准备好了，就拿来给我看看吧。"

他笑着意欲数落我，然而最后只伸过手来刮我的鼻子。随即他从背后取出一只顶大的雕龙纹象牙首饰盒，拨开铜扣，里边平躺着一套素银首饰。有凤凰卷草头冠，一只牡丹花主簪和一对菩提叶缠枝钗，还有流苏云纹偏簪四只，海水纹跃鱼嵌宝璎珞，和六只细细的鸳鸯莲叶镯。

我看得呆住，用手比着颤着嘴唇道："师……这……这、这……""这"了半天才憋出一句话："我生辰……早过了，怎么还有礼物？"

"嗯？"他含笑点我额头："不是生辰就不能有礼物？不喜欢

我可以送别人。"

"别，师兄，我喜欢，特别特别喜欢的。但是……无功受禄怪不好意思的，你说我怎么谢你？"

"唱歌跳舞，会吗？"

"唱歌就算了，嗯……跳舞的话，我看过很多舞姬表演啊，可以试试的，那、那我想戴着这套首饰跳，行不行？"

师兄从掌心里变出一只小铜镜，递给我道："自己戴。"

我把镜子立在桌上，躬下身子对着镜子盘头发。好久才在头顶上盘好髻，余下头发在颈后用白绫束起来。髻上簪好牡丹簪和缠枝钗，偏簪用在白绫上边，最后凤冠怎么也戴不好，总是歪歪斜斜。师兄笑一声转过来帮我戴好，又挂上璎珞，六只镯子套在一只手上。

我再看镜子，虽然没涂脂粉，可觉得一年前十五岁的及笄礼上，我也没有这样好看过。大约因为是师兄送的，所以格外地欣赏。

装扮完毕我起身退到空地上，师兄配合的吹箫。

乐音袅袅，我尽全力稳着步子起舞。银镯碰在一起的叮当声，听来像山间涓流。我今天穿了绣水墨山海的白色腰裙，配深蓝色大袖上襦和白鹤氅，想象跳起舞来应当翩翩如一朵旋转飘落的广玉兰花，可这只是想象，我没学过舞，跳得有些促脚，大概只能像一朵含苞且生的奇形怪状的小桔梗。

我鼓励自己大胆一些，于是就随蜿蜒而上的曲调开始旋转，慢慢快了，突然平衡不稳，脚下一空，右脚脚踝着地，头上的头冠也配合的飞了出去。

我想的却不是脚有没有事，只是惋惜纯银子软，那头冠这样摔出去大抵逃不过断掉的宿命。

蓦然眼前黑影一闪，灯光晃动，师兄接住我的腰，我险险站住，脚踝疼痛不止。心里想怎么老跟脚踝过不去，要是以后一活动脚踝就扭到还要人怎么走路啊。

　　师兄一手扶着我蹲下检查,轻轻扭动我的脚踝,我立马倒吸凉气,哀求:"别……别扭了。"

　　他皱眉打横抱起我,我想起什么,大叫:"头冠!头冠!"

　　他无奈去捡来,我扒拉着他的手,确认头冠完好无损方放下心来,又支使他抱我去石桌,我把冠子端端正正摆好,首饰卸下来,抱起首饰盒才叫他走,他抓起提灯说我:"脚扭了还想着这些,要马上抹药休息的,女孩子家学着爱惜自己一点。"

　　虽是批评我,我心里却听得很舒服。

　　走到门口看见黄衣一闪,我刚想叫住浣颜,她已不见了影子。最后一眼看在她微微噘起的嘴角,颊上挂着什么晶莹的东西,在灯光下照得透亮。

　　我看着师兄道:"浣颜她怎么怪怪的……"

　　"她不会有什么事,你先把自己照顾妥帖就好。"说完手又箍得紧一点,不知是不是怕我摔下去。

　　我喜欢他怀里的温度和隐隐的桃木香,慢慢地开口问他:"师兄,你说,我长得是不是不漂亮?不如秋窗姐姐好看?这套首饰很名贵吧,我戴着会不会可惜?"

　　他脚步一顿,好久才回答:"怎么会想到和她比?没有这回事,你长得很好看。"

　　我心里很开心,就轻轻笑出声。师兄抱我走进我房间,直接放到竹床上。我由着他把脚端到他腿上,用师父给的薄荷膏涂了三层,又软软地说:"那,我跳的舞呢?转个圈都会扭到脚,动作一定很笨吧。"心里又一边想着,秋窗跳舞一定很美,不知道她有没有给师兄跳过,当时师兄也在吹箫给她伴曲子吗?

　　我本以为他会像平常一样带着调笑说"你也知道自己动作很笨啊",或者"女孩子都应该很会跳舞的,你跳成这样子,像不像个女孩子啊"。

可他没这样说。他好像没听见我说话，帮我把被子掖到下巴，笑着轻抚我的额头。

可能是跳舞跳累了，半夜醒来就再也没睡着过的我眼皮居然开始打架。

半梦半醒间，听到一个低低的声音轻声道："你总爱把自己想的不如别人，其实没有，这是我见过的，跳得最好看的一支舞。"

第三卷　恨无期

第十章

时间着实是个磨人的东西。

上次师父口中的"一个月"，被我诚惶诚恐念叨过了。师兄曾说，若是你想时间走得慢些，它偏飞快地跑，你若盼着有一天到来，它却非要你巴巴等好久。是以这一个月，我一直想着师父隐退的日子，望着能像师兄说的，时间慢点再慢点，可这时间过了，却依旧觉得实在太快。这么看，师兄那句话，并不太能当真。

离别的方式可以有很多种。师父偏偏挑中在深夜不辞而别。

三日之前，师父刚刚教完我岳楼剑法的收尾式。黄昏时候，午时上来的暑气将将歇了，师父传音叫着我和师兄到西侧殿的小吊脚画楼边上吃茶。

转过大片虞美人，半苑楼底下设了一方长桌，几把座椅。师兄煮茶，师父摆香。青瓷茶具，杯里躺了两条游鱼，后山茶园里种的大红袍，萧条的叶子飘在壶口，映着微微的青碧色。

背影里龙纹冰裂釉的香炉，师父掌心生火点了小香塔，扣上炉盖，白雾施施然升起来，清幽檀香纷至沓来。

我轻抿了一口烫茶，转着茶杯待茶汤凉下来的工夫。师父移开香炉，挑着细长眼角道："唔，阿故，你近几年竟越发标致了，与从前我领回惜魂殿来的小毛丫头，却像是两个人了，喏，你可知你从前，微瞄了师兄一眼，"你从前，整日里活蹦乱跳，打理好模样出门，必定蓬头垢面回来，甚不像样。"

师父从不曾这样说话，像长辈和蔼对晚辈关怀的语气。纵然我刚来玄青门那会儿，整天和九唐厮混，没少逃集体课，也没少干混账事，弄得实在不像个姑娘家，可这些事师父笑笑就过了，往后从没提过，今日提起来，估摸有些不寻常。

我以为他终于肯吐露我的身世，坐端正预备听师父宣布大事，他却瞥着远处总说些不相干的，譬如，一会儿道："这院里的虞美人最近开得盛气，却不知明年是否还能开的这样媚？"一会儿又道："哦，半苑楼上那只小玉狮尾巴断了两截，也不知被风吹到哪处去了，择日须得再叫匠师重新打一只。"

我一杯又一杯喝茶，香快燃尽了，师兄只顾低头，右手手指搭在茶壶缘上，一下一下敲，面上形容冷的吓人。

师父观着茶色悠悠然说："这原是武夷山上瓷声真人种在寝殿前头的一十三棵大红袍仙树，一百年前他来我这处串门，顺了五棵与我来做了人情礼，这是百年来生的第一树茶叶，昨儿个才开始采取，倒巧了我挑的日子，能叫我走之前尝上一回。"

我手臂颤了颤，抬眼看着他。

他笑笑淡淡道："后边茶园里的茶树，以往都是我每月得了空去瞅瞅，好指点指点事茶的小仙，往后恐怕却不能了。阿故对茶这东西没甚研究，温言，从明日，便换你去看着，我倒也放心些。"

从明日……我端茶杯的手一哆嗦，杯子摔在地上，茶水染了今日刚换上的青裙，成一大片水渍。师兄手指一顿，眼里盯着游走的茶叶，神情一派清肃，却未答应下来。

倒是师父道了一声："怎么竟如此不仔细，喝个茶也能喝的这样。"

我看着他的脸，他的脸掩在香炉冒出的白烟里，氤氲的像仙气缭缭，我仔细记住这脸的模样，只怕转眼就忘了。

时间绵长得叫人看不见尽头。

师兄起身对着师父微躬了躬，缓道："那我去取酒来，为师父，为师父饯行。"

"这么着也好。左右我明日一早便走，时间着实紧，这档子事现在办了也罢。"

师兄端着一坛槐花酿，一一斟了酒，每人一杯，我颤巍巍执起杯来，却许久没喝下去。

喝过了酒，我随师兄绕到桌子侧边，并排着朝着师父，行三跪九叩的大礼。好久不曾行过这样的礼数，我知我已没多少时间能再看见师父，却迟迟不敢望他的眼睛。

眼角润的凉悠悠的，师兄过去说，我一想伤心事眼角就红得厉害，我约莫此时那处必定像烧着了。水珠滚下来，却在它砸到草地上，我才发觉。师父扶我起来，轻声问："怎的哭了？我不过去离这儿两百里地的倾渝山住着，你若想我，驾朵云去寻我便是。"

我此时哪里还顾得了什么身世不身世，只狠狠想要把哽在喉咙里的东西咽下去，想说句话，却不知说些什么好。我原想明日早起还能见着他，晚上思忖好了明日再讲也不迟。

散去时，他扳过我的手，重重写下一个字，又留了一句话，这是他在华山时候留给我的最后一句话，他说："阿故，为师没教过你什么大道理，可你一定且记着，且记着这一个'道'字。"

第二日卯时我便从床上爬起来，天还没亮透，我下床，点灯，穿衣，想着去师父书房，在他临走前说些聊表壮志的话，好让他宽慰些。我拽上外套出门，刚出得门去，正撞上一个坚实的胸膛。我揉眼抬头，瞧见师兄那张不带表情的脸。他脸色发青，好久叹气道："阿故，不必去了，师父他，子时三刻已背包袱走了，谁也没说声，只给把守着山门的小仙官留了封信，叫他捎给我。"他从袖子里摸出一个信封递给我。

我惶惶然接过，颤着手打开，从里面掏出一张顶大的熟宣纸。不着纹饰的纸，顶头两个字笔走银钩，只两个，道的是：保重。却连个署名也没留。

我盯住看了半晌，将整张纸边边角角都仔细瞧遍，再没发现一个墨点。

保重？最后师父想给我们留下的，就只是，保重？

好像一头冰水当头泼下来，从前心一直凉透到后背。只叹当时年纪小，尚未体味出师父写在这"保重"二字里的，乃是个什么。

手颤抖地停不住，被师兄缓缓握住，贴在他胸口。

"别找了。就只有这两个字而已。"

我怔着好半天，只顾看天花板上萦着微光的梁柱。

穿堂风一灌，镂花窗框子猛然颤了一颤，烛灯影子晃三晃，灭了，只留一段缭绕的，长长的白烟雾。

师兄袭掌门之位，算来是五月十五。

仪式办得派头很足，十来丈高的大台子上，围了八面迎风招展的旌旗，鼓擂得像要上战场。师兄虽吩咐一切从简，丝竹乐队还是奏了一整天才收拾收拾打道回府。

台下议论的议论，说闲话的说闲话，无非怎么仙尊不说一声就走，或者新掌门继位应该几日前就大张旗鼓地准备云云。师兄朝台子上一站，什么杂七杂八的声音都安静了。他先冷冷扫一遍乌压压站成一片的弟子，微微偏了头缓缓丢出四个字："秉甫，文书。"

叫秉甫的小仙官恭恭敬敬呈了一卷金灿灿的卷轴过来，师兄低眉接了，干净利落地抖开，清清冷冷地读出师父日前拟好的交接文头："承德君八千七百一十七年，华山玄青门原掌门余岚季履职期满交位于长徒段温言……"

师兄为人严肃，把做掌门的威仪拿捏得很是到位，端起架子来竟不逊于当今天上紫金宝座里头端坐着的玉帝老头子，与他平日里温和的性子简直判若两人。读完文书他一句闲话没多说，只施了个礼，眼风扫过台下一众仙徒，没见过世面的小弟子们吓得从头皮到脚趾间统统打了一回哆嗦。

师兄瞥了一瞥五花呼哨的旌旗子，说了句："叫厨房摆宴庆贺，本尊身子微恙，不在此处奉陪了。"轻飘飘提身子飘回了惜魂殿。

第二日风朗日清，大清早师兄把我从床上拎起来，叫我整理仪容同他去拜会各派仙僚。我极不情愿地打着哈欠跟去了。

这几日极其忙碌，十三个门派，并带私底下一些小学塾小道观，再加上各族君主的府邸，甚至从前师父交好的一些佛寺，师兄都要去坐坐喝口茶，这么下来，经过我精心排名品评，最终得出峨眉山派的竹叶青为年度最好喝茶叶。

师兄不喜客套应酬，说是拜会，实则就是去说几句寒暄话，便要走。做主家的这些人也大多早早听过师兄名号，知他这般性情，每每敷衍的稍作挽留，师兄必然继续推拒，他们故作惋惜地说句往后常来什么的便送客，如此这一次串门算是走完了。

只有西边榆叶梅林里头住着的白泽一族听得师兄的威名还不够如雷贯耳，白泽君昔时与师父是酒肉朋友，今次极力挽留师兄和我并带随侍的仙官仙婢们在他宫中留宿几天。我和师兄盛情难却，想往日他与师父交情甚好，才勉强答应。

谁知几天前走得急，出门没看黄历，这一住住出件事来，要是个寻常小事也罢，可这事是个大事，且是个关乎我人身安全的大事。

说来不过风月里一段争风吃醋。

白日里我在花园里赏花，中午头日头晒，花园也差不多逛完了，打把扇子往客房走。途中路过一座优雅的殿门，连着雕花回廊。我从侧门前头走过去，忽听得门内隐约飘来细碎人语。

一个道的是："主子这回可想好了，他如今当上掌门声名大盛，这高不可攀的人物，今次好容易来住一回，主子不如跟君上说说多留他几天，奴婢帮着主子制造场景，主子您一定殷勤些，您这一番倾城姿容的美人，定能成就一番美事，不枉这十年相思。”

我走过几步又倒回来，退几步看着门梁上挂的确是文欣殿招牌，看来里面住的不用怀疑，定是如假包换的白泽神姬，白泽君的女儿秦落落。仔细想来觉得颇好笑，十年相思，唔，掰指头算算十年前师兄才不到十五，她却已五百多岁了。这位神姬着实有意思。

里面一个水灵灵的女声道：“嗯……你千万打听着他的动向，我晚宴的时候便将此事跟父亲提一提。”沉默一会儿道：“只是我瞧着他身边却有个绊脚石，须得想法子处理处理。”

我皱皱眉欲继续听她们主仆所谓绊脚石为何物，里头却没声儿了。我逗留了半个时辰，再没听见什么有用的，摇扇子回去了。

流言是个很有效率的东西，一件小事，一传十十传百，就闹得人尽皆知。我本着聊天的姿态跟客房里服侍我的几个小仙婢打听了几句，便打听出一些“不足为外人道”的族中秘事。这几个人虽各有各的说法，不过听得出没将原事走形走得太厉害，对比她们说的共同点，我思忖过后猜想一个最为还原的版本：这秦落落，十年前作陪他老子去参加一个斗法大会，我师兄正好台上献技打败了十来个位列上仙的弟子，她见了生出敬佩之心，慢慢敬佩之心就变成思慕之心，从此害上相思病。她瞧上我师兄这个事，白泽君也很是欣慰，他为女儿选婿良久，衡量这个将满十五的少年性情才华，觉得各方面都实在是个完美人选，可奈何虽是一族之君，终归比不上最得玉帝器重的玄青门的掌门位高权重，于是百般与师父套近乎，打着长远算盘，欲以此找机会将自己女儿与好友徒弟凑成一对。可师兄性情偏冷，十年来统共与秦落落打过五次照面，且还是间接打的，只能略略记住他女儿的名字模样，发展十分缓慢。今次师父隐退，自然不能再靠着师父招徒弟，只好能留一天是一天，先且这么着再看情况。

我略一考虑，觉得师兄这么聪明，白泽弄出这么大动静，他又怎么会不知道他们的动机，既然知道，那自然是故意装聋作哑。连他自己都装聋作哑，我也不必甚在意这件事。结果一个不在意，遇到秦落落设计阻挠，而且还栽了大跟头。

晚膳桌上，我见着这位神姬，长的模样，倾城虽不太行，倾一条街一个镇什么的还是很说得过去。今晚看得出她细心打扮了打扮，脂粉抹得一张脸白里透粉粉里透红，还泛着光，头型极繁复，饰物金光闪闪的晃得我眼花，一身裙子原是蓝的，牡丹提花缎，外面一层纱罩着一层纱，十层纱叠上十层纱，我却还能看得出里面布料是牡丹暗纹的，看来近日眼力是真有长进。

估摸着她若卸了妆模样勉强能与我齐平，比起秋窗自然差的十万八千里。

我预备听着她如何委婉地将一番挽留之意表达出来。

酒过三巡，这三巡里头，秦落落边与他老子说客套话，边直往师兄身上瞟眼风，站在她旁边的婢女却直往我身上瞟眼风。我心想这主仆二人当真是懂得分工，一唱一和的好主仆啊。

三巡过了，她果然站起来，举杯道：“父亲，女儿有一个愿望，不知此时提，合不合时宜？”

她父亲自然叫她讲。

她便一点头，矜持一笑转向师兄：“落落从小对布兵摆阵很有兴趣，只是一直未觅得好老师，余上神与父亲交情好，又对此学问很大，是以从前上神来做客，总要请教请教。上次上神来时，还有一幅阵法图没有解完，现今上神隐退了，不便再去叨扰，段仙君师承余上神，必然亦是见解颇深，可否在府上多住几日，指点指点落落的兵法？”

这一番话说的忒诚恳，忒婉转，不惜将师父搬出来下诓子。

师兄脸上还是一副清淡模样，闻言端正道："神姬女子家贵体，又不理战事，习兵法并没甚用处，不如多习乐习舞才为好。"这话说得客气，不过比起秦落落却明白得多。

秦落落脸上笑僵了一僵，转而换了个更灿烂的："落落自小就学弹琵琶，舞也是从二十岁便开始跳的，学兵法却一直没得机会，落落就这么一个愿望，段仙君若不应，才是叫落落难过。"

她一口一个落落落落的叫得我头疼，抬眼看师兄，他嘴上勾出个浅笑："既然如此，本尊自不好驳了神姬面子，正巧师妹对这块学问知之甚少，不若叫她跟着旁听，也好调教调教她。"

神姬不好驳的面子上脸色有点难看，还是青着脸应了谢，落座时却瞄了我一眼。

第二日便有婢女来请师兄去教课，他收收拾拾顺叫上了我。

婢女径直领我们到秦落落房里，房里一扇屏风，绘的是月上金桂。拐过屏风，进了里屋，秦落落坐在一张矮桌边上，我们落座。

她冲师兄笑了一笑，婢女端上一盘点心，是精致的桃花糕，她请师兄吃一块，师兄推辞说不爱吃甜食，她才又请我吃。我盛情难却地捏起来轻轻咬了一口，发现出人意料的好吃，就三口两口吃光了。这之后，那殷勤的婢女又端上一盘红枣饼，一大碗雪莲子羹汤，外加一碟龙眼杏子丸。我瞧着这实在不像是上课，明明是叫师兄来吃加餐。可师兄一样也没尝，她就每样都叫我吃，最后直接结果是我晚上闹肚子一夜没睡好。

吃完了三样点心外带汤，秦落落最终放弃继续靠美食吸引师兄，磨蹭了一会儿才拿出传说中那幅阵图。

唉，这阵图，我还当是什么奇门阵法，须得讲好些天才讲得清楚，原是我刚入华山时师父拿来给我启蒙培训用的吴水阵。这个阵法，除了加入水行做幌子以外，委实没有什么难度。听着秦落落左一句落落这这这不懂，右一句落落不明白那那那为什么这样布置，我百无聊赖赏窗外景色。

第三天依旧如是，唯一出人意料的是课上到一半闯进一个小婢，对着我说："神女，出事了。刚刚我在花园里采花准备制香，发现一只雕花纹的银镯子，问了一问，一个扫院子的小婢女说是她掉的，我不太相信，忽然想起神女戴了一样的，就想捡来还给神女，可那婢子非说是她的，死活不让，我只好跑来请一请神女。这镯子神女天天戴着，想必很重要，烦请神女随我去看看，那只镯子到底是不是神女的。"

我一看手臂那一串银镯子，数一数确然少了一只。师兄送的镯子，固然很重要。我说了句告辞跟着那侍女走了。

婢女水红缎子的衣裙在前头一晃一晃的，七拐八弯一路分花拂柳进了花园深处，走了好长一段时间，却不见她停下来。我问她，她只说快到了，就快到了。

又走了一会儿她停在一片郁郁的合欢林里头。合欢树生的高，种的密，枝丫斜过来像拱廊，挡了晌午大好的阳光。五月合欢确然开得好，只是用合欢花制香还是头一次听说的，更何况并没见着有扫院子的婢女，哪怕半个人影子也没有。

前头的侍女猛地转过身，很快的身手，掌中攥着根坚实的木棍。

醒悟是圈套时当然已晚了，闭上眼时我尚且还在琢磨，哦，秦落落所说的绊脚石，原指的就是我吗？

第十一章

昏睡了五天，浑身无力。一骨碌坐起来却困倦的厉害，又一头重新趴回去。

所谓的"趴"，着实不能算是真趴，顶多是个"蜷"罢了。在一个木头笼子里头困着，连躺下的空地也没有。五天前大约是被几个婢女捆了手脚囫囵扔进来，胳膊压在身下，酸麻的动不了。要么是坐着，要么就是蹲着，笼子的高度不够一个人站起来，这么下来，浑身骨头散得差不多了，酸痛的厉害。

这就是此处的牢狱吧。白泽族的牢狱，实在憋屈了些。他们单独给我辟了一间房，挺大的一间房，却非要把人关进笼子里头。

哦，是怎么到这来的？一时想不起来了，想一会儿脑袋就疼。对了，是为了那只镯子吧。秦落落那婢女领我来花园要找一只丢失的镯子，结果却被她带到一个无人地方敲昏了。

镯子又怎么丢的呢？细想来我确实没太注意，只是听了秦落落说要处理我那天下午，我在院子里钓鱼，总没有鱼来咬钩，等着等着就在院里躺椅上睡了一觉，半迷糊时觉得手上那一串镯子硌手，就褪下来胡乱塞在锦囊里。醒来的时候想起这事，取出来也没数一数，一股脑儿就戴上了。六只镯子，若少了一只，并不太明显。除了这一处，这串镯子再没离过手。想必是秦落落派了个侍女到我院里来做奸细，瞅着这个空档，摸了一只去，才演出这么一出戏。

　　这五天我过得这样，可师兄呢？我意欲传音寻师兄，却不知怎的没有效用。他本该来救我，如若救不得，至少也叫我听见点儿风声，叫我知道他还想着我，他曾说的，现在若出什么事，我只要站在他身后就行了，可如今，他跑哪处去了？

　　越是深想，手脚就不住的哆嗦。锁链哗啦哗啦响，拖在地上的声音，成了鬼的嘤嘤哭泣，在脑子里放大百倍，蚕食吞没剩余的空间。

　　师兄。我最怕，秦落落施展什么妖媚之术，叫师兄把我忘了。

　　倘若如此……若如此……那我……

　　半夜里秦落落来探我。因为认床的缘故，我自从来了白泽族就没睡过好觉，关在笼子的五天里好容易昏昏沉沉睡了好觉，清醒了就再难如此，更何况再加上夜里寒露重，无锦被可盖，四肢又僵硬难受，不得动一动，我迷糊起些睡意时已过三更。

　　她头上肩上腰上挂的钗钿饰物叮叮咚咚碰撞，掩盖了细碎的脚步声，叫我老远听得清楚。她走到我这处推开房门。我睡得迷蒙，动作比脑子先行一步，唯有脾气还在。开口欲嚷一声"谁家的崽子敢扰着本姑娘睡觉"，奈何这五天，我连滴水都未尝一尝，现如今说话已是困难，口型比的完整，却没听见半点声儿，只带出一连串咳嗽。

　　睁眼看着来人，我压住火，一句话生生卡在喉咙里头。

　　秦落落一身红装，看着竟像是要办喜嫁人的模样，她果然肩上腰间都挂着饰物，细细的金坠子，拖着长流苏，摇曳起来都是风情。她袅袅婷婷地在我面前站定，有意无意的将一把红绸扇探进笼里，金丝扇骨，每根骨顶头上一弯尖尖的精雕小月牙，红玉珠扇坠落在我腿上。

　　她脸上攒出一个柔柔的笑，叫人拖了把椅子给她坐下，她俯身看着我道："听闻神女今日醒了，我特意来看一看你。本想我给神女单辟的房间，神女会住的舒服，这会儿应当已经睡了，我来看看你睡得好就回去。结果，神女原来住不惯啊。"

我火气一个劲儿往上蹿，听她这么刺激我，直欲说句狠话刺激回去，那样顶多再多挨几下板子，决不能这么受了，白丢师父面子。

我拼了命往外逼话，嗓子疼得火辣，一个字没说出来，反倒喉头一甜，舌根处含上了一口血。

秦落落清脆道："你看，你现在嗓子已经破了，如若明天还不给你水喝，你这嗓子就废了。"顿住话头又手揉额头面露为难神色："可这是父亲的命令，神女犯了罪，就不能给水喝，我也没有办法。神女只好忍忍吧。"她把扇子轻轻扬了扬，扇骨上的月牙儿划在我脸上，一划就是一道血痕。

我头一昏，方才那口血还没来得及咽回去，又上来一口，齐齐呕出来，白裙子上染了一片。

我把血沫子艰难地咽进肚子，比口型向她："我犯了什么罪？"

她好笑地瞧着我："哦？神女记性实在不太好，我便再说一遍给你。前些日子，那婢女同你争那只银镯，你捡起来要走，她死命抱住你的腿不放，你气急把她推下井去溺死了，这些神女都忘了？才几天呢……绣合那时可在场，她原原本本告诉我的。你可是这么说的，绣合？"她转头向身边的侍女，那侍女答"是"。我才看清这叫绣合的侍女就是那天将我敲昏的那个。

她偏偏头又笑道："哦，对了，还有一桩喜事，你同你师兄关系那样好，你也会很高兴的吧。你师兄，他待我很好，我们两情相悦，父亲已经下令要将我许配给他，婚事明天就办。我原本想邀你来喝喜酒的，但看神女这样子，恐怕不能了啊。所幸段仙君也不愿意你去呢，你现在不能说话，会多出很多麻烦，我们夫妻生活美满，平添神女你一个人，不是多余了吗？"

我一口气没上来，却还强撑着不昏倒，可后面的话我都听不清楚了，直到她走了，我才浑浑噩噩歪在一角。

　　我想起师兄。

　　他竟然连见都不想再见到我。对啊，他真的喜欢上了秦落落，那个人眼角眉梢挑了浓浓的风情，或许，他就该喜欢这样的。秦落落说的不错，我现在这样子，半条命都丢了，又被强加上一桩命案，会生出许多麻烦，他何苦要自讨苦吃。想到这里，我竟然不恨他。

　　计算着日子，我最多还能再撑三天了。至少渴也渴死了。不知道师父九唐他们听说我死了会怎么样呢？我私心里希望，他们能伤心一点儿，这样我还能够宽慰些。

　　黎明时候，外面突然人声嘈杂，一道金光猛然劈过来，带着点点繁星光，把整座牢狱顶掀了，露出整片整片透着晓光的天。

　　星光静静下落，像一场翩然的暖雪。金光劈出的豁面竟生出一丛丛海铁树，本是迎水而生的树，此刻藤蔓缭绕，出芽眼，生枝蔓，短短时间经历一番生命的兴衰更迭。

　　一个人影逆着烈风落在我眼前，秀金龙的黑袍，右手一紧，木笼化作点点银光碎在他手中。

　　他疾步掠过来矮身抱住我，冰凉的手萦绕清凉的桃木香，轻轻抚上我额头。

　　"害怕吗？"

　　他来救我了。我气自己方才没考量清楚，秦落落那番话，我怎么就信了呢？不过因受了些惊吓，惶恐得深了，竟以为师兄能将我丢在此处不管不顾。师兄从来不会是那样的人。此中必有缘由，日后再详问无妨。

　　我重重点头。

　　他脸色有些难看，眼睛无光，头发散乱，眉头略微皱皱，语调却放的温柔："不怕了。睡一会儿吧。我陪着你，这些事，你不用担心。"

　　对，师兄来了，我确实什么都不用担心了。

　　我张嘴做口型："师兄，白泽这里，我们还会来吗？"

"不会了。若是你死了，我尚且要斩他们族君陪葬。他们对你做了这样的事，从今往后，我连他们半个影子也不想看到。"

那天凌晨，我睡了这几天以来最为踏实的好觉。

那日晚间回去后，我竟然昏睡了个把月方才醒来。走之前还是蝉鸣盛夏，醒的时候，后院的金桂已现了颓败迹象。

可按往常，伤再大尚且不会睡得这样，可能师兄看我疲惫，给施个诀叫我多睡一睡也未可知。

夜了，长窗微微开着，夜里凉风给送进来。

这段时间睡得昏沉，不太记得太多事情。印象里有几天发了一回热。从头到脚烫得难受，唯有手脚冰凉，有时身上热起来直想踢被子，可每次踢了，总有只手不慌不忙又盖上，把锦被掖到下巴。再踢，他就再盖，不嫌厌烦。我就直嚷嚷，一个低低的声音就沉道："要乖一点。"我觉得这个声音很是好听，虽然听不出是谁的，但也就不嚷嚷了。夜里的时候，有人塞进一只汤婆子，我紧紧抱着暖手。脸上烧的烫了，一只干燥的冰冰的手会轻轻贴在我脸上，这样会觉得好受许多。

我喜欢这只手上的味道，像是空山雨后开了清甜的桃木，闻起来很舒服。

每天我要喝一碗药水，没什么苦味，倒是透着一丝甜香气，不知放了什么。下咽的时候嗓子有些疼，一双手伸过来轻轻揉一揉，就好很多。喝完还会硬灌下一大碗清水。

这个人将我照顾得很好，几个月来一直如是，醒了仔细回想，觉得大概是师兄。可我醒的时候，师兄不在身边。

我坐起来揉一揉太阳穴，第一想法是太闷了，想靠窗吹几时和风，遂掀开被子。这才发现有些不对劲，从白泽回来时穿了条白裙子，身上沾了血，很黏很难受，但没顾得上沐浴更衣就睡了，如今身上甚清爽，还换了套干净的白色中衣中裙，这都是谁做的？我倒抽一口凉气，未深想时，脸先红了一半。

正碰巧此时师兄推门进来，我赶紧捂好被子红着脸，情急之下捏着鼻子违心道："那个，师、师兄，在白泽那里受冻了，我好像有点伤寒，你别过来，会传染给你的。"

门口的脚步声略微顿了一顿，随后又不疾不徐地响起，身后淡淡一声："哦？那正好，我也有点伤寒。"

师兄说这话时脸不红心不跳。我傻了。

我讪讪坐起来。他顺过来一只软和和的绣花枕靠在我身后，点了灯后，很自然地坐到我床上，搅一搅手中热气腾腾的药汤："我叫平日侍候你的那个阿端帮你沐的浴，衣服也是她换的，你不必忧心这个。你也少说些话，别浪费我折了修为调的好药。"

我接了他递来的药，闻言惊道："折修为？你竟为了炼药……"嗓子却还没好利索，说话不济，带出一串咳嗽。

"我刚刚不是让你……"他挨过来拍后背帮我顺气，又道："制这个药需要一味柑苔草花，这草百年才开一朵花，今年春时在山上种的刚开过，师父摘下来孝敬玉帝去了，要再开花还需等一百年，我便分些仙力养着它，催它开花，才折了修为。这都是不打紧的事，认真修炼几年就修回来了。"我才注意到他脸色有些泛白。

我轻声："柑苔草？为何没有味道？"

"柑苔草味辛，你向来不吃辣，我煎药的时候多加了两勺白果粉压辣味，也爽口些。"

我瞧着手里药汤，心想师兄真是什么都会，熬药熬的这样好，还晓得加白果粉调味道，他还有什么不会的吗？

又想起要问问我被关笼子里那几天他的去向，就随口提了一提。他看我一会才叹息着同我讲那时的事。

原那个叫绣合的小婢女敲昏我后并没有立刻回文欣殿，而是向白泽君禀告了此事。那天白泽的朝会上一个老臣子哆哆嗦嗦参本参的时间长了些，拖延了时辰，白泽君刚预备退堂，绣合跌跌撞撞闯进去，当着大庭广众言我将一个小婢推下井去溺水身亡，添油加醋编排一通，说得声泪俱下。纵然擅闯朝会堂前哭闹不成体统，但因人命关天是件大事，白泽君他并未计较。这个绣合忠心护主，也忒有心思，晓得须将此事当着众人面闹给族君知道，若是她先跑回文欣殿同神姬说，师兄必然杀去朝堂兴师问罪，届时白泽君还需看师兄脸色决断。可她先同族君说，她们族君虽然忌惮师兄位高权重，但在众臣子面前自然要严明法纪，故大怒判下狱去。既已如此，师兄位再高权再重尚且要退一步行事。亏得这白泽君知晓要看师兄意思判罪，虽说关进地牢，却没说定个什么罪行个什么罚，还算有眼色。

　　只是秦落落这个公主平日没少给管地牢的牢头好处，那绣合出朝堂便嘱咐牢头私下里将我换去那个隐蔽地方关着，吃穿用度皆特殊相待。才又回了文欣殿，奔进房去泣不成声，说什么此事重大，已先一步禀告君上，又什么死的是神姬宫中的人，请神姬下一步定夺如何如何。

　　师兄当即铁青着脸站起来欲找白泽君问明白，那个随侍师兄的秉甫小仙官却跑进来趴他耳朵上说了几句话，道长白山掌门传话，五会方潭出事，请速去支援。师兄顿了顿，才无奈告辞去了。

　　五会方潭为何物？这是一些老辈的神仙都知道的事。凡界同天界中间有一块缓冲地，亦是链接两界的一处重叠处，是个颇有些动荡的要地。这块地方有个极大的水潭，放眼一望竟像是海子一片，叫的五会方潭，将凡界一些浓重的杀气戾气都吸进去，以调节凡界气泽太平，但常年如此，潭水一片乌黑，一靠近就雾霭重重，乌气汹涌弥漫，若是哪一年凡界的杀气戾气太多，五会方潭不够将它们净化，就会危及天界气泽的清静，故需要神仙去炼化。这潭一直是各派掌门分管，每次出事所有掌门必第一时间赶到，才有了这么一出。

师兄走时不放心，本要传音找我，却因秦落落将关我的笼子设了屏障，无论如何不得说上话。他无法，只得偷偷留了很有眼识又办事利落的秉甫仙官在白泽打探情况，吩咐有事不管何时马上传音给师兄知道。可秉甫在地牢中并没找到我，买通许多人也只得着我被关在御花园这么个不知虚实的口风，因关我的地方太隐蔽，他没能找着我，却得知些别的事情。

原秦落落本心想用我做个拿住师兄的诱饵，与她父亲串通，届时先同师兄摆一摆威风，让师兄有所屈服，再进一步商量请师兄做过门女婿，用这个条件换我一条生路，这么一硬再一软，此事可成矣。

只是她未免太小看师兄的心性了。他向来是个宁可鱼死网破也不听任摆布的犟脾气。若他认定了既要救到我又要从白泽的地盘上全身而退，那整件事除了精准地按照他预想的发生以外，不会有任何节外生枝。

至于那个婢女，倒确实死了一个，只因她前日打碎了秦落落一只极名贵的镂花玉灯柱，被毒打了一顿，早已不知死活了。至于她如何又到了井里，便不得而知了。

师兄一去炼化五会方潭炼化了整五天，第五天半夜听秉甫回报说顺着秦落落行迹寻着了我，师兄才连夜赶路终在黎明赶来，毫不客气一路杀进来才救了我回去。

这么一道曲折迂回的计策，不得不叹秦落落是个人才。可惜将一肚子才华用在歪道上，若是用来写写小说编几部杂戏，说不定将来天界史书上就能给她多记两笔。

我喝完了药，师兄拿过药碗，做这个动作的时候手却顿了一顿，他眉头拧了一拧，胸膛向外扩，没言语什么起身走了。还没待我问上一句他去哪，门已经啪嗒关了。

我觉着有点不对，往床桄上蹭了蹭。

风起竹林

没多大一会儿他回来了，步履轻盈地带过一阵风，空气中桃木的香气竟愈演愈烈。

我胸口沉了一沉："你不只是去送了碗吧。"紧盯着他又道："动了血气要咳出来才好，闷在心里会更难受的。"

他理被褥的手颤了颤，只是片刻，神态自然地挨着我的腿坐下，道："晌午练剑时腿上确实擦破点皮，流了两滴血，但实在算不上动了血气。你这样是不是不太舒服？要不要靠过来？"

我歪头看他："哦？你练个剑还能擦破腿？到底受什么伤了，我都闻见血腥味了。"

浓烈的桃木香成了一条碗口粗的绳索，紧紧捆住我，实打实地扔在一片荒凉野地里，吸吸鼻子，胸腹里莫名涌起一波又一波风拂麦田似的悲哀。

用法术强壮了熏香来掩盖血的气味，结果已经不能轻易盖住了，

加之他每日折些修为，他刚才那副神色已然骗不过我了。吐个血嘛，依他平常的性子，忍一忍吞下去也就算了。要出此下策，就是迫不得已了，料想他如今是忍到极限了罢。

我直起身子来跪坐到他身后，双臂环住他的脖颈，下巴搁在他的头上。好久他伸手握住我的手腕，叹着气说："那天晚上我太慌张了。你知道慌张是什么？就好像有一件你拼命都想守护的东西，它随时有可能被别人拿走，而你虽然知道它在哪里，却无法第一时间拿到它。那一晚我就是这样。"

他从没在这么短的时间对我说这么多的话。我用了好久去理解他所说的"那一晚"究竟是哪一晚，然后用更长的时间弄明白他这样一个神仙拼了命想守护什么。

他为了赶去救我，所以受了伤，然后……

桃木的香气变成无形的幕帐拢住我，奋力钻出去才能热烈地呼吸。但我渴望能吸入更多这香气，我晓得它是难得的唯一的机会，

是最好的保护罩。它现在站在我面前，萍水相逢岂可交臂而失。这样的机会，一个甲子尚且不能轮回一次。

大概是醉了罢。灵台越发混沌。我想起从前。从前的时候，师兄对我是什么样子。以前经历的时候，不觉的怎的，回过头来看，他的每个动作都蒙上了奇妙的情愫。我的师兄。他喜欢我。这样说起来都觉得好笑。因为我也喜欢他啊，一直一直，我没想到他会喜欢我。

风袅袅娜娜吹熄了烛火，只剩倾城的月色。

夜色大约总能壮起人的胆子罢。我深呼吸着想，今晚的事情，就随它怎么发展吧，要是真的发生了什么不该发生的，明天早上，就统统忘个干净。想到这里，竟变得轻松许多。

我说："师兄，你……"

却被他打断："如果要娶一个妻子，阿故，我希望那人是你。你愿意吗？"

如果要娶一个妻子，我希望那人是你。

眼泪顷刻间就涌了下来。

"但是，师兄……"

一片寂静的黑色里，他微微仰起头，声音很低，很轻："你只说，你愿不愿意做我的妻子？"

我埋一埋脸，莫名有种想推开他的冲动，身子却不由自主地更紧地贴住他的后背。他向后偏过头来，神色一顿，温软的指腹抚上我的眼角："怎么哭了呢？"

我也不知道怎么就哭了。在印象里，他好像一直在我前面走，大步流星的，我要跑着才勉强跟上。而现在，他突然转过身，站在原地等我，我伸出手，就能真实地触碰到他宽阔的肩。

我抹干眼泪，笑着向他："我愿意，师兄。我非常、非常、非常的愿意。"

第十二章

从前看师父收藏的小说听杂戏，若是一对真心男女因某些原因，最终不能相守的老套段子，最后必定以一句"我们回不去了"结尾。明知是用烂的桥段，师父每看到这里还是颇唏嘘，还不忘了教导我："你看，这两个人，归根结底是败在'当初'二字上。他们曾经有过一段美好时光，却未加珍惜，才落得这个地步。如果你将来遇见这命中注定一段的美好，一定要想尽办法让它永远美好下去。"

接下来这近一年的日子，是我想永远延续下去的时光。每一段记忆都像是集市上能自己奏出乐曲来的木头小琵琶，每个都不一样，拿起一个别有洞天，都是美妙。

一天午时我同九唐一道跑下凡界闲逛。我陪她去正时兴的衣料店，她选了一块桃花瓣纹的料子，一块藏蓝色的裙料，又在掌柜的怂恿下挑了一大块质地柔软斯斯文文的白绸料做长褙子。我瞧着一种绣石榴花的灰棉布料挺好看，就顺带捎了一块。

我和九唐带着装衣料的包袱进了当地最贵最有派头的一家酒楼，寻了个能晒着日头的座位落座，小二殷勤的端上茶水。

席间九唐灌一口萝卜汤同我道："离咱华山挺近的独屏山上有个小杂村你知不知道？就上次观水东宴上净逸真人提过的那个，说那里什么族的人都可以住，天生就是神仙的，修成神仙的，大到从前在九重天上供过职的陈安泽陈神君，小到只有夜半才能化出人形的乌龟精，杂七杂八都可以落户。但这不是重点。"嘬了一口汤她又续道："每逢霜降前一晚是当地的华阜节，原本只是游赏每年只开一晚的华阜腊梅，现在已经演变成女仙求姻缘的节日了。女仙们当晚将事先做好的小荷包里放一个小锦牌，锦牌上偷偷写上自己心上人的名字，把荷包挂在华阜腊梅枝上。男仙们再去打开自己心仪姑娘做的荷包，翻开锦牌若写的是自己名字，就收走荷包成就姻缘，若写的不是自己名字，就装回去重新挂上。但这也不是重点。"

我心道不是重点你说这么一大堆啊。

对面九唐又嘬了一口萝卜汤，清清嗓子神色庄重："重点是，那里是华阜腊梅花的圣地。华阜腊梅每年只开一次，就是霜降节气前一晚上，花朵发光，只有过风时才有清甜香气，无风时便无香，月升时陡然花开，日头一出顷刻凋零，第二日见还是白天的模样，就好像从未开过。"

她说得如痴如醉，我听得如醉如痴。

"阿故，那晚没有排课，我们去看好不好？"

我沉浸在幻想中点了点头。

她看着我道："去了可低调些，毕竟是姻缘节，你晓得现在男仙也都学魔族作风豪放，要是看上哪个单身姑娘实在很难缠。"

"这话还是原样转给秋窗姊姊，她生的绝色，戴块面纱大约好些。我是不用担心了，都订婚了。"

九唐噗的一口萝卜汤喷了满桌子，声音立时拔高了三个调："你要嫁了？嫁给谁？怎么不同我说？"

酒楼里蓦然寂静，所有目光转向九唐。小二识眼色地上来用抹布抹桌子，边转头连声"对不住对不住"，"各位客官莫见怪"之类。

我淡定地用丝帕擦着方才我动作快用来挡汤水的衣料包袱，淡定的喝了一口险险幸免于难的茶水，淡定地言简意赅同九唐讲："段温言段神君。"一顿："我未来的夫婿。"

风起竹林

　　幸而九唐这次及时用手捂住了嘴，没让那碗倒霉的萝卜汤再喷出来一次。她艰难咽下汤水："我的爷爷，还真是他。"

　　我本以为师兄骨骼精奇，是个天生武材，再带上那气质，应当是个不拘小节的武材，结果却是我低估了他。

　　我自从醒了到现在，被他看的不是一般的紧。他把我屋里头的侍婢全撤了，自己在屏风外头搭了一张小榻，每天在这歇息，只留了个亲近伺候我的阿端，以备男女之大妨。我问他为何如此。答曰，我这病症是他疏忽导致的，必得他亲自细心伺候以安心赎罪，否则定日日茶饭不思，夜夜辗转难眠。

　　与他天天低头不见抬头见，每次我要出门须先给他汇报去哪、和谁同去、几时回来等等，得着他的令准才能出门。通常时候，这令准要的十分艰难。

　　我感慨，这哪里是来伺候我，分明是来囚禁我。好在他身为一介掌门，每天上午都要处理事宜，他前脚一出，我后脚立马拎包袱跳窗而去。呜呼哀哉！堂堂仙门大派掌门师妹，竟需日日走贼道出门。可悲的是师兄这一向将我这症候看得像绝症一般，搞得阿端很担心我会出事，她又向来鬼精灵，偷偷将这事告诉了师兄，师兄干脆在窗外下了个禁制，这条道也被封了。

　　一日晴空万里，有杨柳风拂面，天尽头排着飞来一对大雁，扑凌凌在房上盘旋又飞走了。

　　华山木槿花竟开。奈何被关禁闭，窗外大好秋光，屋内黯然神伤。师兄坐在桌边研究他今日刚得的琉璃七宝兵阵图，我利落地转身倒了杯茶，坐在他旁边。

　　"师兄每天既要管理门中要事，又要操心我这个师妹，连日劳累，快喝杯茶醒醒神。"

　　他眼皮也不抬，心安理得的接过茶杯一饮而尽："确实劳累得很。

要不帮我把这些议帖都读读？好减轻一下我的负担。"

我傻了那么一会儿，苦着脸朝他蹭了蹭，有气无力道："师兄……"他才带了笑意看我："有什么要求提吧。"

我踌躇着刚要求他放我出去，阿端突然闪进门来，恭顺道："仙尊，神女，秋窗姑娘和浣颜姑娘一道来了。"

我有点惊讶。

秋窗性子温和儒雅，我醒了到现在，和她碰见过几回，每回她总感叹最近忙着准备她师父办的笔试竞赛，没抽时间来看我，很对不住。她确实没在说谎，笔试竞赛这事一直是金长老老头子的兴趣……竞赛完了，她今天有空来看我，我不惊讶。

关于浣颜，我其实一直没见着她，听师兄说她在屋里闭关修习去了。按照她此人又爱热闹，所以出关后就第一时间想着来看我，这我也不惊讶。

我惊讶的是，她们两个向来没什么交情，情趣爱好又八竿子打不着的，几时竟凑在一处了？

浣颜今日仍穿了一条明黄色的裙子，头发细致地盘了一盘，几步跑过来将一方小丝帕塞给我，道："阿故，你看我给你拿了什么！"

我解开帕子扣，原是几样小玩意儿，有橘子大小的小油纸伞，捏起来会叫的皮老虎，还有挂在脖子上的骨雕小牛头。她说她早上去集市，看到几样好玩的东西不免童心大发，买回来给我也玩一玩。

我笑着收了。秋窗带了她自己做的杏仁酥，用一块布巾包着，边放在桌上边道："看你脸色红润，精神也好，已痊愈了？"

我刚要点头，师兄抢先一步："还欠点，虽不用再取柑苔草花，这嗓子若一时不注意，前面的调养就都算白调养了。所以须得仔细养着，几个月是必然的。"

我低头默默吃杏仁酥。

他们寒暄一阵。我想起华阜腊梅的事，就顺道同他们提了一提。

秋窗浣颜自然都说的愿意去。师兄盯着我看了半晌，点头道："本来我也想带你同去，可你既然先提了，也免得我费心思。那么从现在开始到霜降都不要出门了，左右那天晚上必然玩得痛快，之前的日子你就只管安分待着将养身子。"

我哭丧着脸应了。

好不容易挨到霜降，我换上新做好的石榴花裙子，拎了上午做的几块果仁糕出门。

今晚夜凉如水，迎面吹来点似有若无的小风，月还未升起，启明湖上阵阵波浪。一条红鱼跃起来，又沉下去隐没水中。

走到惜魂殿正门边上，前面有个欣长的人影，没束头发，只在腰处系了根发带。他转过头来。

"再慢点赶不上花开了。"

我就笑起来，小跑过去牵住他的袖子。

他今晚穿深紫色的直裰，领口绣了白色寒鸦戏水纹，外面罩着黑色的长半臂，手中执了一把扇子。

今夜颇静，师兄的云靴踏在青石板路上，像是敲磬的声音。

出了玄青门的牌坊，同去的都等在那里。九唐迎上来携住我的手，秋窗同浣颜站在一处。只是暗处似乎还蹲着一个人，靠着一块山石。那人听见这边响动，从石头后面绕出来，连带被一根树枝绊住，差点摔个马趴。

原是小千。说实话，这么些天，我已经忘了门中还住着这么一尊大神。

大神揉着磕疼的膝盖，幽怨地行过来，并幽怨的开口说："好啊余故，好歹老子也是你府上的客，感情老子来这儿不是做客的，是来这儿关禁足的。"

我不明所以望向师兄。师兄云淡风轻地道："哦。你还病着，他就非要找你。我怕他惹出什么乱子，就把他关在半苑楼里头。正好楼里房梁上的漆快掉光了，就劳他帮着上一上漆。"

我满面同情地看向小千。

他潇洒地转过身往右边那条下山路上走，悲愤道："你们神仙这破地方老子不稀罕！老子要回魔界！"那潇洒悲愤的身影在风中有点单薄。

我的同情心被彻底激发出来，冲他喊道："小千你别！我们去看华阜腊梅，你也同去。"被师兄一把揽过来推上云头。

然后我们已经腾空，远处的小千不确定地回头看了一眼，看到我们后茫然地揉了揉眼睛，猛然醒悟召来云朵："哎哎哎等等老子啊！太不够意思了，最近几百年神魔两族交好，也该发展一下民众友谊啊！不带这样的，停下！喂……"师兄黑着脸驾着云头走得飞快。

到了独屏山上只是一会儿工夫。我们落在独屏溪边。独屏溪从独屏山顶起源，集上百条山泉水流，最后汇成一条小溪。此处是个平地，水流平缓，就唤的"缓歌谷"。缓歌谷溪岸生十里华阜腊梅花，只等霜降这一晚，整个山谷都被点亮。

华阜腊梅严格上来说是算不得腊梅行列的。腊梅在腊月才开，枝粗树矮，华阜腊梅生得高挑，枝条纤细，树冠肆意伸张，花朵很小，成串而开，甜香远播。

酉时三刻，月快升了。九唐同浣颜在溪边打水玩，秋窗就在一旁站着笑看。来此处的神仙很多，师兄到高处缓坡上躺下，我迟疑了一会儿，走过去躺在他身边。

我说："师兄，我们……那个……"

"那个什么？"

我本来想问他婚期定在什么时间，他一追问，我却不太好意思说了。

他侧脸看我一会儿，扣住我的手指，眼里浮上笑意："哦，你在想成婚的事。"

我脸上腾地一红，犹自嘴硬："没有！我才没有想那件事。"

他笑出声："婚事我们下个月就办，届时可叫秉甫跑一趟去倾渝山，请一请师父，要他老人家来主婚。你看好不好？"

我思忖一阵，觉得不久前还费神费力藏着对师兄的心思，如今竟已商量终身大事，真是天意难测啊天意难测，生活处处峰回路转。想到这心里美滋滋的特别想笑，又怕被师兄看见，就别过头去捂着嘴偷笑。

他倾身过来手抚上我鬓边，低低道："乐什么呢，想到这事就这么开心？"

最后一字刚落，天边渐渐浮上一轮新月，起初只是淡淡光影，开始一点一点变亮。

"开了。"我听见师兄声音。我回过头，看见金黄色小花发出浅浅光亮，携着树影，从河尽头蜿蜒而上。一时谷中静极，空气里充斥着清香气。我看到秋窗她们的影子，立在花树下。发光的花带沿河爬上来，经过师兄背后，一路向上，像一条沉睡的金龙。

他的黑衣笼上一层虚光。

师兄平躺下来。我看着他的脸。他的脸很柔和，下颚的弧线，浅浅的烙上一圈阴影。琥珀眸子里那一片水域，浮起晶莹的金色波浪。

好像被迷醉了，突然有一瞬间，很想吻上他的嘴角。

这时候我听见浣颜喊我："阿故！阿故！你下来！"

我愣了一愣，起身笑着向师兄道："我过会儿再上来找你。"

我跑下去，秋窗笑着对我。她今天还穿了青色裙子，头上别的是一只金色琼花簪，唯一与平常不太相同的，是在额上点了流云花钿。这么打眼一瞧，美人对花，迎风而立，实是道迷人风景。

旁边浣颜迎上来，指指上边悬崖上道："阿故，浣颜想到那上边玩，你陪我同去好不好？"我看一看，略略点一点头。

她引我往山上走，远离了花带，人潮渐渐散去。

我们走上悬崖。在崖边上能看到金黄色的花带，风吹过时树枝摇动，立刻升腾起细小轻盈的花瓣，风卷起来沿河飘摇，像时光尽头缓缓流淌的发光河流。

浣颜走过来坐在我身边。我问她："你怎么想起来这里？"

她没答话，好久皱着眉头，紧盯着花带向我道："你知不知道，但凡是个君子，喜欢的都该是秋窗姊姊那样的大家闺秀。师父要同你成婚，只是从前余仙尊的意思，师父都同我说了。他从来只拿你当师妹，他喜欢的绝不该是你。"

她用了陈述的语气，就好像在说什么公认的事实道理。

我立刻明白她想的什么。浣颜，我的师侄，她喜欢师兄。她不想我和师兄成婚，因为她喜欢他。或许自古君子确然该喜欢大家闺秀，可师父想要撮合我和师兄，却是从来没有的事。她今天敢跟我编这样的大谎话，便是料定我即便听了这些东西，也绝对不会去同师兄求证到底是不是这样。

我遥望着悬崖底下缓坡上平躺着的黑色身影。那是我的心上人，我未来的夫婿。

浣颜想的没错，我确实不会去问。深吸一口气，我转头看着浣颜，用自认为最斩钉截铁的坚决语气回她："我不知道，浣颜。但是师父从来没这么想过，你别想骗我。若师兄喜欢的真是大家闺秀，那么你也不行，况且，师徒之间是绝不允许出现不纯的心思的。"

金光中她的脸变得煞白。她转头看我，眼睛里带着什么东西，在暗中我看不清楚。可能是有点恨意？

管他的。我想。

浣颜走后没多久，从天上忽然劈下几道天雷。上天明证，我最怕打雷。

风起竹林

雷声打了几下，我已吓得原地缩成一团。半空里轻轻落下几滴雨，滴在脚踝上。我打了个哆嗦。

顷刻间大雨倾盆。这雨下的实在酣畅淋漓，声音大的我奋力喊话自己都听不太清。荒草卷起水雾升腾起丈高，华阜腊梅静静敛了花瓣，游人作鸟兽散，刚刚还花花绿绿满谷的人，如今"呼啦啦"一哄而散，只剩狼藉一片。

我跌跌撞撞爬起来，想找熟人的影子，但雨大得几乎睁不开眼。慌乱中被绊了一跤，顺着坡一路滚下了山。

今天莫不是要淋昏在此了，明天不知何时才能醒来。

结果真想闭上眼的时候，身子忽然一轻，我勉强睁眼，是师兄。他不知从哪取出一件兽皮毛斗篷，往我身上一搭。一腾身双脚离地，轻飘飘飞在空中。

"我们要回华山么？"

"回不去了，阿故。雨太大，只能在这儿挨一晚上。"

"那九唐她们呢？"

"她三个早回去了，说要取个东西。"

"哦，你不冷么？"

"不冷。"

师兄带我寻地方住。好久好久，其实时间并不长，大约是冷的滋味难熬，这时间在我印象里却真是漫长。最后我们找到一间屋子，在缓歌谷旁边的一座小山坳里，一间在风雨中顽强挺立的小破木屋。

我们狼狈地钻进去。

那天半夜我坐在雨后深山里一座破木屋子的小床上，师兄半躺着靠着墙角，手垫在后脑勺上，悠悠然闭目养神。我脚边搁了个陶泥小火炉，身上披着兽皮斗篷，还是觉得冷得要命，把脚缩上来压在软被上，火炉也提上来放上床沿。

山中寂静，偶尔听得见几声知更鸟叫，山风送过来断断续续。

半晌我战战兢兢向师兄道："你有没有带多余的衣服啊？快冻死了。"

他微微睁眼："没有。"

"汤婆子有没有？"

"没有。"

我低下头去没说话。他默了一会儿道："今晚寒露重，刚刚又被雨淋透了，我也很冷，火炉给你用了，我若再把衣服给你，明天你要想办法把我扛回去。"

我撇嘴："胡说。你都快修成上神了，变件衣服什么的应该很顺手才对。"

他睁眼看我："本来是快修成上神了，但前些日给你取柑苔花熬药耗了不少仙力，如今只得算半个上仙，衣服变不成了。"

"那都是几个月前的事了，你早该缓过来了，还当我那么好骗。"他没说什么，似笑非笑地眯了眯眼，嘴微微张着，胸口显有起伏。

看他这个模样，我凑过去摸上他的鼻梁，确然很凉，连口里呼出的气都是冷的，笼在他周身的仙气的确薄了一层。我吓一跳，使劲搓搓手，呵一口气，把他冰凉的手拾起来捂在掌心。

他的手虽然平时也是凉的，但现在摸起来却似乎僵硬得很。我轻道："果真这样冷啊。我把火炉给你移过来。"转身过去却被他劫住："别去。"

我回头看他。

华皋腊梅静静吞吐着冷香，几朵发着金光的小花施施然飘来落在师兄发间。

他脸的轮廓俊美得宜，一双眼眼尾很长，稍微垂一垂眼皮就很是动人："从前我母亲曾说，拥抱取暖是最有效的取暖方式，远古时候住在山洞里的凡人就是这么取暖的。"

他抬眼，眼底落满星火："阿故，我手动不了，你自己过来。"看他很坦然的表情，我觉得脸上好像有什么东西慢慢蒸腾，小心的蹭过去一点，又蹭过去一点，慢慢蹭到他腿边跪坐下来，犹豫着伸手攀住他的脖颈，又犹豫着缓缓把身子贴上去。

他的衣服已经被他用术法烘干了，贴着很舒服。我原本想问一问他既然刚刚那么冷为什么不早用术法，仔细一想觉得肯定是刚才他太累了想休息一会儿，施术法太耗力气，这会儿微微缓过来了才用的。所以就把这话硬塞回肚子里去。

好久他用手臂抱住我，我闻到桃木的清香。果然很暖和。我觉得很满足，脑中突然蹦出一个想法：要是时间不再走了，就永远停在这里多好。一转念，这样就办不成婚礼了啊。

他略微拨开我的外衣，把头埋在我颈窝里，唇印上裸出的皮肤，温热的吐息就在耳畔。

这个姿势十分不得了。我僵一僵，打了个哆嗦。

他把头抬起来，肩膀处立刻有点受凉。环住我的手臂松了一松："还冷？"

结果连我摇头也不等，侧身整个躺下去，伸手一捞，我已从床外侧被捞进了里侧，面朝着他，头碰着他胸口，被子搭在身上。

斗篷被压在身下，稍微有点难受。他理了一理，然后搂住我。修长的手搁上我的头，手指探进松散的头发里。我觉得他今晚有点不同，大概格外温柔些。

我贴住他稳稳气息，突然想起来这个刚刚轻松捞我过来的人半刻前还说他的手动不了来着。加上方才我跪着抱他的时候他嘴角好像挑了一挑……

这么说我是钻进了他下的套子。他原本也没怎么冻着，用法术当个障眼法，然后引诱我自己扑上去抱着他。想到这里脸狠狠地红了一红。

　　刚一抬头，脑门撞上他的下巴，他略微哼了一声，轻轻揉了一揉我的额头，一下按进被窝里。

　　"别乱动。我累了，安稳睡觉。"

　　经他这么一说，我才也觉得很累了，打个哈欠，心想你今儿个敢占我的便宜，早晚我得占回去。往他怀里再钻了一钻，吸吸鼻子安稳睡觉。

第十三章

今年的冬天来的不对时候，还未见得如何冷，雪却已经扑簌簌下起来了。

十月一十五，黄历上说宜出行、祭祀、嫁娶、修坟、纳彩、纳婿、求医，总之是个难得的好日子。我和师兄的婚期便定在此日。

早晨时候只飘了些雪花，我醒来看阿端忙里忙外，却不晓得自己应当做什么，想去找师兄，阿端却说师兄有好些事要做，我去寻他也是白去。

结婚的日子自然是喜日子，整个玄青门披红戴绿，惜魂殿里所有仙官仙婢一律着红衣，晃来晃去，放眼望去直教人头晕目眩。

离开宴大约还有两个时辰，阿端领我回房待命。先放水沐浴，意在洗去污垢迎新婚，还特地在水中浮上一层夏天封存的启明湖红莲花瓣，花瓣依旧芳香如刚采下。随后更衣，金绣钩花云霞芍药上襦，金绣云纹跃鱼下裙，层层覆上三件红花菡萏鸳鸯薄纱大袖衫，衫尾拖得一丈远，长裙摇曳下一双大红软缎金丝绣鞋。

阿端为我描眉，素来冷如月光洒湖面的铜镜今晚映出烛光层层，随意剪下一段可作三生石上诗句。

阿端将我所有的钗钿细软都取出来，精挑细选留下一套点翠琉璃金的，应我要求又保留了师兄给的两只纯银偏簪和那只海水纹璎珞。她把我所有头发散下来，顺到地上，琉璃梳一梳便梳到底，她笑道：

"神女有一头好头发啊。"

她小心的把我所有头发用钗盘好圈在头顶上，额前用羊毫笔蘸了细朱砂描一只火凤，从眉心直直飞出额头，右半边脸上留下一笔凤尾和远去的倩影。

妆毕我在铜镜面前转了一圈，暗暗想一定要记住今晚自己的样子才行，这副模样今生只有一次，一定比其他任何时候都要漂亮些。因为是最漂亮的时候啊，所以要永远记住的。

没等到时辰却先见着师父，他老人家自己顺了我五年前埋在竹林中的一坛梅子老酒，倚在启明湖边石头上淋雪。我去找他的时候，坛中酒只剩下一小半，和着雪水灌下去。半年未见，在倾渝山那荒山野地住了这么长时间，师父依旧能这样风雅且风流。

我打了把明黄绘红梅的三十二骨油纸伞，拖着大红喜服，沿着将将隐没的青石板路转到启明湖。

湖面上渐渐结了层雪霜，师父穿得红艳艳的，一只胳膊搭在山石上，另一只拎着酒坛。

我停住步子看着他，恍然觉得他还是平日倜傥不羁的掌门师父，我还是他从小照顾大的小弟子。可是又突然清醒地意识到，这是久别后的重逢，明日他走了，又不知何时能再见着。

正要弯身给他行礼，一只酒坛子砸进怀里。他调笑道："你那副模样做什么，礼就免了，你再去给为师取一坛酒来，这坛酿的不够火候。"

我愣一愣答应着去搬酒了。又听他身后道："早等着你两个如此，居然才半年，这日子就到了。"闻言我笑起来，觉得现在的日子过的不能再好，还想要求什么呢。

估摸天上布雪的水君今晚玩得高兴忘了收雪，雪渐下渐大。因我记得领着布雨雪这个职的是天宫水君魏源君，他同师兄交情不错，以我对他了解，他这个人远没有敬业到如此地步。

酉时一刻，阿端与我披挂凤冠霞帔，盖上金丝滚边面纱，叫我独自一人等在惜魂殿半苑楼楼顶一把金丝楠木椅上，对着莺燕报春的屏风。她自己在屏风外候着。

酉时三刻，听得炎辰殿方向钟鼓齐鸣三声，大约整个华山都听得见这三声回响。我便知道师兄要来接我了。只一会儿阿端便进来叫我，扶着我绕过屏风，却突然松手不走了。我慌张地伸手想找她在哪里，也没摸着什么。刚想收回手的时候，一只骨节分明的手轻轻扣住我手腕。

师兄的手比我的大许多，轻轻一握就把我的手全握住，我能摸到他半圆形的指甲，虎口上练剑磨出的茧。

他的手缓缓上移，忽然横着抱起我，我撞上他胸口，凤冠上点翠的九尾凤凰窸窣琳琅。今晚他身上的桃木香大约比平常浓些。

师兄抱着我走下半苑楼。炎辰殿殿门九百九十九级白玉阶，他一一踏过，穿过陈列两旁的长串琉璃灯柱，和九九八十一座青玉牌坊。我看见他大红的衣摆前后摇荡。我微微仰脸："师兄，不累么？"

他声音温和，和着暖雪纷纷："该改叫夫君了。"我愣了愣，一时开不得口。

半晌才听到他微微笑了一声，道："现在叫不出来没关系，早晚要叫。"

我不停点头。他腾出一只手，抚平我肩上折起来的衣襟。

师兄在正堂中将我放下来。堂正中有两排排位，上面一排供着创世神盘古、女娲、三清天尊，下一排供着玄青门历届掌门。一双软底红鞋缓缓行来，递与我和师兄各三柱香，我估摸着这人是师父。我一点点试探着走上前去，对准透过面纱能模糊看见的香炉影子竖上三炷香，倒是出乎意料将香摆的很正。

饮过合卺酒，师父刚开口提说拜天地，窗外五色光突然大盛。

随即有小仙官跑进来说玉帝派三十个仙伯来请掌门。这原是请迎上神的排场，师兄还未修得上神阶品，按规矩讲，掌门位置只得二十六个仙伯大驾，如今却不知玉帝是何意。我抬头望向师兄那边，依稀看到红色身影对我行来，一双手在我头上停了停，随即走远了。

我在原地等了一会儿，师兄匆匆从殿外回来，我自己掀起面纱抬头望他，他微微皱着眉，手轻柔抚在我鬓边。一时山风大作，细碎雪沫袭卷进殿来，登时满座衣冠似雪。师兄微微轻颤的睫毛上落上雪色。

广梁元君摇着一把破扇子同身边的子敬上仙咬耳朵，梦少柏梦柯一脸了然模样低头把玩琉璃酒盏，武夷山的瓷声真人急得一头汗，只顾望着外面动静。

师兄低头看我："方才妖鬼两族联合在北海闹事，差点将北海水宫拆了。玉帝派给我十万天兵平定北海。成婚的事，阿故，以后再择吉日重新办你说好吗？今天的统统不算数了。"

这事来得太突然，我一时回不过味来。直到师兄向满座宾客将事情重讲一遍，我才终于领会。

虽然心里十分舍不得，我还是仰头笑着向他讲："师兄你放心去好了，委屈委屈我没关系的。但一定要答应我，别轻易拼命，我还等着你凯旋回来找我。"

他神色略微动了动，良久向我笑道："我答应你。你不用担心。"

师兄走了，我一步一步挪到正堂门口，雪忽然下得猛烈，寻常日一望便能看到西峰顶上的小亭子，如今已隐在茫茫天雪的扬尘里。今晚是十五，月亮圆成玉盘。

师父自身后道："你师兄仙资好得很，又精于排兵布阵，何况妖鬼两族不过一时兴起，打不过也不会硬来，要平定北海只是时间问题，这一战他必定凯旋。届时战乱已平，再与你成亲不是更好？

你何苦伤心的如此。"

我还嘴硬争辩:"我什么时候伤心了。师兄平定战乱,扬天界声威,战功赫赫,我很高兴的,哪里会伤心。"

师父垂眼弯了弯唇角:"不伤心就好。"

石阶上鞋印刹那间便被风雪拂去。我遥望着师兄的影子,在雪色中凝成一个小红点。

半刻后我回转心意,只觉得今晚雪下得这样好,明天将竹叶上攒的雪抖下来煮茶喝,茶中透着竹香,料想又可清闲半个上午。

只是我喝了约莫半个月苦茶,仍未见到师兄回来。

师父第二天破晓便打道回了倾渝山。起先结魄殿收飞鸽传书的小仙官还每天乐颠颠跑来惜魂殿给我汇报师兄战况,每次都是捷报。因我们都认为师兄这场仗赢定了,是以后来他干脆不来了。

直到那天九唐慌慌张张跑进我房间,还带倒一只花瓶:"阿……阿阿阿阿阿阿故……大大大大事不好……"

我倒了一杯茶递给她让她慢慢说,然而她急得直跺脚:"你知道我刚刚去去去……结魄殿找秋窗姊姊然后……然后然后我听见有个天上来的什么将军跟……五个长老说什么仙尊凶多吉少,还问……问要不要……要不要在确定之前先把余上神迎回来临时主持华山事务,阿故你说怎么办啊是不是出事了你说怎么办……"

我一杯茶砸在地下,当即杀去结魄殿找那什么将军去了。

原是从那天前一晚战事突变,突变的原因是天界阵营里一个小头目调戏了一个孤身在北海海底采菱滁仙草的鬼族少妇。

这事听起来不足以引起战事突变,可我们要知道,这个鬼族少妇不是普通的鬼族少妇,而是鬼君婤因最宠爱的偏房小妾杳杳。

于是我当即就问这杳杳既是鬼君的小老婆为何能跟到战场来?也无人看管便能独自跑到海底采仙草?

天上的那什么将军幽怨地叹了口气："那菱滁仙草唯有北海海底长那么几株，生在巨岩岩洞里，还有神兽把守。她偏偏对医药方面有兴趣，从早便想将这几棵仙草占为己有。怕婤因说危险不让她去，只说想跟到战场长见识，又因为她是鬼族领兵将军的亲妹妹，性格还蛮横不羁，平时婤因宠着任性惯了，没人敢管着她，才半夜溜下来。结果花好大功夫把神兽支走了，刚要去采仙草被半路杀出来的天界小头目给调戏了。"

据说是那个天界头目白天立了点战功，晚上高兴多喝了两杯酒，一时得意逶弯逶迤到海底，顺便就把杳杳调戏了调戏，调戏完悠悠然回天界水阵当什么事没发生，被他调戏那个一路哭着回去就要上吊。直到半夜里鬼君婤因亲自领兵杀进北海猛袭天界水阵，师兄才知道发生了这么一桩事。

这是战事突变后传出来的最后一条消息，后来海上水雾猛涨，浪似天高，把整个北海圈成一个独立的世界，与外面再无来往，也不知里面进展如何。

这消息一到，整个玄青门震了三震，华山上下动荡不安，这从昨天一日之内便出了八起同门互殴案可见一斑。

玉帝派了太子和三位上神领八万天兵欲进海施援，一直努力了十八日，到今天也没能进去。

鬼君婤因在鬼族君位上坐了三万四千年，竟还宝刀未老，始终位列三界战斗力最强的人之一。天界只有已灰飞烟灭的远古战神尾肆将他打败过，其余再无他人。看如今仙术颓废的年代里，天界果然再无能人，足以与他抗衡。

此后我把自己关在屋里颓废了好几天，闭门谢客，连阿端也不让进来，第三天晚上实在渴的不行了，溜出房门去取了水，就再没出去过。直到后来师父来了，我才觉得我必要做个决断，决断决断我应当做点什么。

那天晚上东窗半敞，夜风悠悠，我蓬着头，随意罩了件直裰披了件鹤氅，点一盏小烛灯，靠在灯旁看书。师父连招呼都不打便推门而入。他穿着一件深藕荷色襕衫，眉头难得深锁起来，长发没束，懒散垂着。进来未说什么，在琴桌旁边坐了。

我看着他愣了一愣，低头小声叫了一声师父，没再言语。其实要说起来，我是有点怕见他。

好久好久，他终于开口："玉帝给了我三百习水术的精兵，让我去北海帮一帮，子时就动身。"

我没说话。

从刚才落在竹林边歇脚的白鹤一声清啸，翩然飞走了。

好一会儿，我站起身来往门外走，拎着青釉茶壶："没水了，我去添点水。"房间里太乱了，我从地下堆放的书卷旁边跨过去，不小心把一块墨条踢进白檀六角凳底下。被师父在身后叫住："余故！"

"你师兄在水阵中生死未卜，你就这副模样？"

这是我最怕的。这几天我在房里困着，什么也不想干，每天捡起本书就看两眼，捞起笛子就吹两下，因我深知自己帮不上什么忙，大概是怕面对师兄很可能再也回不来的事实，所以告诉自己不去想，就好像什么也没发生。

但是不行。

"这不是你，阿故，你不应该是这样的。你没有这么软弱。"

师父曾说过，"你从前逃避过的事总会在你有生之年统统找回来"。

这件事过于迅速，我刚刚试图逃避它就已经来了。

"我该怎么办呢，师父。"我蹲到地上，"你说，我该怎么办呢。"

他叹气。

"这件事你不要去碰。你给我好好待在惜魂殿，哪都不要给我去。"师父走的时候这么说。

第二天一早秋窗独自来，难得打扮得用心些，但形容疲惫。眼圈明显用胭脂修饰过，可还是红得明显。现在却顾不了那么多了。

"我们去找苏师父，他一定会有办法的，阿故你陪我一起，我们去找他，他会救仙尊出来的。"她喃喃。我想了想，点头应了，随即换了身穿得出去的衣服，梳了梳头，跟秋窗去找苏少。

苏少常年隐居，要么四方云游，一般人不会知道他在哪。秋窗以前是他的徒弟，他从得道到现在只收过一个徒弟，一直对秋窗很是关怀。料想如果我们登门求他，他应当会勉力一帮。

我们找到一座不知名山上的一所小院。院前有青石长阶，阶尽头是幽深竹门，一条清溪顺阶而下，水声淋漓。

到了门前听见门内有豪放笑声，竹门随声由内推开，蛟龙族小皇子柏梦柯一席青衣，拎着一只酒壶，边出门边向门内道："你那把琴找个安生地方给我留着吧，最长不过三日之内，它便要易主了。"见了我微微一点头，眼尾轻挑，意味颇深看了我一眼。门中人未答话，只能从虚掩门中望见苏少淡眉垂目斟酒的侧影。

秋窗进门便叫"苏师父"，我跟着叫"苏前辈"。落了座，对面人第一句话就是："神女这忙我帮不得。"

"只要能让他活着回来，哪怕是睡上个万儿八千年也不要紧，只要能让他活着回来就好。"

他抬眼："婳因此阵至今无人能破，当年尾肆上神是在万难之中勉强祭出神力已失大半的上古神器万化九黎壶，才暂时将婳因困住，逃出阵中，算是靠运气。恐怕段仙尊此番却无那般好运气了。实苏某不是不给神女面子，是此事确实回天乏术了。"

旁边秋窗忽道："苏师父怎会没有办法，七万年前师父为救东渚仙子耗下半生仙力，集三界天光地华养一缕虚魂，动了天气在天牢中度了三万年，便是早知会如此，师父也还是去救了。可见如今，师父不过是不想救罢了，可会是没有办法，除非是……"

"一命换一命。"石桌对面的男子舒眉将杯中酒一口饮尽，一头银发温顺敛在耳后，直垂到腰际。

九尾凤凰族银发红瞳，却也没有别人了。

"取一人生魂分所有灵力予另一生魂，若成，两生魂彼此交融合二为一，若不成，两者各立旗帜最后两败俱伤。即便这样，神女也愿意一试？"

清淡的声音，我登时就懵了。

声旁青衣的女子，却正好在此时，用不大不小正合宜的声调答了两个字。她答的是："我来。"

院中白梅零零落落，斜探下一枝，轻抚上石桌边沿。

我从早便发现秋窗喜欢师兄，只是没想到居然到这个地步。我统共为数不多几个朋友，她们竟然基本上都喜欢上我喜欢的人。

老天果真待我不薄，这生活真够味。

苏少眯眼看了她一会儿："凭你这点修为，胜算顶多三成，若不幸中了那七八成，恐怕没人再有办法把你也救回来。"

"若是余故神女，胜算尚有五成，只是即便神女愿意如此，苏某也不会愿意，一是苏某凡帮人做事都要一份报酬，这份报酬神女大概难以承担。二是苏某隐居多年，已不愿再插手三界之事，不愿害无辜之人性命。"

我便问："照理讲我和秋窗姊姊修为应当差不了多少，为何借我的生魂胜算便是五成，借秋窗姊姊的就是三成？"

深红色眼眸浮动激滟："神女与常人命格不同啊。"自此我便浑浑噩噩，根本不知道是如何回的华山。

回去那一晚我一直腻在九唐房中。九唐道："阿故你本不用如此的。若是换命最后没成，阿故你回不来，仙尊也回不来。余上神会救他出来的，仙尊即便修为不及当年的尾肆上神，却也不是普通神仙，一定会有办法出来的。"

"你跟我说，余上神当年临走，一整张素笺只留了保重二字，如今要仙尊安然无事已难，阿故你若再搭进性命，余上神待要如何？"

师父。师父昨晚叫我待在华山不得插手此事，可若我的命能换得师兄平安归来……若是如此，师父又会怎样呢？

可我已经顾不得这么多了。我靠在榻上，弯腿抱着脚腕，心乱如麻，究竟如何才能让苏少答应我呢？后半夜天上开始下雨，打得屋檐上荷花琉璃瓦叮叮咚咚，不知惜魂殿后院的竹林如何了，明早大概会掉不少叶子吧。

我不睡九唐也陪着我不睡。我俩摸着黑在榻上对坐，隔着一张花梨木矮桌，上头搁了一盏琉璃小灯。

"阿故，他都为你做过什么呢？为这些值得你用命去换？"

我蹙眉想了一会儿："他……他为我做过很多。好几次我以为我要死了的时候，都是他救的我，那次被黎天联关在魔界，他就在外面没日没夜地找我，还有上次被白泽族那个秦落落抓去，如果不是他我说不定就死在那了，他受了伤还折修为给我熬药取柑苔草花，还有好多的……"

九唐微皱着眉看着我。烛台映下虚无光影，这么一说，我竟觉得坚定许多。如果没有师兄的话，我早就不知道死了几次了。

"他为我做了这么多，我却从来没为他做过什么，你说我是不是欠他的啊，肯定是的。那这么一来，我把我的命换给他，将来我死的时候，亦不觉得愧对于他。"我怀着悲壮的心情把这几句话说出来，我晓得我在苏少那里就下定决心了。

九唐问我我希望师兄如何想我。

我思考了好久，然后我说，"我希望能让他记住我，如果我给他换命能让他永远忘不了我，那拿命去换又有什么不值得"。

第二天我独自去找苏少，穿上我最喜欢的上襦和团花裙，外面罩薄薄一层团花半臂，戴好师兄送我的那一整套纯银首饰，高高挽起的发髻和泛着柔和软光的凤冠。

我想，如果换命成功，师兄醒来肯定会见到我。即便是死在他面前，我也要死得漂漂亮亮的。

小院中白梅比昨日繁盛不少，大约是因为仙气缭绕，梅花受仙气润泽长得盛些。石桌隐在花枝中央。男子一头银发皎皎胜似白梅，深红眼眸中隐了一潭妖娆荷花池。

泠泠白梅中现出一抹黄色衣角。我"啊"了一声，讶然看着几日没见着影的浣颜，此时正端端正正坐在苏少对面。她来这里做什么，我微微皱了皱眉。

她低头绞着衣袖，说："即便……上神有什么要求，浣颜一定都尽力办到。"

苏少偏了偏头对我道："神女坐吧。"手一指点桌旁便出现一把雕花木椅。我没有过去。

"苏前辈，请为我与我师兄换命。"声音竟出奇镇静。对面的浣颜突然抬头，用复杂眼神将我望着，咬了咬嘴唇。

"苏某昨日已经说过不会同意，神女今日来，是抱定了能说服苏某的决心？"

我当作没有看见浣颜："余故此生并没求过什么人，但只在今日求苏前辈一次，恳求苏前辈能帮余故了却最后心愿。"

苏少抬起头："我要是这次帮了你，你师父势必要来找我拼命。"

我想了想，从贴身锦囊中抖搂出一块玉牌，汉白玉雕花玉牌，拴着金丝锦带，上面刻金的一个"余"字。这是我刚进玄青门时师父给我的玉牌，说我若将来闯祸了，想求个高人帮帮忙，而师父又不在身边，就把这块玉牌给那人看，叫他事后去找师父。这块玉牌一直被我看作宝贝，这几年里虽然在凡界闯下不少祸，我自己难以摆平，却从来没舍得用过这块玉牌。

我依依不舍的将它交给苏少："这上面承着我师父一句重诺，将来我师父若来找你，你把这块牌子拿给他看，他不会如何的。"

他将玉牌给我推回来，叹口气淡淡道："此事苏某不会接手，不管是用神女的命还是浣颜姑娘的命。"我惊了一惊，浣颜竟也是为救师兄而来？可无论如何也不能让她去救。

黄衣的少女轻声开口："莫非此术会对上神造成什么不好的影响？"

我想这话一定惹得苏少不高兴，结果竟没有，他在我面前的酒盏中斟满，声音清冷："并非如此，换命术不但不会伤害施术人，反而能提高道行。只是风险比较大罢了，于我并无什么，可将你二人的命换出去，却不敢断言能不能将段仙尊的命换回来。"

"苏某昨日言道若是用神女的命胜算能得五成，浣颜姑娘的话，顶多有两成。"

我没想到自己的命格竟能特殊到如此地步，转头看浣颜，正对上她看过来的目光，似乎震惊又带点审视的意味。管她怎么想吧，她的目的只是师兄能平安出来，那么我去和她去并没什么本质上的区别。唯一的区别是，如果是我去，将来很有可能是她和师兄单独且长久无干扰的生活在一起，而如果是她去，这段故事的女主角毫无疑问会是我，她会巴不得是我去吧。一个念头一闪而过，将来，陪在师兄身边的会是秋窗还是浣颜呢？

可现在我已不在乎。如果不去努力救他，我不知道将来会以怎样的心态活下去。不管他最后有没有活着出来，我可能都会愧疚一辈子，最后含恨忧愤自杀。浣颜没有经历过，所以她不会明白，如果一个人连命都是别人给的，就没有理由在那人涉险之时还能安然活在世上。

她果然微微垂眸，抿住嘴唇不再说什么。

我深吸一口气："哪怕是只有一点点可能成功，虽然余故也明白会付出什么样的代价，但请一定让我试一试。苏前辈活了这么久，也有过这样的经历吧，很重要的人命悬一线，如果不去救，可能就再也见不到了。但是……至少……只要还不到最后一刻，就绝不能把道别的话说出口。"

"这样的话，这样的话即便最后没能成功，我也不会因为这一生没为他做过什么而难过。"

我眼睛直视苏少，却能感到身侧黄衣少女投来的灼灼视线，撞到人身上就像被烫了一下。

苏少搁下酒盏，微仰头看我。漂亮的眼睛里浮上一层雾，表情有一瞬间的怔忪，我从他眼睛里看到陈旧和怀念。他脸颊上缓缓攒出一个笑："神女这个样子，倒是很像三万年前的苏某。"

他答应了？

他是答应了。

我道："苏前辈昨日所说报酬，你看此事，应当给个什么报酬？"

他闭了闭眼道："不用报酬，你什么也不用给我。"

第十四章

我往前微微挪动了一步，面前的长尾蛊雕已拱起脊背望向我。这东西长腿豹皮，头上生一只尖角，口中竖着锋利牙齿，耳后长着雕鹰似的翅膀。

它身后似悬崖壁的突出上安放着我无论如何要拿到的回鼎溯元针。

回鼎溯元针在十万年前被一个法道高超的神仙于一场战事中无意造出来，有开天地之能，若是被掌握虚浮术的人驱使，可打开所有寻常法术不可破的结界时空，不过虽说打开，也只是暂时劈开一条缝，瞬间之后又恢复原样。

我怎么就天真地自己来了呢，被苏少诓到这么个荒山野地里从上古凶兽嘴里拿走一把神器。

我已经成功吸引了蛊雕的注意。

于是它抬腿试探着向我迈过来。我与它之间不过相隔五丈远的距离，我拔出凉夜剑，想着先探探它的弱点。

猛一腾身，山风从两边耳侧掠过，凉夜剑直奔蛊雕脖颈，然而它灵巧虽比不上我，速度却快得很，矮下头，一个回转身已蹿到我身后。我在一块突出山石上点地借力，半空中转身，幽蓝的寒气从手中流出紧紧绕住剑身，向下俯冲横扫蛊雕的后腿。它借翅膀飞起来倒是意料之中，可我忽略了它的尾巴，长尾似竹鞭，由上而下抽向我脖子。背后一阵阴风，我施了法术一个后空翻，腾身弹出好远才落地。

我揉揉头发想今天状态还好，可以慢慢来。

来不及反应对面的蛊雕已半飞半跑冲过来，张嘴长啸，啸声尖锐如刚出生的婴儿。它角上泛着绿光，恐怕是有毒，我吸了一口凉气，双手结起玄冰印伽，顿时寒光冲天，身后光枯枝桠缀上冰凌。蛊雕忽然扇翅膀在风中飞旋半刻，口中迸出金色光柱，印伽轰然碎了。我边升到空中，边将凉夜剑一指，空中浮动的冰蓝字符统统化作箭矢飞向蛊雕，如流星坠天，翩然之间便失了颜色。

一只冰箭扎进蛊雕前胸。它龇着牙口中叫着，低头生生将冰箭拔了出来，顿时血流如注。

抓准这个时机，我向后移了两步往前冲去，剑身上寒气幽幽，欲在它前胸上再补一剑，哪知它咬着冰箭一甩头，箭尖直奔我飞过来。我一惊，慌忙往右边躲，冰箭擦过左边锁骨，殷红的血淌下来，一半是它的，一半是我的。我一时重心不稳，身子一晃就要往下掉，身边忽然掠过一个白色人影，手臂在我腰上一托，我稳了稳，轻落到地上。银色发丝拂过脸颊，转瞬只剩了一抹白衣背影。阴风飒飒，有人在我耳边留了一句话："下去等着。"

苏少手中一杆生着倒刺的九节鞭，苍白风中与蛊雕斗在一处。白色身影动作极快，不时有刺目的血滴飞溅。狂风里银色的长发挡住他的脸，我看不见那双被山中清溪洗的晶莹的红色瞳孔。

半刻之后，蛊雕啸声一声比一声急促，突然不叫了，旋着身子从空中落下来，毛色红得不成样。苏少微顿了顿，顶着风力冲下来，九节鞭鞭头准确刺进染着红斑的喉咙。

我惊异地看着他落回地面，九节鞭上流着一股血注，身上依旧白似高山寒岭上的积雪，无一点猩红。

"本来没想杀它的，好久没用这鞭子了，一时手重。"淡色的薄唇微动，语气轻描淡写。

他闲庭信步拎着回鼎溯元针走过来的时候，伤口上的血已经不大流了。

我接过这东西，出乎意料拿不动。这针恐怕得有七十来斤，用手抹净，是深沉的金色，大约有一把长剑那么长，顶端的针头又大又尖细，下头嵌进一颗直径约宽二指的通透明珠，珠中落着九天银河，璀璨耀目。

苏少关切地问："拿不拿得动？"

我勉力把它扛在肩上，压得弯下腰去，龇龇牙道："能……能拿动。"

开到北海已是夜里，海浪一派翻涌，灰沉沉的天，中间生生竖起一方独立的空间，七色光萦绕四周。老远看见近海面处几个人影，衣角被风吹的飒飒，后面是临时搭建的水阵，蓝白缎幔帐裹住一个个水营，营中烛光缥缈清寒。

看着这一副场景，心中没来由觉得凄凉。我想我果然应该来，好让这封闭快点打开，师兄便不用这样孤独困在其中。

我问苏少："我师父来了之后，他们可有什么进展？"

"姮因此阵坚如磐石，连布阵人自己也不能将阵打开，除非破阵，否则哪怕是道法再高的神仙，也绝不可能打开一条缝。虚浮术和换命术都是奇门异术，因为违背自然规律被禁了这许多年，一旦发现有人修行就会被降为凡人，至今并无多少人习得这两种秘术。你师父虽是上神，能想到的办法通通试过了，不用禁术想打开此阵却是不可能的事。"

我疑惑道："那你如何能光明正大用禁术？"

他冷笑："我？我和玉帝虽有深仇，他却非用我不可，只因我能做到的别人都做不到。与其说他不想管我，不如说是他不敢管我。"

风起竹林

我们没有直面与那几个上神和天族的太子打照面，苏少带着我乘云绕到另一面。巨大水幕流下光彩，风不停，潮声像是呜咽，海水翻腾打湿了白缎鞋面，清冷寒月里一切声音放大百倍。

苏少说，嬗因的阵法是以束缚某个人而维持，其中有三重结界，第一重就是最外面这层，内里集天地灵气与布阵人倾注于阵中的全部法力，第二重困着被圈进阵中的空间，与未设阵时并无二致，第三重只将被指定束缚的人关在其内，界中世界是由被困人心中所想幻化而成，危险重重，不断变化，虚无缥缈没有边际，无真正形态，能不能逃得过，实际上是看此人敌不敌得过自己的贪念。我要进的，便是第三重结界。若是被困人死了，或是第三重破了，另外两重便也没了。

而嬗因本人根本不知在何处。

其实我进去，要么是被结界打败也死在里面，要么是师兄死了我将命换给他。而我至少能在死之前再见一见他。

似乎有好多话要跟他说，又似乎不知道该说什么。

人只要心思尚在，就会有执念，是对生命的留恋，就算临死也难以放开。神仙终归是活生生的人，怎么可能真像传说中超脱一切无情无心。今晚只要我进到这里面，就注定不能再活着重见外界。可我虽然害怕却心甘情愿。只因里面那个人，是我毕生的执念。

他是我甘愿赴死的原因，也是我留恋在世的理由。

我深吸一口气，回头望了望天上的星辰。天越黑星星越亮，这是师兄从前告诉我的。

今晚星星特别亮。

我转回头，尽量挂起最轻松的笑容，对苏少道："虚浮术的咒文怎么念？我已经准备好了。"

睁眼看见被流云染成焦茜色的天空，闭眼听见簌簌的细雪，无穷无尽开成晶莹花海。

这地方这样冷。因为近几日外界气候温和，又是穿着为见师兄最后一面而选的薄衣服，身体格外畏寒。没想到阵中竟在飘雪。脑中充斥着苏少低沉的嗓音和虚浮术冗长的咒文。回鼎溯元针在我手中完成它任务的那一刻就化作白烟不知去向，我身上只带了凉夜剑，随身的锦囊，里面装着上次磨了一半没磨完就被我胡乱塞进去的半根墨条，用久了的那根蝴蝶钗上脱下来的单个珠子，还有半块练字时候裁下来的宣纸，被我用小楷写满了师兄的名字，舍不得扔掉就放在里面。其实华山厢房里的小抽屉盒中还有好多这样的零碎纸头，久而久之"段温言"就成了我写的最好看的三个字。

我哆哆嗦嗦从雪地里头站起来，方才没注意，原四围生满了青色修竹，横斜影绰袅袅婷婷，只在火红天光中镀上了血色。漫天的雪。

师兄心底原是一片竹林。

却不见他身影。

此时心底才幽幽害怕起来，我一个小姑娘，独身进到这险象环生的地方来，妄图寻一个人。若还没寻到人，自己便先死了，就实在太窝囊了。

我迈着碎步深一脚浅一脚走在雪地里，没有方向可言，哪里竹子间的间隙大些，能容我过去，便钻过去，哪里窄些就绕道别处。就像半夜独自在墓园里走，一边不敢回头看，一边走得飞快。

我自己觉得过了好久，天色忽明忽暗，大雪无一点缓势。我不敢大声叫师兄的名字，怕引来什么难以想象的凶猛活物，或是触动什么机关，只敢尽量低着声音喊一喊，走两步就喊一声，缩着头冷得要命。猛然间听到一阵咳嗽，我吓得一脚没踩稳摔在雪坑里，新盖上的一层雪被翻开来，露出几点斑驳血迹，眼前是一条长长的隐隐约约的血痕。我爬起来跟着它走。

风起竹林

我看见一片黑色衣角，视线慢慢上移，毫无征兆又好像意料之中，那一副宽阔胸膛，熟悉的侧脸轮廓，失色的嘴唇，苍白涂满血污的脸，高挺的鼻梁，往常亮如星子此刻却紧紧闭住的眼。

我要找的人，他在我眼前。头顶是璀璨流云，中间隔着一方落雪。我扑过去抓住他肩膀。

"师兄？你怎样了？我是阿故啊，你睁眼看一看……"

好久好久，他睁开眼，时间一时仿若决堤之水。

"阿故。"声音哑的像从深不见底的黑洞之中逼出来，口型做得费力，说到一半却没了声音。

他歪在雪地里，右手仍牢牢攥着剑，头靠着一株竹子："竟开始出现幻觉了吗……还是做梦……"从前他温凉明亮的眸子里，我看不见一点光彩。风雪里我看不清他流了多少血，他黑色的衣服将血的颜色洗了个干净，但一定有不少，因为空气里充满了血腥气。

琥珀色眼睛缓缓闭上了。

我吸吸鼻子捡起他的手，双手扣住，试图传一点温度给他："这不是梦，也不是幻觉，这都是真的呀，我就在这里，师兄，你看着我，我就在这里。"

"是吗？"他被握住的手微微动了一动。嗓子却突然清亮许多："姮因将他从前驯服过的妖魔鬼怪都养在这阵子里，千八百只，不知什么时候就凭空冒出一只，你不要命了吗。我好不容易将它们都杀的差不多了，可也没力气往前走了。"他笑一笑，缓了缓续道："若是我自己一人，出不去也没什么，可你来了……你叫我怎么……"

我轻轻抚上他的眼角，一瞬间的冰冷吓得我一抖。他眼皮动了动："你来这里做什么。"

听着不像是问句，我却回答他："我来……我来这陪陪你啊。你在哪儿我就要在哪儿的，"顿了顿小声补充，"一个人太寂寞了。"

他却猛然把眼睛睁开，被我握住的手臂里流过一阵强劲的痉挛。

"这不是真话！你以为，把你的命给了我我就会感激你吗！我宁愿死，也不靠你给的命苟且独活！我还没沦落到要你来救！"

是啊我忘了。他是三界所有人敬三分畏三分的段温言，平日里温存随和，却一向活得顽固，从来不相信有什么是不可能，不愿意认命，哪怕饿死不吃别人舍的一粒米。

他顾自喘了喘，突然挣开我的手，竟直挺挺站起来，眉头紧皱着，将身上的深红狐毛鹤氅脱下来兜头罩住我。若是看不见他无血色的脸，闻不见血液的气味，面前这个人看起来很强壮很健康，从容不迫的好似是去久违的老朋友家吃个便饭，而不是像一只被捕获的雷鸟，在一片绝望雪地里挣扎着要抓住最后逃脱的那一丝微薄可能。

荒路奇险，漫天大雪，近二十日被困在妖魔遍地漫无边际的竹子林，料想纵然是神仙，连日大耗仙力滴水粒米不进，夜里又容不得入睡，我不能想象师兄是如何活到现在的。若是轮到我，光是想想已觉得绝望胆寒。

心口隐隐有压抑的难受，可不知道是为什么，只好用手指缓慢揉开。

纵然雪还是下得很大，竹林还是那片竹林，我又刚刚知道这片林子里有许多妖物，却远没有刚来的时候害怕，至少不再是一个人。

我跟在师兄身后，似乎一直在朝着某个固定方向行进。我想这是师兄心中所想，装着心中执念与贪妄，要破解终归不过一念之间，若是产生这意识的人突然清晰地想要走出去，自然是知道该怎么出去的。一路上再遇到的小妖小怪都不足道，想来厉害的都被师兄先一步杀光了。他的背影在雪地中一起一伏，这么看起来一点也不显得单薄。我裹紧狐裘小跑着追上他。

他情绪比方才平和许多，转过头来对我笑笑，手就抚上我头顶的凤冠，凉薄的唇在焦红天空下像开出的一瓣杏花。

"就快出去了。"

风起竹林

风雪渐小，天色转暗，周围景致颜色渐渐淡去，变得苍白模糊。我和师兄并肩，退出这个恐怖的牢笼，行走在苍茫的白色幻影中，似是要穿过时间长河。

我看着师兄发上苍蓝色发带在风中飘摇，四周再没有一点颜色，或是一点声音了。

一片白色中前方出现一条幽长青石板路，看起来不太真实，像被一场无声雨打过，表面莹润，生着一层绿苔，草色深深。

虽然是个行迹残酷的可怖阵法，不得不说不管从外面看，还是此时场景，都漂亮得很。

师兄脚步声声，像是走在黄昏里的浅水塘，步步溅起水花，远处三两寒鸦，仰头就可看到白海棠光裸的纤细树枝。

他走在我前面，走了好久，最后一块青石板已踩在脚下。跟前玄青的袍角微抬，黑缎的软靴底踏进虚空，真是奇怪，他踩下去脚底就现出一级青石台阶，我恍然忘了迈步。师兄走出几步，青石阶缓缓上升，阶旁长起丛丛高茎并蒂曼珠沙华。发芽生茎开花，眨眼之间便完成。翠色的茎，不见绿叶。双生花盏像盈盈将要起飞的火色比翼鸟。

我听到花开的声音，从寂静空气中剥离，宛若白釉瓷茶碗掉在地上，乍然裂成碎片。

隔着六七级台阶，沾满血污的脸已经抹净，他施施然转身，唇角弯起美好弧度，笑意如浸上热水的冰块，层层漫上脸颊褪去冰霜。一时间万千晨星闪动光华，翩翩对上那双冰琥珀色眼睛里投出的温软眼波。

我想起刚得仙身不久那会儿，有一个晚上师兄曾带我乔装去凡界看灯会。那夜风很澄明，两侧长串鱼龙灯盏中，师兄从前面转回头，脸上便是这般笑意，不差半分。说出的是同一句话，连语调都一模一样，微微上扬轻飘飘。

"怎么还不跟上来？"

想到这里我很快乐。点头跑上去道："嗯，就来。"

我上过一级台阶，身后的青石板路和石阶便一点点隐去行迹，只剩下成串的血色曼珠沙华，端端留在那里。我和师兄双双踏上不知通向何处的天梯。

终于出现了。石阶尽头是一座双层的六角凉亭，亭正中牌匾上空无一字，亭上彩漆绘的是朱凤玄龙。

可不巧正遇到一个障碍。那就是亭前最后一级石阶上不知何时出现的身着绛紫缎华服的男子，一头暗青黑的长发散在脑后。身旁跟了个提灯侍女，阵中本就一片白茫茫甚是亮堂，不晓得为何要点灯。双莲花灯从侍女修长手指中垂下来，四围的光亮将灯发出的光削的及暗，几乎看不出。

我没敢问师兄那是谁，只是没反抗他伸手握住我的手，顺从地跟在他身后。走近那人就察觉到强大的气场，他冰冷的眼神未动一下，我们走过他身边时他也没有转头。

可是陡然间发生变故，我刚刚从他身边擦身过去，身侧一阵凉风，师兄的手已从我手中脱出去。我哑然转头，只见紫衣男子腰上的佩刀不知怎么已落到师兄手中，此时正端正架在那人脖子上。

年轻的掌门嘴角微扬，笑意却只冻在嘴边，轻声："鬼君大人，别来无恙。"

哦，原是姻因。

他早想杀了师兄，是因为他怕将来如若和天界闹翻了，师兄会是个难对付的棘手神仙，留着对他不利，是个后患。

可他来晚了，第三重结界已破，外头的那两重恐怕已先一步消失了，倾注在阵中的法力全部消散，再左右不得我们。

姻因声音低哑听不出起伏："本君今日只差一点，本来本君满以为你定然熬不到明天，哪怕缓上一天，本君就赢了。"

师兄冷冷接话："可终究是差了一天。"

手一松，系着玛瑙珠串刀坠的长刀滑落下石阶，直直掉进白色虚空里，不能知道掉到哪里去了，连回音也没听到。身旁的侍女早吓得扑通瘫在地上。

师兄转过身，脸上是轻松真心的笑意："累不累？累了我们就早点回去。"我点点头，一边挽住他手臂没入凉亭另一侧的光亮中。

出去时天色已经转亮，东方的海面泛出鱼肚白。原先被困进阵中的水阵好端端浮在海上，只是这些天里面生死几轮，兵将饿死的饿死战死的战死。

妖鬼两族联军在初建阵时便提早回了地界，是打着凯旋名号。北海一战，谁输谁赢着实不好说，两边似乎都损失惨重，最后草草收场。

中间的第三重结界在身后化成点点光斑，婳因再没有见到。天族的太子和几位上神一一迎上来，是见面必要的寒暄，只有师父看到我时脸上神色变了变，大约当着众仙有话不好说出来。

惹起事端的那个军中头目哆嗦嗦走过来跪在师兄身后，师兄没理他。我看他这么久没吃饭，还耗着法术悬空跪在海上，像是支撑不了多久就要摔进海里去。不过是我多虑。直到走的时候师兄才头也不回冷然将他正了军纪，叫永除仙籍贬为凡人，此后再不得升天。

我看见那人身子颤了颤，低头千恩万谢领罚去了。

差点害得带队将军身死，令十万天兵葬身北海，这个暂且不说，还大大折了天界的颜面。要是我就当场处死再吩咐幽冥府给我记着他，永世不得入轮回。

师兄这罚下的着实仁慈。

临走前一偏头，才看见苏少，他老人家在海上摆了一方木桌，临风在调酒。

只是没看清怎么回事，木桌对面已坐上一个人。这人实在熟悉，正是本该远在千秋海的柏梦柯。

秋窗跟我讲过，说她苏师父和柏梦柯是忘年之交，苏少三万年前撼天动地救东渚仙子，身成一段传说痴情之心迷倒万千少女的时候，柏梦柯他爷爷还没有出生。

墨绿发色的青年神君撩起袍角，抬手摆弄桌上一只未涂扇面的牛骨折扇。

苏少："怪我一时想起她，答应了这桩差事，白折了一把好琴给你。"

柏梦柯勾起嘴唇，语声淡淡，说话间一双眼眸却流出异样神采："哦？"微顿了一顿，"这么说改天我得好好谢谢东渚。"

第十五章

惜魂殿在一片晨曦中露出巍峨的飞檐，冰冷的汉白玉阶在今晨显得分外亲切。折腾了一天外加担惊受怕一夜，身体格外脱力，十分想念温暖厢房里那张舒适小床。

行至殿门内，我打着哈欠，吩咐迎出来的阿端准备两盆洗澡水供我和师兄沐浴，转而一想师兄身上还有伤，应该先唤药师来处理下，于是就叫她先去找药师。

阿端刚出门，身后猛然传来剧烈咳嗽声，回头看到师兄的样子，左手紧紧摁在鎏金门框上，前臂上能看到突出的青筋，凌乱黑发分成两股，从肩膀两侧掼下来，我看不清他的脸，但能看清有血滴从他嘴角滴下来砸在地上，那力度足以把我左胸口中那个怦怦跳动的东西砸出深坑，最终砸穿。

我马上明白是怎么回事，为什么在阵中的时候他能伪装得那么好，好像并没受多重的伤，不可能只是忍一忍就能做到的，他现在这样，多半是那时强从生魂中调力，虽然能多支撑一会儿，但伤了生魂动了心脉，内里五脏恐怕都多少受了影响，碎裂出血是一定的。这副模样，是必须扶着墙才能维持站姿了。

可他却这样也不肯弯下腿。

我一时竟愣在原地不知该如何，半天才反应过来过去搀扶，因为从来不会说安慰别人的话，只能傻傻攀住他肩膀，没用地皱眉头吸鼻子，勉强迈步想要带他回房间躺一躺，却发现凭我一己之力根本不可能做到。

这时身后清凌凌一声"仙……尊？"三分惊讶七分疑惑。

秋窗今日一改往常端庄体面模样，竟能清楚看到衬在里面的中衣中裙，外面只套了一件长可及地的棉绸蟹壳青褙子。估摸是没来得及仔细打扮，听见我们回来了，就急着来看看师兄如何了。

不过幸而她来了。

一句"秋窗姊姊你快来帮帮我"还没说完手上已经轻松许多，虽然不过加一个弱女子，但若是一个人就不行。半拖半拽我俩把师兄带回他房中，头一挨上瓷枕他就昏过去了。

没一会儿师父来了，带着天界名声最响最神的神医。看过之后，神医的意思是，这个情况虽然严重，其实确实严重，但是躺上个半年，用最好最珍贵的药材好好调养，还是能养回来，只是期间不能受刺激。再则是即使到时看起来复原了，但身体内部仍会比较脆弱，以后切记不可再动及心脉。

走之前留下一只精巧的白瓷小药瓶装的珍稀口服药物，还有一盒治外伤的膏糊，光这两样送掉了师父一包袱黄金。

送走神医师父意味深长将我教训了一顿，说之前他怎么怎么嘱咐我，幸好是我没事，若我有个三长两短，两个徒弟都有个三长两短要他怎么办如何如何……

我只深刻检讨不住点头称是。

后一日玉帝差人来惜魂殿送了两棵雪山老人参，按道理说，这一战并未打赢，但师兄能从阵中出来已是十分不简单，婳因也没捞着什么好，总还不算是天界亏了。

自此秋窗常来探望师兄。那一日师兄精神稍好，坐在床上要听听近日我笛子练得怎么样了，我坦白最近这么忙哪有闲工夫练笛子，吹来吹去还是那些老调子。他这么听着却还是挺高兴。

风起竹林

秋窗捎来一个绣杨雀衔环的布包袱，从里面取出一只汤盅，打开来是鸡胗蘑菇汤，闻着香气我便知她炖的火旺了，有点烟熏气，鸡胗蘑菇汤要小火慢炖，这样吃起来口感才会好。

她虽然长得比我好看，也比我有才华比我温婉讨人喜欢，唯独做饭远赶不上我，这是我得意的地方。

浣颜说师兄这样的人就应当配秋窗一样的大家闺秀，我虽不爱承认，却深知秋窗着实比我更配得起师兄。从前我和九唐下凡厮混累了就常跑去一家小酒馆闲坐，里面说书的瞎老头子总是爱讲些民间流传的故事传说，其中多有描写风度卓然的青年公子同贤惠美丽的世家小姐浪漫邂逅的情景，可没有一个故事中青年公子没喜欢上贤惠美丽的世家小姐，反而喜欢上贤惠美丽世家小姐的疯疯癫癫的同窗好友。因如果剧情是这样发展的，民间故事最后都逃脱不了成为一部跌宕起伏的悲情小说的命运，这就从根本上违背了民间故事追求美好的中心思想。

秋窗正用一只长颈小汤匙给师兄送汤喝，被我从她手中接过。我想，可即便如此，通常并不是最好的就是最适合你的，不能说人家没选择最好的你就说人家眼光不济。

这样想虽是为了安慰自己，心情倒真的愉快许多。不过说起浣颜我有点纳闷，自从回来就没看见过她，师兄伤得这么重，她又那么喜欢师兄，怎么就连看他一眼都不来看他一眼。

这么想着不断往门口西厢的地方瞟眼风，一时不留神一勺子汤全灌进师兄衣领里去。听他飘乎乎道："阿故你今儿个眼皮长疹子了看不清楚，看这样挺严重我觉得有必要寻个医馆开两刀。"我吓了一跳，慌忙给他赔不是擦衣服，一边嬉皮笑脸。忙活完下意识再瞟门框子，这回倒看见一片明黄色衣角，一拂便没了。

果然还是来了，浣颜。想必是听见师兄说玩笑话，知道他精神很好了，才放心地走开了，大概因我在此处，她进来会不自在。

　　一晃两个月匆匆过了，师兄从外表看已好了许多，其间浣颜来过好几回，但都是挑我不在的时候，时常练剑回来看见师兄床头摆了些稀奇小礼物，瞧模样不会是秋窗送的东西，一猜便知是她，师兄的表情总像是很快乐。他明知道浣颜喜欢他，还是爱同她亲近。因为他们是师徒，我总是这样安慰自己。有时候能听见师兄房中有淙淙琴音，和女孩子明朗的笑声，欢声笑语传遍整个惜魂殿，师兄不说，我也不过问。

　　只是记起有一天我练完剑按往常习惯去师兄房中看他，在窗外看到浣颜，跪在熟睡的师兄身旁，低头凝视着手里一只玉符模样的东西，神色凝重。半晌她攥起手掌，把那只手缓缓伸到师兄额头上，我看她嘴唇动了动，手中绽出幽蓝色光芒。大概是因为病重的缘故，浣颜如此师兄都没有醒来。我紧张望着她，不晓得她要做什么，正意欲冲进去阻止她。意料之外的，她手猛然一抖，就在发光的玉符快要掉到师兄额头上时，她却反手一捞险险拦住，玉符陡然失了光泽。她呆愣良久，目光不知在看向何处。半苑楼上铜铃叮叮咚咚，和着暖风送进房中。她神色一顿，突然用手捂住双眼，肩膀颤抖，许久，指缝间溢出一滴泪来。

　　我心下思忖是否该进去问问她想做什么，但转念又想，我此时进去逼问，她必不肯承认，不如先不惊动她，这些天留意她些，看看她到底想做什么。

　　接下来几日，一直也没发现她有何异常举动，料想她喜欢师兄，必不会加害于师兄，许是她想帮师兄疗伤呢？

　　渐渐地我就将此事淡忘了。

　　一个月色明朗的晚上，我哼着小曲从半苑楼下面经过，抬头瞧见旁边一块巨大的卧石上搁了盏描鹤唳九天的提灯，灯旁摊了本书，一只修长的手抚在书页上，食指一下一下轻轻叩击书面，后头三个指头蜷进手掌里。

玄衣神君清俊的眉眼在缥缈灯火中磨得柔和。淡色的嘴唇恰到好处地挑起来："坐过来。"

师兄身后的空地上去年新栽了一株天女木兰，此时不知被施了什么法术，无数精巧花盏中亮起晶莹光华，淡金色光晕柔柔铺在地上，朦胧花盖笼在石上，清风一缕，满树叶影幢幢。

他看我一直盯着花树，神态悠然地托腮问我："给你做的，喜不喜欢？"

我边点头边照他的话坐到他身边，一边担惊受怕的想今晚他突然这么反常是不是要对我做什么。

结果什么也没发生。不知道为什么安心之中竟有一丝小小的失望。

天女木兰花盏中飘落一点清淡光影，师兄翻书的手指顿了顿，偏头向我道："阿故，有件事一直没有同你说，并不是我忘了。上次在婳因阵中，你不应该想要用换命术帮我。"

看他的表情，我笑起来："最后不是没用吗？我自己有分寸的，你不用担心。"

我本以为他会调笑我，比如说"果真有分寸啊"，或者"我怎么看不出来啊"什么的。但他眉头皱起来，严肃道："幸好是没用。如果最后你真这么做，我反而会恨你的，因为你不重视自己的性命。就算将来我真的比你先离开，你也不可以发傻想要冒着性命之危来救我，我希望你能带着我们的故事好好活下去，这样我也会放心。下次遇到这样的事，一定要仔细考虑，女孩子家要学会多珍惜自己一点，不要总让人担心。不能总觉得无所谓，你明白吗？"

他一下子说了这么多话，我知道他是跟我说正经的，所以收起笑容认真说："我知道的师兄，如果将来谁要先走，一定希望另一个人能活得快乐，这样即便阴阳两隔也无所留恋，我不会让你担心的，不管发生什么事，我都会好好保护自己。你想我是那种消极的人吗？一难过就要自杀什么的。我永远不会自杀的，我会听你的话。"

良久，师兄抬手轻柔地抚了抚我松松竖起的头发，偏头的角度刚刚好，一半脸浸在柔和光晕里，一半脸在夜色中隐隐约约："婚事拖了好久，我已经都筹备得差不多了，比上次的还要漂亮些，明天一早我去倾渝山走一趟，同师父商量商量，等我好了就补给你。你会是我唯一的妻子，我的新嫁娘。你开不开心？"

我愣了愣，兴奋地凑到他下巴跟前："开心啊，那一定是我最开心的一天，以后再也没有比这更开心的了。"

他嘴角一勾："哦？那将来我们有了孩子，你不会更开心？"

一句话敲进我心坎里，脸上一定在发红。我故意将头扭到一边，装作在研究半苑楼上繁复的琉璃瓦。

然而立刻就被拆穿，因为黑天里根本就看不见琉璃瓦……

我看不见自己的脸，但知道脸上一定挂着难以掩饰的微笑。师兄唇角弯起的弧度渐渐变大，我略微有点恼火："笑什么啊，要……要是换你生的话你肯定也会这样……"话还没说完我就后悔了。

果然，他一脸伪装的疑惑："哪样？说来听听。"

我被他瞪得没法，低头望地用蚊子声音道："害……害羞什么的。"

本以为他会听不见，却低估了他的能力。

"你看我是有害羞神经的人吗？"

一只宽阔大手从背后揽过我肩膀，将我拉的离他更近一些。木兰花下的虚无光影里，他苍蓝色的发带翩翩垂着，好看的眉眼带着似笑非笑的暖意。

这个人就要成为我的夫君了。

"不能忘。"他声音很低，叫人想起无月的夜。

"嗯？"

他搁在我肩膀的手紧了紧："不能忘了，今夜的清风，过往的种种，我们的故事，要用生命去记得。"

要用生命去记得。

半苑楼上风铃声声，像一曲倾世琵琶调，远处大片的虞美人投下婉转花影。

"累了就睡吧。"他轻道，"你睡着了我抱你回去。"

而我确实是累了，听他这话哼哼道："你抱我回去多辛苦啊，你伤还没好，我怎么可能舍得啊。"但还是轻轻靠在师兄肩膀上，觉得很心安。他脸上笑意渐深，云淡风轻又翻了一页书。

天边浮上层层晚霞，料想明天应是个好天。

上一辈的老神仙们总爱拿命数说事，可凡人的命是神仙来写，神仙的命却没人给写，端看自己造化。凡人有命数，神仙哪有什么命数。

春天时候师兄带我去武夷山，山腰道观中有一得道隐居的老道士，见了我非要给我看看手相。他说，我命中有一劫数，已隔得不远了，若是度得过，好比一步登天，此后可一生无忧，若度不过，大概一蹶不振，恐怕万劫不复。话毕深深看了我身旁师兄一眼。

他说的怪吓人的，可我从不信命。

可有一天我竟开始动摇。

我不知道是否是命运安排浣颜莫名在竹林中受重伤，是否是命运安排我去竹林练剑第一个发现她，是否是命运安排师兄在此时恰好出现。

但我知道如果是，命运也太过不留余地。

我发现浣颜的时候，她已躺在竹林空地中站不起来，黄衣黄裙都被染红，浑身抽搐，已经晕厥。我愣了一愣，慌忙跑过去查看她的伤势。然而她似乎浑身上下都有伤，能看出是剑所伤，伤口精巧，伤她之人必定剑法熟稔行云流水。

她在昏迷中费力地哼哼，却死咬住嘴唇，咬出鲜红血液。

我正考虑要不要使个法术什么带着她瞬移回去，边惊慌失措地回想瞬移术的口诀怎么念来着？边伸手探浣颜的鼻息，食指刚放到她鼻尖的一瞬，身后传来急急脚步声。

我欣喜回头："师……"

黑色身影急速从身旁掠去。

少女被自血泊中抱起，她在他怀中费力睁了睁眼，紧紧拽住他衣领。清冷神君的目光从怀中柔弱少女身上转向我，琥珀眸中如一潭死水，一丝亮彩也无。

"怎么回事？谁伤的她？"

我回不知。

他垂眼凝视着我被血染红到腰际的裙摆。

倒在血色中的少女，跪在少女身前衣冠浸红，手染鲜血的神女，还有神女躺在血泊之中的，暗色长剑。

刹那间似被一盆冷水利落浇了个结实，从头到脚狠狠哆嗦了一回，一瞬清醒。

我猛然抬头看着师兄的脸，那双半眯着的略有疑惑的眼，紧皱的眉，和凉薄的淡色嘴唇。在此刻看来都统统褪去往昔的温存，罩上浓重恐怖的色彩。

我拼命告诉自己，师兄不会那样想的，他不会那样想的。

可他终归是将信将疑，欲言又止的表情。一时间胸中千回百转，声音低哑，最后只剩三个字："不是我……"

"我问是谁？"

"我如何晓得？"

苍翠竹林中，他望向怀中攀住他领口的少女，眼光在顷刻间变得柔软。他轻道："是谁？"

少女疼痛地不住颤抖，看我的眼神万分惊惧，我投过去期望的眼光，她却慌忙避开。嘴唇开合几次，最终没吐出谁的名字来。我几乎不清楚自己是怎么冲过去，劈头抓住她衣领，几乎是吼出来："你怎么不说话！"

那一双眸子婉转清亮，勾勒出玄衣神君的侧脸剪影，楚楚可怜将他望着，只拽住他衣襟拼命摇头。师兄眼中闪过一丝寒芒，小心护住她，他抬头深深看我一眼，将我的手甩开。

他心疼地抱紧她，安慰说有他在她不会有事，转身时脚步顿了顿。"此事我定会查清楚。阿故，快去唤药医来。随后来我房中一趟。"等我着婢女去唤了药医，自己也换了衣服，已是华灯初上，红柱琉璃灯盏成金龙之势盘上华山。我先去西厢看浣颜，药医已在给她医治，师兄因为避男女之大防，已回东厢房中去了。

穿过短短雕花廊，深吸一口气，踏着重重月影步入师兄房中。

师兄的房间在我隔壁，内里十分敞亮，前后两扇门，一扇在殿内，一扇在殿外，我走的是殿外这一扇。靠墙边上一副金丝楠木镂空长阶，通着上面小阁楼，阁楼悬空建在后殿梁上，半身探进殿中后院，纳凉观景都很合宜。

正半揽灯烛，怀中端着一张公文。自从他接了掌门之位，这种东西经常堆满他的案头。只是平常他都只在书房翻阅，少有见他带到卧房中。

他将手中羊毫小楷笔笔杆一指，道："坐到对面去。"

面前摆着一只未雕纹饰的白瓷茶碗，浮在水面的茶梗寂寂沉入水底，师兄的声音徐徐响起："阿故，跟我说说你都看见什么了。"

"我……我什么都没看见啊。"

他抬眼看了看我，轻叹口气道："你是怎么和浣颜在一起的？"

我尽量稳一稳心神，装出轻松的口气："因为我照惯例去练剑啊，所以……所以所以——一进去就看见她已经受伤了。"

他用手指抵住太阳穴，做出认真思考的模样低声重复："练剑……

啊对，练剑。"

他语气略微和缓了些："你没看见旁的什么人？"

"谁也没看见。"

他追问："真的没有？你仔细想想。"

我略一踌躇："没有吧，我也没注意啊。"

这一夜睡得并不安稳，天刚亮，想起师兄恐怕一夜未眠，他的伤还未大好，不宜如此劳累。想到此我便起身熬红枣薏米莲子羹。正漫不经心地搅着粥，阿端跑来说浣颜已经醒来了。我想了想，盛好一碗莲子羹，端着绕过半苑楼和启明湖，来到浣颜住的西厢。房中一座盈盈的紫纱橱，绕过雕花素屏，浣颜睁眼躺在床上，看见我将眼睛闭上了。青衣的药医伏在床头为她把脉，师兄倚在床沿上，见着我也没什么表情，接过莲子羹，若无其事地轻轻搅着粥。

半晌药医蹙眉起身，又开了一个药方子，言语间却颇淡然："剑法杂而不乱，几乎步步紧逼，招招狠辣。姑娘这伤虽未中要害，但伤处多且重，失血过多，要缓过来是很难了。"

药医的意思是，浣颜修为尽失，若是五天后还看不到周身仙气，就该准备后事了。

这是他把师兄叫到屏风后面避开浣颜说的，我倚在屏风上亦听得真切。

其间浣颜露出锦被的手一直紧紧攥住被角，眼神游离于床帐顶和床帏搭着的师兄的外氅之间，看不出悲喜。

我听见师兄的声音："已无他法了吗？任何法术也救不了她？"

"再无他法。小仙说句不相干的话，就算是有法术能救回姑娘，按照仙尊您此时的身体状况，不仅达不到效果，只会对仙尊造成反噬。所以仙尊且不可贸然行事。"

"姑娘之事，端看造化罢。"

第四卷　子夜歌

第十六章

"神女，要不要起来喝杯茶？"

"不用。阿端，把提灯取来，随我出去走走。"

那一天的情形实在恐怖，夜里回想起来根本不能入睡。我掀开锦被将脚耷拉到地上，褥单因为我刚才的颤抖被折腾得浸上一层冷汗。阿端提灯进来点了烛台，因为听见屏风后我不停翻身睡不着，她担心我，一直在屏风外守着。

三月的半夜院子里还很凉。我披着明黄绣山海纹披风，哈着手穿过长长雕花廊，阿端提着灯跟在身后。

很远的地方悠悠传来寥落古琴音，断断续续的几声。合着妖娆歌姬轻浮的唱调："好景良天，彼此空有相怜意，未有相怜计……"也不知是不是幻觉。

白日里送走药君，房中静寂，大概每个人都在想着什么，只有师兄慢慢搅汤时瓷器碰撞的声音。

我倚着屏风不知下一步该怎么办，床上的浣颜脸上没什么表情："没有几天了吧，我已经做好准备了。"我心里一惊，刚才她竟然全听见了？

"到那时候，即便是师父也没有办法了吧。"师兄手中的汤匙跌进碗中，发出清脆的一声响。她却像没听见似的，看着举到半空中的手上，被蔻丹染成鲜艳红色的指甲，声音听不出起伏："不过这样也好。就不用再背负着卸不掉的枷锁，在这乱世上急于寻找一个不存在的出口。就可以……"声音却淹没在口中。

瓷碗被推到桌上，黑色衣袍罩下，师兄伏在床沿，单手捂住浣颜试图说下去的嘴唇。

"有我在你死得了吗？"师兄嘴角带笑，一副很自信的表情，眼神却闪烁不定，"阿故也希望你没事，"他偏头看向我，"等我查出是谁伤了你……"

我看到浣颜眉头微微一皱。

"告诉我，是谁？"

她闭上眼睛。

"他威胁过你？没关系，不会有事的。你只告诉我，是谁？"

她眼眶动了动，睫毛湿润，几乎溢出泪来。

他轻轻松开了捂住她嘴的手，自床边站起："你若是不愿说，那便算了吧。"我分明听见他轻轻道了句："不可能是阿故啊……"

她却在此时突然睁眼，抬手紧紧拽住他衣袖："我只是不明白，阿……阿故她那天为何那样冲动。我们确实一直关系不好，我也知道她不喜欢我，我那天说的话让她很不高兴。但是……"

日光一寸一寸转，竹屏映出翠色，和黄衣少女清亮的眉眼。

她说得声色动容，句句都像是真的。但她说的什么，我听的什么，每句都像响在脑中的雷。时光一时长的让人绝望。

师兄极慢极慢地转过头，触上他目光的时刻，我就知道这幕景一辈子也逃不开了，它成为我今后每夜梦魇中最令人颤栗的那个节点。

他最终还是问出那句我一直逃避的话："阿故，是你吗？"

是，或者不是。我看向浣颜。她一直没往这边看，眼中风拂湖面，波澜起伏。

"看着我。我在等你的回答。"

风起竹林

有什么东西在胸臆中猛地爆发，我几步冲过去失声道："怎么会是我！怎么可能是我！我明明是去竹林里练剑，一进去就看到她躺在地上。师兄你最了解我，你怎么会相信她的话而不相信我，如果连你也……"却在看进他眼睛时瞬间失了力气，踉跄后退，撞上花梨木小桌。

那一双眼。刀锋一样的眉，修长的眼尾，锋利的目光。窗棂蒙了薄薄一层霜，用手指的温度一寸一寸抚平，却在接触的一瞬轻易被寒冷侵占。

他不再像是他，他从前不是这样的。

他起身踱到近旁的书桌，桌上笔墨纸砚，青瓷花瓶。他扶着桌子，脸上写满疲惫："我从不愿往这种可能上去想。我一直努力想找到一个证据，证明那个人不是你，但阿故，殿外的结界无任何从外面强行打开的痕迹，我不在，婢女都去领月俸，整个惜魂殿只有你和浣颜两人。"

我已经不能言语。

"我看到你的时候，你俯身在探她的呼吸。"这一定是命运作祟。

"她身上处处都是精细的剑伤，你衣服上都是她的血，剑上染的，也都是她的血。"

就算有一万张嘴能怎样，再怎么解释也解释不清了。

"我没想到最后会是这样。"

半苑楼上风铃叮叮咚咚，远处虞美人花丛乘仙力四季盛开，花枝摇曳成华美虚妄的巨大幻影。

眼中蒙上一层水雾，浣颜紧闭的眼在我看来模模糊糊。我不知道她有怎样的秘密，无论如何也不愿说出真正伤自己的那人是谁。反倒都栽赃到我的头上。但我不相信她就能真的坦然自若，毫无愧心地说出这些话。

"师兄，你为什么不信我呢，若是我说一切都是命运从中作梗，你……"

"够了。我不想听了。"他疲倦地闭上眼睛，眉头皱起来又松开，最后长长叹了口气，好像从他肺腑里吐出来的是能够笼罩整个华山的阴云。

他转过身去，背影从未如此单薄，如水墨画中烟雨古巷里踽踽孤行的落寞身影。明明是江南夏雨，却冷得刺骨。

我倒像是被他施了调魂术，他说什么便听什么。神魂颠倒一样蹒跚拐出门，却是刚转过门口就"扑通"一声瘫倒在墙边。房中远远传来脆瓷碎裂的泠泠响声。

我听到他的声音，缥缈如半夜山中凉风，一拂之间已添了三分寒意："以后我不叫你，不要再出现在这里。"

第十七章

真的，只要一闭上眼，全都是一幕幕魇魇的场景，浣颜涂满鲜红蔻丹的修长指甲，师兄那一双冷如寒泉的眼。

今夜无月。我举目看蒙上绛紫色轮廓的远山，笼罩着整座惜魂殿的巨大阴影。停步时就已走到西厢，长串寂寂冷窗中间一只亮盈盈的窗口，虽是寂寞窗棂中一盏孤灯，在此刻却足以温暖人心。我第一想法竟是走过去看看里面情景。

阿端担忧地在身后叫住我："神女，这里草深些，怕有虫子，我们还是绕道别处吧。"

我顾自继续走，她提着风灯跟过来。才走到距离大约三丈远的地方，脚下突然踢到什么东西。我蹲下来，借着提灯的微薄光亮，看清是什么东西时肩膀狠狠一颤。

一摊碎瓷片，雕花暗纹的精致白瓷，散落在悠悠草色中，瓷片上晶莹汤液还未干去，一颗嫩绿色莲子还粘在上面。可以确定这就是我早上用来盛薏米莲子羹给浣颜的那只碗。

我想起转身出门后那一声碎瓷声。

我执起一片瓷，指尖因为颤抖被划出一道口子，殷红血液顺着瓷面淌下来，染成一朵妖冶红莲。

命运真是可怖，像打上岸的海潮，岸上即便有再深的刻印，都在顷刻间拂去不留痕迹。

心中有什么地方像陡然间塌陷了一块。我端详着那朵红莲，声音空寂："阿端，你说，那么多年，那么深的执念，真的能在片刻间全部忘记么？"

身后灯影晃了晃，她没回答我。

"你不相信吧。"

我抬起另一只手，将瓷片上血渍抹净，还原出质地均匀，光泽柔和的白瓷面，对着灯光转了转。勾唇笑了一下，低低附和道："我也不相信。"

远处的歌姬还在唱，婉转凄凉的调子，不知为何却只是那一句唱词。

我瞥一眼那孤窗中的烛火，起身道："走吧，我们往别处去。"

兜兜转转一圈，已近黎明，华山南峰上幽幽浮起一层薄薄晨雾。心绪散得差不多了，这一散步果真有效果，我至少能冷静下来考虑问题。我觉得，走到了这一步，虽说不能轻易释怀也是真的，但如此思虑下去除了把自己逼疯已没有别的结果。现在的情况，我若还去黏着师兄试图说服他相信我，他也并不会认真听我的话，反而只会更加厌烦而已。我只能静观事态变化再作决断。可要紧的是，我必须竭力查出伤浣颜的人到底是谁。

于是我拼命安慰自己，不能太冲动，如果不想事情向更坏的方向发展就消停一点，自己已经到了穷途末路的境地，要是说磨难这已经够了。天无绝人之路，总不至于被逼死，以后一切事都会好的。

如此一来，总算是安了安心，回房睡回笼觉去了。

可人生不如意十之八九，命运远不如我想象的通情达理。

时近晌午我预备去九唐处蹭个饭，主要是同她商量商量，听听她有没有好的建议。刚迈出门经过师兄的书房，瞥见他正揪着一个老头的衣领，表情狰狞："你再仔细看看，你可晓得若是说谎，本尊让你一家老小不好过！"

　　师兄很少有这般失态的模样。那老头也不是个等闲之辈，虽被拽住领口，还听了这样的狠话，神情却仍自若，由他拽着恭敬道："小老儿就算借了天胆也不敢欺骗仙尊，伤姑娘的人剑法十分凌厉，虽然都是轻巧的招式，却能造成重伤。单就姑娘肩膀上那一处伤来看，薄薄一层皮被干净利落挑起，皮和肉之间甚至没有一点黏连，这样巧夺天工的剑法只有岳楼剑法能做到。小老儿自小跟从第十八代掌门，掌门精心所创岳楼剑法，每一招每一式都记得比自己生辰姓字还清楚，绝无可能看错。"

　　我看到师兄慢慢松开了手，像刹那脱了力一样颓然垂下。耳边只听得山风呼啸，风穿竹林声音沙哑。

　　岳楼剑法，我知道那意味着什么。岳楼剑法是玄青门第十八代掌门所创，历届只由掌门传给直系弟子，所以才有那么多人拜进玄青门来，一心只要做掌门弟子，就是为的这套剑法。可掌门从来收徒不多，一般一届掌门只收一个徒弟，千挑万选出门中仙资最好的，为了接任下一任掌门。师父原本也只是挑了师兄上来，因为我是半路捡着的，所以才得了两个徒弟。也就是说，三界中会岳楼剑法之人本就稀少异常，再加上那些老一辈的大多战死的战死，坐化的坐化，导致这样的人简直屈指可数。

　　师兄已经确定伤浣颜的人必定会岳楼剑法，而我就是这为数不多的人中之一。

　　想通这一点，我不知道该怎么办，我觉得非常疲惫。

　　神情陡然变得恍惚起来，眼前出现一片夜中竹林，璀璨星子泛出柔柔暖光，仲夏夜中有隐约虫鸣。年轻的玄衣神君一路分花拂柳，身后传来小姑娘仓促的脚步声。"师兄！师兄你等等我！"白裙子的小姑娘抱着一盏莲花灯追上他的脚步，初绽花苞一样的脸仰起来，露出倔强骄傲的天真神气："走那么快做什么，存心要甩掉我！"
却在语声落地时眼睛一闪，单手费力按住灯，分出一只手来指天道：
"那一连串是什么星？真亮！"

桃木香气悠悠散在风里，他清俊面庞一低，脸颊轮廓蒙上浅浅
光晕："北斗七星。连这个也不认得，真是该挨敲了。"白衣小姑
娘却像没听见那句数落，很高兴似的扬起嘴角："这就是北斗七星啊，
我为什么不觉得它像勺子啊……"

这一幕景在这里结束，我深吸一口气。师兄，我恐怕再也见不
到他这副模样了，哪怕，哪怕他对我只有从前的十分之一好，我也
会很满足。

不自觉我已经跪在门口，双手捂住双眼，眼泪却不那么剧烈，
只一滴，缓缓从指缝间溢出来。

黑色衣袍迅速擦过肩膀。

我骇然抬头想抓住那人一片衣角，可没能成功。

"师兄……"我本没抱能叫住他的希望，声音格外迷离。

我低下头。黑色身影却停住脚步，下一刻，身前出现一双银边
软靴，他蹲下来，一只微凉的手探进发间抚上我鬓角。柔软指腹贴
住脸颊皮肤，似乎要拭去我脸上那一道泪痕，但却像突然想起什么
似的顿住。

手轻轻离开我鬓角。

我慌忙抬头："那天晚上，你说我会是你唯一的妻子，是你的
新嫁娘。你还说，将来若有了孩子会很开心，这些话……"

良久，他淡淡地说道"那些话，你忘了吧。"

那样冷淡的语气，没有任何起伏，那么轻易的说出这样的话。

"不能忘了，过往的种种，我们的故事，要用生命去记得。"

　　黑色袍角移动，却在转身时顿了顿："秉甫，将神女带去十音阁思过，吃穿用度照旧，你亲自把守，不得出一点闪失。"

　　严谨的小仙官问道："仙尊可交代要住几日？"

　　他从容地，没有片刻犹豫地："一年。除非在此之前我能查出另有其人。"

　　更漏声声，我在一片莺燕呢喃声中悠悠转醒，绿漆小圆窗外一派轻迷春色。

　　我已被关在这荒凉小屋中一年零两个月之久。

　　阳春三月，满山烂漫桃花。十音阁是脱离玄青门建在半山腰上的小木房子，门窗都下了禁令，非持令之人出入不得。那所谓一年的期限，我日盼夜盼终于盼到，那一日却诸如往常，依旧不让我出门。晚上我枯坐榻上望着窗外，秉甫靠在门框子上担忧道："神女可觉得冷？我命人去拿汤婆子了，夜里暖和些。"

　　师兄并不打算放我出去。不只那一日，两个月后他依然没有半点这个意思。

　　我最后一次见师兄还是那日他命人将我带来这里，口口声声关我一年，留给我一个渐行渐远的高挑背影。

　　这么长的时间里，我想的最多的就是浣颜这件事的真相。那日竹林中，除了我、浣颜和师兄，我连第四个人的影子都没见到半个，殿外结界也没有打开的痕迹，要说从会岳楼剑法的人查起，当时只有我和师兄，伤浣颜的人简直像是从天上掉下来，伤人之后又突然蒸发了一样，每想到此，心乱如麻。

　　刚来这的时候，我万分惶恐，每天担惊受怕，总想一定不能这么受了，一定得想个办法。后来有一日夜里下雷雨，滚滚惊雷自亘古鸿天中来，划过夜空的姿态像扎根在蛮荒之地风雨飘摇的枯树干，那种声嘶力竭的深深痛苦。我本就睡不着，蜷缩在被子里双臂牢牢捆住自己，鼻子酸楚，却一滴眼泪也没能掉下来。

半夜听见门外有渐行渐近的急促脚步声，我虽然心里觉得不能指望，还是很希望能看见门被推开，师兄带着萧进来，问我是不是很害怕。然后我就会点头，他便将他会的那些好听曲子一首一首吹给我听。但那声音在门外戛然而止。我屏息好久，没能等到门打开一条缝。不知过了多久，窗外大雨滂沱，那脚步声渐渐走远。

那一晚，我孤身瑟缩在一所冷清木屋中，自己抱着自己听着山中巨雷惊惶地过了一夜。

早上身上的中衣中裙和被褥床单全被冷汗浸透。我让秉甫给师兄带句话，问问他还记不记得有我这么个师妹。秉甫回来说，师兄什么也没说，只失手打碎了一只双蛇青瓷茶碗。

自那之后我明白，我不能再指望师兄突然回心转意了，他已经不再是从前那个师兄了。

我花了两个月时间治愈自己，既然没有办法从这里出去，那么就努力过好现在的生活。

这一年零两个月我每天基本在清修，将已学会的剑法每招每式都成对时得练习，一心只想要练的快些，更快些，精细些，再精细些。

这样下来我的剑法和仙术突飞猛进，虽还未及上仙之列，总也不同往日吊儿郎当。

后来一个早上，我自小圆窗外听到一个声音。那声音轻轻地："神女。神女。"我呆了一呆，马上听出是阿端。起先我还不敢相信，手忙脚乱将一只矮凳搬过来踩上，往窗外一看真是阿端，高兴地差点从凳子上摔下来。

这小木屋，本来不知道令诀的人是近不得身的，此时阿端却能站在墙沿边，可却不能捏令诀打开门。如此看来，她并不知道令诀。

窗外的禁令不知何时缺了一块。可轻易推知是秉甫小仙官眼见一年期满我还不能出去，故意将禁令留了一块空缺让我能透透气。阿端前来，他只当是不知道。秉甫此人，看似机灵仔细，严谨奉公，实际颇懂得些人情世故。

阿端告诉我浣颜死了，死了有一年多了，果然是五天不见仙气，接着就渐渐犯懒起来，每天大部分时间都在睡觉，然后一天晚上她睡下，早上劝她起来喝口粥她不答应，才发现已经没了呼吸。我听了静默了一会。这么久了，师兄也没能查出伤浣颜的人是谁。浣颜至死也没将秘密说出来，而我永远也无法洗脱自己了。

但终归心里还有些惋惜，一个人若是死都死了，往日那些怨恨似乎也都随之淡化了。

我问她："师兄怎么样？浣颜死了，他是不是很伤心？是不是在她身边守了一天一夜？"

阿端将眼光转向一边："没有，神女。仙尊他……呃……他因为早已做好心理准备了所以没……没怎么样，只是去查过浣颜的身世，但似乎一无所获。"

唔，他果然守了她一天一夜。

她还告诉我，师兄总是用玉箫吹一只调子，她听出是我吹笛子时最喜欢吹的那首《雨霖铃》的副调。因为一般主调都是我来吹的，他用箫和我的曲子。尤其是下雨打雷的夜晚，他甚至整夜整夜地吹。阿端便说他许是也很着紧我，我再等上几日说不定就能出去了。

若我还是一年零两个月前的余故，也就信了她这话。

我顾自笑了笑。这些东西已经不像从前能让我心伤得抬不起头了。

自此阿端常来看我，有时带来我爱吃的一些点心什么的，从窗户外抛下来，总是用精致的小包袱包好。后来九唐知道了也经常来陪我说说话。她说我不在她真是活的没意思，这几个月都不下凡界了，没有我结伴实在无聊。我记起从前趁师父不注意和她溜到凡界，闯下不少祸事，想那时候真是快乐到天上去。

"不是还有秋窗姊姊么？"

"她早上天去了。"

我愣了一愣："她到九重天上去了？"

"你刚住到这里没几天，她被提到天上去看守第三天十里白桦林，封了个江桦仙子。她临走前让我给你带句话，说一定自己保重，将来有事可上第三天月满楼找她。"

看来这一年零两个月真是发生了太多事情。只有我独自关在这里，师兄说要将我关一年的情景还恍如昨日。

直到一天晚上我做了个梦，竟然梦见穆谪。他还是一副看不出悲喜的冷淡模样，带着半边银雕花面具，声音不温不火："你想不想出去？"

梦中的我慌忙点头。

他就教给我打开禁令的方法。我学会他就不见了。我醒来后抱着碰运气的想法走到门前，结起梦里学会的印伽，念出令诀之后发现，果然打不开。

不过虽然没能成功破解禁令，这一下却让我醒悟过来应该尽早从这出去了。

我在等待一个逃跑的机会。起先我想，或许能偷偷学到秉甫开禁令的方法，就能在他不在木屋附近的时候轻易逃跑。

于是晚上秉甫来给我送饭时我便注意了注意。他总是先敲门，然后说明来意，问我现在可不可以进来。我三步并作两步蹭到房门，捏诀透过门板看到他的样子，双手端着饭，一脸恭谨模样。我揣度着说道："嗯……啊，进来吧。"然后我看到他将手交错在胸前，原先端着的盘子碗都还维持原来样子好好浮在空中。他双手结成一种奇特手势，左边的手被青花牡丹瓷碗挡住一半，我看不真切。我试着换了换角度，看见他口中念着什么，却什么也听不见，他手上

风起竹林

出现的一圈圈银环层叠印到门板上，接着有"咔哒"声音传来，像是启动了什么机关。银色圆环消失，秉甫重新端好饭碗，轻轻推开木门。

他这一套动作手法熟练，只在眨眼的工夫便完成，特别是最后我还需要快步几个腾挪移动到房里装作正在做什么事情，所以偷学禁令的时间很短，我根本来不及看得很清楚。再加上我听不清他念的咒语，又不会读唇语，所以逃跑计划进展的十分不顺利。

我尝试了多次以后，放弃了这个计划。

后来我又试着在秉甫打开禁令以后趁他不注意从门口溜出去。可这样着实被动，而且他一般只在门口附近逗留，我根本没有机会。

于是我明白，我不能再一味地等待机会降临，而必须自己创造机会。

当天晚上我连夜分析了一下，起草了一个计划。接下来几天里，在多次质疑并肯定了这个计划的可行性之后，我决定试一试。

起事的晚上，三更半夜，我起床摸着黑穿好衣服，把衣服首饰都装进包袱，然后在花梨木桌上泼上油。秉甫每夜回来巡逻一次，我掐好时辰，听着窗外他的脚步声近木屋边了，才点起烛灯。这时候我想，现在反悔还来得及，如果今天成功，那就算和师兄，进而和玄青门彻底结下梁子了，今后若想再回玄青门或是挽回师兄，就再也不可能了。

我看看窗外天色，月朦朦，几颗星子探出云层，直到现在我只要一看星空，还会习惯性找到北斗七星的位置。

我马上想通，今夜是绝佳的逃跑机会，既然已经决定要走，就不能再回头。

我深吸一口气，啪一下打翻了桌上烛火，火苗接着油势飞快蔓延，窜上房梁。小木屋冒出滚滚浓烟。

我结起一层水幕罩住自己，火焰近身也不会被伤到。我本是修水行的神仙，可在这屋子中这么狭窄的地方，再加上这样大的火势，就是天王老子也没有办法。果然很快，房门被猛然撞开，秉甫冲进来拉起我到门外，说："神女在这等着，小仙马上喊人救火。"

他本来可以将我安置在惜魂殿，让师兄看着我。但他却让我等在这里。正如我预想的那样，这是他刻意给我留下一条路，给我一个逃跑的机会。

重见天日，我甚至有点不习惯。清风明月，我看着他远去的背影，望了一眼被火光照的恍惚的惜魂殿，浮云之中不沾一点凡尘。往事在心中不休地一幕幕掠过，那些快乐悲伤的事情在如今看来都不再算什么。最后只像被一盆冷水浇醒，从头到脚打一个机灵。我想着，我这样一个又笨又没用的小姑娘，能有人真心待我，能遇到师兄这样好的人，能经历这样一段故事，我应当很满足了才对。愣了一会儿，猛然醒悟过来似的慌忙带好东西拿起剑，一路冲下山，回头望十音阁在火色中凝成一个小点。

等到他们回来发现我不见了，就会明白这是一场蓄谋已久的逃脱计划。

我在心里默默跟九唐阿端道了别，跟玄青门道了别，思考一会儿跟师兄也道了别，然后腾起云朵，孤零零飞开去。

第十八章

我落脚在凡界一处豪华城镇，街上热闹非凡，各种卖东西的小贩比着嗓门吆喝，男女老少都穿的花红柳绿，我这一身素衣反而显得格格不入。

打听了一下，我知道这是他们王朝的都城。我寻思片刻，先光临了城中最大的当铺，将身上一些值钱又不怎么重要的首饰腰佩什么的当掉，然后十分满足地拎着一大包银钱从里面出来。

我找了一家看起来比较干净的客栈住下，想一想下一步该怎么办。在天界我没有什么可以投奔的地方，虽不知师父他老人家对此事知不知晓，但倾渝山我也是断不能去的，或许在凡界混混日子是条出路，装成一介草民，每天悠闲度日，用神仙的身体在凡界过日子应当是游刃有余。神仙寿命太长，对于以后的日子我其实并没有什么打算，只是不知道我没去玄青门之前是什么状况，兴许这样住下去能记起从前的事情呢？

总之这些事情不急，我可以慢慢考虑，现在满腰包闲钱，好不容易有大把空闲时间，先逛逛玩几天再说。

我花了三天时间将整个王城转了个遍，虽然孤身一人可也乐得自在。第三天中午日头毒辣，我造访了城中最阔的茶楼千重楼，预备喝个茶听个戏，消磨消磨下午的时光。

千重楼中楼千重，确然不假，茶楼共有九层，是王城中最高的建筑了，其中恢弘阔绰不可尽说。从第二层到第九层都是环绕楼壁而建，一扇扇门全是雅间。中间形成镂空结构，地上一座大戏台，台下几十张圆桌，可供平民喝茶看戏。

我去的时候因为外面太热，有许多人都挤到茶楼里避暑，雅间全满，戏台下圆桌也近乎座无虚席，只好与人拼桌。我对面坐了个样貌年轻的道姑，她身边坐着一个看样子是随从的清秀姑娘，看面容大约比我大上几岁。

台上将军身子一转，撩袍子一屁股坐进金丝楠木太师椅里，老旧太师椅随即"吱呀"一声，我正喝到第二盏碧螺春。

这时候对面的道姑将拂尘交到右手，笑着看了我一眼。我当下觉得莫名其妙，脑子里蹦出一些励志小说里常见的桥段，比如主角离乡外出打拼在这样的茶楼里偶遇世外高人，高人似笑非笑对主角说一句，我看你骨骼清奇必是练武奇才拜我为师吧啥的，然后主角拜师以后开始一生传奇，历尽千难万险最终成为比高人还高的高人之类的。

胡思乱想之际，那道姑开口了，声音如高山中潺潺泉流："姑娘看着面善，兴许与贫道有缘，"她顿了一顿，手指一点，面前茶杯中茶水自己满了起来，我看的一愣一愣的，她才又道，"可否入观中一叙？"

我一看这道姑来头不小，竟是个得道的。

我抱拳问道："请教仙姑来自哪个道观？"

道姑微微笑道："环郎山云水观。"

我揣度着她和她那侍从看起来都挺面善，总不像是小人，再说在人间遇到个仙人着实亲切，恰巧我还没想好要去哪，不如依了她。随即笑道："等这一出戏唱完，便随真人去。"

道观坐落于城郊环郎山山顶，山顶一片深幽茂林，成片的冷杉围出成串石板路和宽阔院门，莲花琉璃瓦生满青苔。清清冷冷的一座院落。

领我来的女观主漩思真人宽袍广袖领路在前面，做她侍从的那个小道姑阿陈已同我聊了一路。她讲道观位置偏僻，平时很难有人前来上香，观中俱是女道士，弟子一共四五个，全都是观主收留上来的孤儿。

又嘿嘿一笑："环郎山是皇族的圣山，皇上宫里每年逢年过节会来我们云水观祈福，普通的百姓都不大来的，所以一年到头都很清净。观里每月会派人进皇宫领月俸的，每月有五两黄金呢，"她比出五根手指，"除了我们观里自己用以外，其他都接济给山下平民了。"

我惊讶之余还有点奇怪，偏头端详这一副素净院落，青瓦灰墙，心说皇帝每年祈福的地方不应该要多豪华有多豪华吗，怎么会是这副模样。

阿陈一眼看出我在想什么："云水观是千年古观，传说是千年前灵宝天尊下凡临时住的地方，即便是个茅草窝棚也整修不得，风水又极好，所以基本没怎么改修过，一直是素雅清淡的模样。"

在我印象里灵宝君那老头子傲慢得要命，从来没下过凡界，平生只唯恐别人不拿他当个神仙看，于是撇嘴问她："灵宝天尊建的？"

她打个了干哈哈，凑过来一挑眉："皇帝宫里的老巫祝第一眼看着云水观就长跪不起，断言此观是灵宝天尊所建，"随即嘲讽一笑，拿下巴尖指了指漩思真人，"是我们观主建的。"

前面的漩思真人略微偏了偏身子，眼风瞟过阿陈，她才噎着似的住了口。

整个道观十分老旧，门口挂着的镀金木匾"云水观"上字里刷的金漆已经剥落下一半，门口松松挽起的白纱帐倒是崭新，想来常换。漩思真人将我让进偏殿，落座在斜探进一枝杏花的长窗下。粉瓣的杏花，四月天里已凋零得差不多，桌上桌下翻翻然几片落花。

阿陈端来三盏茶，顺手捡起抹布抹了抹手也坐在桌旁。老式长方几案，我们席地而坐。

漩思真人用手捂着茶盏，淡淡问："仙者从何处来？来凡间所为何事？"

我心道真够开门见山的啊，直接便称仙者，不给我留半点回旋的余地。可表面还是万分的恭敬，编了个理由说来凡界历练，心想大不了祭出师父名号，反正从前闯祸的时候常这么干，师父他老人家不会计较的。

她神色从容，表情并没有什么变化，清淡笑着道："都去过哪里了？"

我干笑着接话："第一处来的便是这里呢，哈哈……哈哈……"

她又问我后面打算去哪。我一下给噎住了，挠着头如实说没什么打算。脑子一转忽然想到，何不问问能否在此处住几个月呢，这个观主是个神仙，而且道行也高些，料想比较有门路，一是也许能打探到我的身世，二是或能找到一条出路。

于是笑盈盈问出口，最后连忙加上说，我不是白吃白住的，其间就跟观里道姑一样接济接济百姓，做点慈善工作，然后帮忙接待接待皇上宫里的人啥的，权当长见识。

那漩思真人闻言一笑，拂尘一摆道："好。凡尘里遇着神仙是你我有缘，如此这般……"

她瞥了阿陈一眼。我们说话期间阿陈已经灌了三碗茶，此时正往盏中添水预备灌第四碗，察觉到她观主眼神变化忙放下水壶，呵呵一笑抬起眼来。

"如此这般，"真人转眼又看向我，"就让阿陈带着你罢，有不懂的事情可以问她。"

我点头答谢，正准备退出房间，那漩思真人淡着眉目道了一句："贫道不会问你的过去，也不会问你下凡的真正目的，仙者是明白人，还请不必介怀，只当云水观是自己家中便是。"

　　我愣了一愣，知道她看出我下凡并不是为了游历，我下凡的原因我不愿说她也不会再问，只是希望我放下戒备，安心住在这里。于是笑开来："余故明白。"

　　我回客栈取了东西付了钱，阿陈将我带到一间空房中，说其他道姑都是住一间大房里的。房中陈设简单，都是素雅竹木的，雕八仙木窗棂半敞，微风一一拂过低矮方几、软榻、琴桌。

　　安顿下来阿陈带我到院中随处逛逛，半路遇见其他三个弟子，两个都跟阿陈差不多年纪，另外一个才五岁，梳着双髻包子头，正举着一张糖馅儿大饼啃得起劲。我笑问她叫什么，她含着半口糖饼一时说不出话。边上阿陈替她回答："叫惠仪。月前刚领上来的。"我逗了她一会儿，要了她一口饼吃，便随阿陈继续逛园子去了。

　　院落挺大，除了正殿偏殿，还收容了一方小池塘，种了半塘水芙蓉花。一道七弯八拐的长回廊绕塘一周，最后探出水去，通向一座高出水面的红木凉亭，亭前朱漆匾额书的是"葳蕤亭"。

　　我到亭中坐了坐，四面凉风习习，拿扇子挡一挡，心想这倒是个夏天避暑的好去处。下了亭子绕着回廊走回来，尽头桃花洞窗外留下盆中芭蕉的半边光影。

　　在观中住了三四天，每日和其他道姑到后山料理茶事，穿林子去溪边打水，在这里不比在玄青门中规矩颇多，生活自由散漫，倒是很快活。

　　有一日晚上与阿陈她们用过晚饭，独自提了锦鲤风灯回房，绕过池塘边，夜色里满塘莲叶蒙上了层淡淡水红色。

　　回得房中，我铺纸研墨，将前日在亭中看经因为不小心睡着而掉进水里的经书重新抄录，这是一项浩大工程。然今日中午补了一觉，晚上不觉得累，簪花小楷一页一页写得顺溜，半夜已抄录到第二卷。

此时灯烛被风吹的晃了晃，忽然灭了。桌上几页抄好的经书被吹落到地上，我搁下笔重新点起灯，起身关了窗户，继续抄经。不大时眼前突然一亮，夜空里划过一道闪电，接着就是一声闷雷，大雨瓢泼而下。在华山十音阁里待的一年零两个月遇到许多次这样情况，到现在我已经不怕这种声音了，但听着未免觉得凄寒，心里希望还是早点结束好。

青砖瓦冷冷声如玉珠落入水中，廊下一丛兰花忽而垂下花枝。外面风大，冷杉树风雨飘摇，窗棂不能完全挡风，还有小风从紧闭窗扇间钻进来。

身后突然察觉到一丝不同于外面吹来风向的风，极微弱近乎察觉不到。

过去的一年零两个月里余故确实成长不少，坐在这里的余故已不是从前不谙世事的小神女。若是从前，不要说我会不以为意，就连感觉到这一丝异样的风都是不可能的事。而如今，我马上明白，房里有人。

余光瞥了一眼身后房门，闭合的严丝合缝，可以知道这人身手极好，老旧房门一开一合我都没有发现。我表面还一派悠闲地抄我的经，笔如游龙未有半个错字，心里早已将对策从头到尾计算了一遍，心道到底我是个神仙你是个凡人，就算你武艺通了仙了也终归奈何不了我吧。

窗外狂风呼啸，屋中静极，在这万籁俱寂中我耳朵捕捉到十分微小的一点声音，身后某个方位地板上轻轻的"嗒"一声，是人从房梁上跳下来的声音，这人轻功超群，落地之声几乎微不可闻。

那声音贴着地面一寸一寸急速传过来，我心中飞快算好声音发出的方位，还没等转头看去，三根梨花针已经脱了手了。

待要看清身后情况，突然贴着后背猛掠过一道劲风，丝滑衣料扫过后颈，黑色的衣角看在我眼里。我睁大了眼睛，什么人能做到这样，不到眨眼间已近到我身后！

　　心里突然白光一亮，闪过一个名字。我一个打滚然后翻身站起，还没等定睛看是谁，那人竟先开了口，声音如腊月高岭上冰冻三尺："你这一招真够狠辣。"

第十九章

我稳一稳心神，目光看到那人脸上竟然如释重负。果然不是他啊。是啊，我怎么会这么想，我逃离玄青门正中他下怀，他恨不得再也看不见我。

闯入我房中的人，身姿挺拔立于桌案前，右手轻松搭在腰间的紫金刀柄。鼻梁的线条有如刀锋凌厉，覆住右脸的银面具仍旧似以往森寒。他垂眸望着摊开在桌上所谓"清静无为"云云的大道理，神色淡漠。

这个人在我印象里还算不错，虽然是黎天联的人，但却与舞阑绝他们不同。我扬了扬嘴角："哟，穆团主，好久不见。"

他没说话，只是将眼光转过来放在我身上。

"这次来有何贵干？"我咧一咧嘴续道："总不会是来灌我药的吧。"

"此次是给你带来一件你想要的东西。你想不想知道你师兄最近怎么样了？"

我走过去重新在案前蒲团上坐下，抿一口茶道："如若你是来给我和我师兄牵线搭桥的，那还是算了吧。"

"你先看看这个再做决断。"他从袖中取出一只台镜，放在我面前，抬手一道银光导入镜面，道："此镜名曰往天眼，会运用它的人可以在镜中记录下一个场景。"

风起竹林

镜中呈现出一幕景，是一间偌大房中的两个人影。我仔细一看，竟是师兄和师父。师兄右手平摊搁在桌面上，师父将自己的手搭在上面，两只手掌贴合处发出灼眼金光，这是在传授某种咒语。师父道："这个咒符每个字节都要记牢，但是不到万不得已千万不能启用。三界唯有此咒能解你师妹的封印，可她的那些过去既然用失传的汨罗秘术封印起来，就是希望她永远不要知道。所以不可有半点疏忽。"师兄点头。这时师父目光往这边看了看，镜中记录的场景就到此结束了。

我看完半天没有缓过来，总算明白我同师兄之间的账还远远没有算完。

"这么看来，不想和他来往是不行了呢。"我笑道。

山中雨夜格外得冷，我搓着手捧了杯新添了水的烫茶放到桌上，抄着手盘腿坐回案头边，正色道："那么，你有什么好办法？"

他低头看我，温暖烛火映到他那一双眼中成了冷冷寒光。那一身黑衣和脸的轮廓，乍一看有点像师兄，只是这个人从来是一身短打，比起师兄，眉眼中缺了温存神气，只是一方冰潭。

"不是什么难事，你会不会读取记忆？"

我"啊"了一声，道："你的意思是……"，犹豫了一会又道，"但这是禁术。"

他的声音很好听，低沉却不沙哑："你以为，不用禁术，如何能得到你师父和你师兄处心积虑拼命要守住的东西？"

我愣了一会，却听他又道："不用禁术如何能破解上古秘术汨罗设下的符咒？"

我叹口气："好啦好啦，我知道了，这么说我还要去见他，进了玄青门这龙潭虎穴我还能出的来吗？"

"我会在殿外等你，寻常读取记忆的话他必然会察觉，届时把他弄昏便是，成功弄昏之后你往天上打个光柱，我会进去接应你，然后带你出去。"

穆谪这个人还算靠得住，这样计划应当会万无一失。但是……

我定了定神，抬头问他："你为什么要这么做，你们黎天联能得到什么好处？"

他眯了眯眼睛："好处固然有，但那是事成之后的事情，那时还要请你行个方便。"

他走到墙边，手搭上墙面。

"等等！穆谪，你实话告诉我，我对于黎天联到底有什么意义？或者，你们的目的是什么？"

他背对着我，看不清他的眼神。

"什么都太清楚不是好事。"

我知道他的脾气，这种情况硬问他是无论如何也问不出什么的，反而只会更加防范我而已，不如将来挑他放松些的时候多试探他几次。于是转而一笑："好，那这样，你答应再帮我一件事，我就不问了。"

他没说话。我知道是得到了默许，于是道："三界里会岳楼剑法的人，你帮我查一查，有没有哪个和我的师侄，一个叫浣颜的小姑娘扯上关系？"

我清晰看到他身形僵了一僵，可转眼已恢复如常。

"那么，告辞。"黑色身影一闪，房中又只剩我一人。

剩下几天里，我考虑了好久，要说去见师兄不紧张是假的。我最后一次见他，他对我说，"都忘了吧，从前那些事都忘了吧"。后来的一年多时间，漫长的就好像一生一世，我却要以这样迫不得已的理由去见他。我不知道该以怎样的心情面对他。

那一日清早太阳没升起我便睡不着了，抚着额头坐起来，流云长发松散铺在身下。在榻上颓然坐了一会儿，慢吞吞翻身下榻，点灯穿衣梳头，心里不停暗示自己没有什么，我只是去拿回一件本来就属于自己的东西，这件事早晚会发生，不如早一点让它了结，现

风起竹林

在困扰了我将近十年的事情就要真相大白，我关心的应该是这个才对。

这么说来心下安了不少，心想梳妆完就趁着清早去池塘边散散心。像往常一样穿了一身素雅裙子，绛色麻布上襦，藕荷色帷裳，领口绣了长串祥云纹。仔细地将寻常戴的师兄送我的那套银饰一一放入象牙盒中收进抽屉，挑了几件简单雅致的花簪别好。要是师兄看见我还戴着那套首饰，别说他，我自己都会不自在。

我从柜中拣出一条檀色纱披帛，尾处绣了三朵白梨花，甚是好看。执起莲花团扇，踏着黎明似隐似现的日光出门去。

池塘边一派寂寂，忽见一白衣人影独立于一块凸起岩石上，背着的手中一只隐世拂尘。我紧走几步道："真人。"

她悠悠回过头来，唇角携着一丝笑意："今天怎么起得这样早？"

我将扇子收到身后，偏头抿嘴反问她："真人每天都这样早起吗？"

"每天，"她手中拂尘在风里悠悠荡荡，"几千年来，每天都这样。"这样的话听起来免不了觉得寂寞，她却反笑："早晨清净，贫道料理园中花草，顺道将花间露水收起来，用以入药。"

寒暄一阵，我同她讲今天要出去一天，有点事须得料理料理。她问道："是和阿陈一起去看灵娘么？昨日听阿陈提过此事。"

我忙说不是，去看灵娘的事，我会告诉阿陈，明天一定补上。

灵娘原是住在环郎山下的一个女孩子，乖巧伶俐，我和阿陈都挺喜欢她。她爹早些年就病死了，她本可以和她娘一同住进云水观，却顽固地非要死守着他爹留下的那片地。

"那看来仙者是突然有事要去办罢。"

我模糊答应了声："算是吧。"

她深深看我一眼，却也没再说什么。只笑一笑说早去早回，然后便回正殿去了。

穆谪来的时候，我靠在亭中赏鱼，梨花披帛垂下红漆画栏。瞥见远处大片鬼罂粟花田里闪出的黑色人影实是在意料之中，可下一刻却发生了意料之外的事。

四月还未到鬼罂粟的花期，田中绿叶油油却不见红色。花田中人抬手抚上花枝，银面具下深如冷泉的眼还是一贯的清冷，手中动作却不似那般无情，只见一朵火色鬼罂粟自他手下生出花苞来，然后徐徐绽开，随即田中花盏成片蔓延开来，从他周身开始，像血染进绿田中，流淌过每个未绽开的花苞，在顷刻间滋润花芽，开出的花也如血色。

我愣愣看着他俯身摘下一朵盛开的鬼罂粟花，步履稳健走过来。这次他倒没有像那个晚上突然瞬移过来出现在我身后了，而是一步步不疾不徐绕过长画廊，踏入亭中时径直向我走来。

我刚开口："穆……"那朵鬼罂粟已经别进我发鬓。剩下半句话生生噎进喉咙里。我被他搞得莫名其妙，不过想到自古的高人哪个不是怪人，忍了忍没说什么。

他径自望向水中游鱼，却说了不相干的话："你先回房去收拾收拾，捡重要的拿，这个地方，你不会再回来了。"

"哈？为啥？"

"等去过你师兄那里你就知道了。"

"我师兄……什、什么啊……"

"不必去道别了，免得节外生枝，早点把事办完才好。"

我独自走上惜魂殿前久违的汉白玉石阶的时候天色尚早，裙裾飘摇，手指搭在身侧墙壁上一路抚过去，一直到师兄书房前停住。

我按了按腰间荷包里事先备好的迷魂药和解药，一句决心在胸中转了千万遍，心一横抬头预备进房。

可他却不在房中。我刚想到殿中各处转转找找他，身后地面上猛传来哗啦啦的杂乱声响。我转头看去，先是散落在地上字迹工整的一张张文书，然后是一双白龙暗纹软靴，上面一方雪白袍角。我的视线迅速上移，看到那张脸，和他脸上愕然的神情，我也并没有多惊讶，身子顿了一顿马上恢复镇定。

他同原来并无什么变化，只是那一张同从前一模一样的脸这样看来竟有点儿陌生。

我收拾起地上文书，心中狂跳不已，表面却似乎游刃有余。以前的事绝口不提，好像是凡界自家妹妹每月都会去看望外出考取功名的哥哥一样自然。

他面上虽冷冷的，神色间却颇有些怅然，皱起眉头的时候不知在想些什么。

我觉得有些摸不着头脑，按我的推断他一般会有两种反应，第一种是他会趁这个机会想方设法困住我，或许像从前那样将我关在某个地方，如果是这样，躲在殿外竹林中的穆谪会马上冲进来将我带走。而在这之前必会有一个寒暄的过程，我就要在这个过程中抓住时机拿到那符咒，这样虽然中间出现一个小插曲，但目的还是会圆满达成。第二种是他会询问我最近的情况，意在同我和好，如果是这样我当然会很高兴，只不过读取记忆的部分需要多费些周折了。

但他都没有。我就好像看到我和他走在两条交叉路，越走越远。我不知道他是在犹豫或是在想什么，但他这样的脾气，很少有犹豫的时候。

我将那碗下了迷魂药的碧螺春摆在他身前。

窗外启明湖中一尾红鲤突然跃起又落入水中，浣莲亭上低头的白鹭像是受了什么惊吓，猛然扑棱翅膀飞开去。

对面年轻神君的头偏向窗外，恰到好处的角度，勾勒出完美的下颚弧线："既然走了为什么还要再回来。"

我一惊，几乎同时眼泪就从眼角涌了出来，我赶紧偏过头去小心拭掉，心里莫名其妙的不舒服，表面上还勉强笑着："这是我长大的地方，自然……不是能说放下就放下的。"

"你以为我会相信么？那天夜里说走就走，你不是也挺舍得？"

那天夜里，我到底舍不舍得呢？舍不舍得，也只有我自己知道了。我很想问问他，我走了以后，他有没有找过我，是不是觉得，我离开了正好，他看不见我是不是就不会心烦。

正思忖着，他先一步开口，那一双眼死死盯住我，墨海一样的深潭中透出一丝游移不定的神气："如果，阿故，如果我说……"

他却不再说下去，我等了好久，好像清晰地感到肺腑中那颗怦怦跳动的炙热的东西一寸一寸慢慢冷下去，一点一点体会什么叫作心灰意冷，攥紧了衣袖，终于还是鼓起勇气试探着问："如果你说……"

不确定的尾音被一声叹息干净利落的截住，他决绝起来真是可怕："没有如果，到了现在，哪还有什么如果可言。"

我默了良久，还想继续说些什么，但师兄将话题不动声色引向别处。接下来都是些家常的寒暄话，气氛倒是压抑地像有一朵黑云压在我们头顶。失望之下，不知为什么竟然松了一口气，但看到他凝眉毫无防备地饮下我下了迷魂药的茶的时候，心中突地一颤。这么多年师出同门好好的师兄妹，怎么最后就弄到这种境地。

他饮下最后一口的时候我压住颤抖笑道："你这一身倒是白得干净，怎么连发带也换成白色了？别说这么一看倒更像个高仙。"话一出口就觉得失言，心里想他总不会是因为浣颜死了这一年多来一只穿白的吧，又马上暗自嘲笑自己这是什么荒唐想法，怎么会有这种事情。

听到这个他神色黯了一黯，良久缓缓道："师父去了，已快一年了。"

我当下愣在当场，半晌没听懂他这话什么意思。师父怎么了？

好久好久没有什么反应，没有多伤心，也没有多惊骇，大概是还没完全接受。

"好好的，怎……怎么就……"

"仙寿尽了自然坐化了。我只是没想到师父也有这样一天。"

我也不知道自己在想什么，一时什么想法也没有。回过神来的时候，对面坐着的人已经伏倒在桌上多时了。

我该怎么办来着？正在思考这个问题的时候，穆谪突然自身后上前来，将一只玉符交到我手中："时间不多，现在正事是得到那符咒，其余的事之后再考虑。"

我被他一句话点醒，心道确实如此，但心中还是放不下师父那事，不断告诫自己机会难得不能再耽误时间，才算是镇静下来，稳住心神，起身走到桌子对面问穆谪："咒语……怎么念？"

他却答非所问："施术的时候他可能会挺难受，但不会对身体造成什么伤害，你若是不愿意亲自念咒语，可以我来。"

我顿了顿，看着那双安然闭上的双眼，弯了弯嘴角："无妨，你教我便是。"

第二十章

我本名叫顾翎安，我娘亲在玉帝十六个儿女中排行十一，是为荣庆公主娣芷，我父亲是东极青华大帝次子顾楠。

一百年前玉帝为娘亲觅良婿，正巧我父亲在昆仑山神妖之战中捞得头筹，玉帝十分看好他，将娘亲许配给了他。可奈何我娘亲彼时已心有所属，且属意的是个红尘里街头摆摊代人写信的文弱书生。玉帝封了她个紫佛书尉，让她住进第七天紫佛苑，明里是器重，暗里是软禁。

成婚那一晚，一个路过新房外的小仙婢听见房中说话。先是柔和男声道："前一晚梦见在自家后院游玩，林中隐着一个女孩，说天命缘定她会是我结发妻子，说我这辈子只娶了她一人。我待要追问她叫什么名字时，梦已醒了。"

接着是十一公主悠悠然问："然后呢？"

"然后？然后第二天我便知道，我要娶的那个人是天族的荣庆公主娣芷。"

随即便是女子的轻笑。

自此之后我父母鹣鲽情深之名传遍九重天，都道是天族十一公主得了良缘。

我出生在六月二十九，我哭出第一声的时候，第七天目力所及遍地的九里香在刹那间开出连绵成片的白色小花，花香九里犹可闻。

风起竹林

那天晚上，娘亲以养身体为由，搬出从前她和父亲合住的琳琅居，搬去后院偏僻的渡梦楼。听院里仙婢说，半夜楼上独飘下琴音，合着绝世天籁般的唱调："庭院深深深几许？杨柳堆烟，帘幕无重数。玉勒雕鞍游冶处，楼高不见章台路……"一字一泪，字字泣血。当夜父亲自己一人在房中喝得酩酊大醉。幸而那歌声只唱了一晚。

在这段硬抢回来的记忆里，我对娘亲印象很深，但从小到大她对我说过的话绝对不超过两百句。人人都说天族荣庆公主娣芷待人接物温柔贤淑，举目未言先带三分笑意。我却鲜少见她笑，或者根本不常看到她的正脸，她的模样我都记不很清楚。

父亲待娘亲很好，娘亲也待他很好，她待谁都十分周到，但我从不曾见她开怀，哪怕是见到我，我也不能让她开心。

一次宴会上我画了张瑶池仙境图，被玉帝和二舅七舅多夸了两句，整个人高兴到天上去，回去时顾不得拖地的长裙子和满头繁重的首饰，连滚带爬跑上渡梦楼去，把那已经扯破的画拿给娘亲看。她的眼光却只放向窗外，似乎在看远处朦胧叠起的云雾，又似乎什么也无法在她眼中留住。

我记忆中的娘亲只会看窗外风景，倚栏的身姿是从小调教出的端庄。她那一头黑缎长发上让人目不暇接的璀璨首饰，还有穿着华丽衣裳的背影，在我看来遥不可及。但这些对她都不重要，我对她不重要，父亲对她不重要，没有什么是重要的。

她在楼上永远是如此，下楼之后又变回温婉可人的娣芷公主。我不明白那五丈高的高度到底有什么特殊。

在九重天上住的我舅舅姨娘家的表兄弟姊妹一共七个，全部都是男孩。他们几个每天黏在一处，时常合谋来我这里恶作剧。但我的仙术是父亲亲自教的，道行比他们几个不学无术的高不少，所以每次他们都不得逞反被我打退。我不屑同他们一起玩，只是有一点很羡慕，若是将我娘亲同他们任何一个的娘亲换换也好。

后来一晚父亲在晚宴上醉了酒，三更天才领我回紫佛苑。婢女手中风灯摇摇晃晃，斑驳路面上成片的九里香。父亲举起我来，问我道："今天跟娘亲请过安没有？"

我点头说自然请过了。

"你娘亲啊……"他突然顿住了，好像在思考什么的模样，然后又笑道，"你娘亲啊，就算她平时不常和你说话，你也不要怨恨她，她……"

却被我打断："父亲，怨恨是什么意思？"

他听到这话愣了一愣，忽然就将我放下来。黑暗中他轻微笑了一声，然后轻轻地道："我也不知道。小安，怨恨是什么意思，我也不知道。"

在后来我终于明白怨恨是什么意思以后，我很清楚我从来没有怨恨过她。师兄也说，怨恨是全天下最不好的情绪，但他却怨恨上我。

这些记忆杂乱而没有头绪，猛一瞬间这么多事情一股脑涌进脑子里，心头塞满了各种各样的情绪。对于九重天上的生活，我只是觉得，那段时间我过得不很快乐。

让我结束这一段生活的是一件意想不到的事，它发生在我六岁那年的冬末春初，雪还未融化，紫佛苑中长亭寂寂，春草初生，春寒料峭。

很久很久以前，持续了八万三千一百二十二年的上古大战结束后，神族和仙族共霸天界，人族独占人界，妖魔鬼三族瓜分地界，几派势力各据一方，呈现了相对稳定的和平局面。虽然六族混战的惨烈场面已经不复存在，实则三界仍旧暗流涌动。

从上古大战中集天地灵气孕育出的两把神剑，一把天招，一把地敛，最后辗转流落到了神族。这两把剑拥有极端不可思议的力量，不管是到了什么人手中，所导致的后果都不可估计。

为了这两把剑，各族陆续对神族展开了争夺战，这无穷的纠缠直到现任玉帝承德君登基都没有结束，在万般无奈的境况下，一个自称苏子鸣的隐居仙人突然造访天庭，用一种已经失传的上古秘术瑕蛊将两把神剑层层封印进第七天紫佛苑的楼兰阁中，为此玉帝设了专职保护神剑的紫佛书尉，苏少将融入他血液的瑕蛊秘术传予第一届紫佛书尉，传承的方法便是每日三餐均需饮苏少一杯血做引子，如此七七四十九天，便可得瑕蛊秘术。

传说上古风光一时的九尾凤凰族天生血液中便含着这种秘术，可后来整个部族在一场混战中死绝，这秘术就失传了，再也没有在三界中出现过。苏少说，他恐怕是三界之中唯一有九尾凤凰族血统的人了，他的母亲是九尾凤凰和仙族的混种，父亲是灵蛇族人，这样本身是不能传承到九尾凤凰血中的秘术的，但他刚出生时受过一次重伤，喝了很长时间姥姥的血，才得以得到了瑕蛊秘术。

娘亲是第七届紫佛书尉，我将来必定承她的衣钵，成为天界史上第八个紫佛书尉。在我六岁的那年，我已经饮了七七四十九日娘亲的血，瑕蛊秘术融进我的血液，一只翩翩欲飞的火凤出现在我的左肩，便算是与瑕蛊立下了契约。只要唤出火凤，便能轻易将瑕蛊的封印解开。可前面七个紫佛书尉，一生都没有遇到过这样的机会。

就在我八岁那年，突然有那么一天，我清早起床依旧第一时间去渡梦楼给娘亲请安，一进楼门发现里面冷清得很，我以为是今天起太早婢女们都还没有醒，心中夸自己越来越勤奋了嘛……结果呼哧呼哧登上楼顶，才发现娘亲不在，楼中空无一人。

当时年纪小，只想着娘亲会不会去父亲那里了，就跑下楼去跑进琳琅居，发现父亲也不见了。我摸了摸肚子心想许是去玉帝那里议事了，这样的事他们从不和我提，莫名其妙就走了也不是第一次了，也没有想到抓个仙官仙婢什么的问问，只回去嚷着让房中婢子给我做粥喝。

后来直到晚上他们也没有回来，我才思忖着有点不对劲，问了问婢女，那小仙女捂着嘴惊道："郡主竟然不知道吗？十一公主没有告诉你？"我急问她到底怎么回事，她才说是鬼族派兵明说要抢天招地钺两把神剑，快快恭敬呈上来否则就直打进凌霄宝殿。玉帝派娘亲和父亲领兵迎阵，战场在昆仑山，娘亲走之前将整个紫佛苑都封了起来。

虽然我从来没有遇到过这样的大事，但是没吃过猪肉总见过猪跑，在天界郡主的高位上，什么样的战争没听说过。再则我从小对三界局势和排兵布阵方面很感兴趣，所以当时并没有把这场战争想得多么凶险，直到半个月后那天晚上。

时隔十年，我新看到这段记忆，那时的情景还近在眼前，仿如昨日之事。

后来听人谈起这两把神剑的故事，他们并不知道十年前那个晚上发生事情的真相，所有人都说是小郡主等了半个月父母未归，凭瑕蛊秘术破了紫佛苑的封印跑到战场上去了，最后落得个下落不明。

据说玉帝曾请来苏子鸣，让他用瑕蛊秘术解开那封印，重设紫佛书尉，但苏少摇头笑道："现在与瑕蛊定下契约的是小郡主顾翎安，那就只有郡主能解开它，否则就算九尾凤凰族的祖宗老子复活都没有用。"

后来紫佛苑成了一座空院，仙官仙婢们都被分到别的府邸去了，院门被一把沉重大锁锁了起来，空置在第七天一角犹如海洋的九里香花田中，其内只有两把无人能解的被死死封印的神剑。

说我逃出九重天偷偷跑到战场上的说法确然说得通，可那只是十年前我的侍女因找不见我而散播的谣言。在我真实的记忆里，那个晚上，夜半三更，娘亲回来了，可也只有她一个人回来。是父亲施法术将她弄昏之后，驮到一只在山洞中躲了好多天的，被吓得瑟瑟发抖的老山羊背上，随手一指，连人带羊变到凡界去了。可这种法术不能知道到底会变去哪里，娘亲醒来的时候，发现她正落在一个山青水秀的小山村边，那头老山羊饿得已经快要死了。她不用回昆仑山就知道父亲肯定已经魂魄归天，因为她离开那之前鬼族将士已经点起不灭地火，她最后看到的是父亲半边身子被黑火烧着的背影。

后来娘亲回到九重天，没有惊动任何人地直奔紫佛苑，她将我带走了。她将我带到我师父身边。

那个云霭烂漫曙光万道的黎明，娘亲带着我立在云端，衣袂飘飘自万朵祥云中飞下，身边环绕着不知名的金色鸟，阳光一照，云海闪着琉璃般的光芒。

我躲在娘亲身后，一眼便看到下面云头上那个穿着黛色衣装的身影。身侧清风徐徐，我用手指挡一挡阳光，看着我们的云朝着那个人越飞越近。我看清，他长着一张清淡明朗的脸，皓然的眉宇，深邃的眼。

我紧紧拽住娘亲的衣袖，她却将我从身后拉出来，这是我第一次这么清晰这么近地看她的脸，她的脸很好看，有一双盈盈秋水一般的眼睛，我从未见过如此迷人的眼睛，几乎有水滴要从那片方泽中流出来一样。那双眼睛的温柔，我永远也不会忘。

"娘亲……"我不知道她要干什么，但却感到一种莫名的惊慌。她摸了摸我的头，她平生第一次竟然摸了我的头！然后那双眼睛一弯，眼角溢出笑来："小安，娘亲受了点儿内伤，需要闭关修养几年，说不定……还能救回你父亲，所以把你托付给余上神抚养。他是个很好很好的人，他会是你的师父。"

她头一次跟我说这么多的话，我却越听越难过，抽搭着鼻子，眼泪就啪嗒啪嗒掉进脚下云朵里。

"娘亲你……我还能见到你吗？"

她眉头微微皱了一皱，半晌轻轻笑道："你跟着余上神学仙术，等娘亲出关了……等娘亲出关，就、就来接你回去。"

　　娘亲虽不大同我说话，但每次说什么就从来没骗过我。当时我只当她是真受了伤需要好好休养，没考虑到天上有那么多舅舅姨姨，她随便把我给哪个不好，为什么这样费周折给一个外人。

　　说完这些，她看了我一会儿，帮我理了理刚刚被我攥出褶子的裙子，然后推了我一把，将我推到了师父云头上。即便那时我以为她以后肯定会来接我，但还是无法马上释怀，只有安慰自己，不要那么软弱，只是换地方住一住而已，以后还会回去的。

　　身后黛衣男子宽大的手掌抚上我肩膀。很是温暖。面前的娘亲突然蹲下来，让眼睛能与我平视，她抬起一只手，抚了一抚我的额头，嘴唇微启说出两个字。她说的是，再见。我愣了一下，笑着道："再见，娘亲，你要早点来接我，要不我会等急的。"

　　那只手抖了一抖，轻移上我的太阳穴，忽然间一道白光闪过，在这光线之后，什么也没剩下。

　　娘亲当然不需要闭关养伤，而父亲死后魂魄已经散光了，就是决计救不回来了，瑕蛊办不到，也没有别的法术可以办到。娘亲是一定知道的。

　　在那之后她回了战场，所有鬼族剩余兵将都在那里修整，准备进一步打进九重天。这时候我就猜到她会怎么做，她会使用极难练成的诡真死咒，可以使方圆百里的地皮拔地而起，所有活物都会随着飞沙走砾不见踪影，连遗骸都找不到，当然也包括她自己。

　　其实她本可以不用这样，即便在这种情况下要扳回全局，可以回天界搬来援兵，她就可以活下去。可我明白她，她的目的就是同归于尽，她本来就不想再在这个世界上活着，她早在等待这一天。

　　最后的那道白光，我肩上的火凤也消失了，这是她封印了我全部的记忆，连同她和我父亲与鬼族交战的故事，还有我血液中的瑕蛊秘术。但她却没有用瑕蛊，我的猜测是，她如果用了瑕蛊，那这些东西将会绝对的安全，她死了以后，再也没有人能解得开，我永远都不可能再知道了，但万事要留一条后路，所以她用了只要用相配的咒语就可解开的，同样是上古产生的罕见秘术汩罗，算是预备不测。

我理解她是为什么，她是为了不再让我卷进这上古遗留下来的纷争里，让我不要再过高处不胜寒的生活，让我远离九重天这是非多过云霏的地方，让我不要过得像她一样。

可恐怕是不能了，我终究是天族的郡主，看来最终是不得幸免。

十年前的白光一闪，开始了我作为余故的记忆。我怀着崭新的一颗心，像个重生的婴孩，没有过去，但看得见未来。

刚刚还紧张的不敢靠近那黛衣男子的我熟络地牵起他的手，我见他手指一点，云朵便飞快向下飞去。我被眼前瑰丽的场景迷住，欣赏着漫天金色的流云，没有注意到身后隐在祥云后面的白衣身影。

我仰头仔细看着他的脸，疑惑问："我是谁？"

他笑了笑："你叫余故。不留余地的余，往事已故的故。"

"那你呢？你又是什么人？"

"我吗？我是你师父。"

第五卷　几贪欢

第二十一章

小时候听人说，凡界北地的江河中有一种身长花斑的鱼，每年要迎着激流自下游一路游至上游蛮人的部落地带产卵，单游过去就需要半年时间，且在大江之中逆流而上，不说体力损耗快，而且要处处留心，很容易被沿岸的部落捕杀，到头来回到上游的鱼只剩不到一半，能顺利存活下来的鱼崽更是少之又少。不管怎么讲，都是得不偿失的事情。

但它们还是如此，没有一条不从，所有的鱼都出生在同一个地方，它们每年都在同一时节回到自己出生的地方，产下后代，它们的后代依旧如此，年年洄游，周而复始。

即便再凶险也要回到出生的地方，不管多高大的树木也会落叶归根，人，也是一样的啊。

更漏中残余下几滴清水，听了一夜冷水淙淙漏入莲花缸中的凄寒声响，窗外云层中终于流出金色光彩，就像十年前那个清晨。

凡界一家临街的客栈二楼，窗棂半敞，风中隐约虫鸣。我听了一夜这样的声音，却只感到这四月末不该有的寒冷。

"穆谪……你有没有多余的衣服，借我披一披……"

"你就冷到这种地步吗？冷就喝酒，天已经亮了。"

一只素净白酒盏端端正正摆在我面前，盏中晶莹汤液，微风拂动下泛起波澜。

我维持着跪在榻上，缩在毛毯里的姿势，拢住袖子，分出一只手小心翼翼端起酒盏。我知道这是烈酒，光闻味道就明白不得了。酒盏边沿挨上唇边了，才突然想到什么。现在不是这样的时候，要尽可能保持清醒。放下的时候手却不听使唤，一抖之间洒了一半，慌忙去端稳，突然像脱了力一样一阵痉挛，整只酒盏掉到了地上，摔得粉碎。

身旁灯影晃了晃，抬眼黑衣人影已近在眼前。那眼神像北方极寒国度千年攒下来的冻土。蒙在头上的毛毯猛地被掀起来，一壶冻酒突然自头顶浇下来。我清晰地感到自己的手臂一颤，整个人抖了三抖，鼻子里灌满了浓烈的酒味，慌忙闭上眼睛，却呛进嘴里一口，又开始剧烈地咳嗽，冰冷的酒汤淌进衣领里。

独自咳了好久才缓过来，被他这么来一下子，神志倒是完全清醒了。我抹了一把脸道："你是真够无情的，还不如直接扇我一巴掌。"

"我不打女人。"

唔……

穆谪信步走到我身后榻旁坐下来，我背对着他。良久，他道："你打算如何？"

我想了一想："这个还不能马上做决定。我还有件事需要了一了，"叹了口气偏头问他，"岳楼剑法那件事，你调查的如何了？"

他似乎思考了一会儿："除了你和你师兄，现在会那东西并且活着的人只剩三个了。我派人去打听了他们的底细，都是隐居山林不问世事的人，并没有什么可疑。"

是吗……那就怪了。到底是谁呢，难不成浣颜是自己捅了自己不成？

一仔细想起事来就不自觉地皱起眉头捏住鼻梁骨，半晌抬头道："你就不能再帮我查查？你确信只有三个人？这三人……跟浣颜一点来往也没有？"

身后传来一声长叹："确信。"

"那他们……都是什么人呢？"

"隐居赤罗山的玄青门上上上届掌门和他的徒弟，还有太白山上你师父的师兄，刚得了仙身便改从医的那个，杜晏老先生。"

这么看来，穆谪这边的人脉算是断了，等我回了九重天，或许还能再找人调查。但可以看出，这个人不是摆在明面上的人，可能另有乾坤，不，连穆谪都找不到，或许更隐秘些，恐怕身后有大靠山吧。

窗外曙光渐盛了，不知道什么鸟的婉转叫声，嘤嘤回荡在山谷。我闭了闭眼，轻声说："穆谪，再给我碗酒吧，我从来没喝过这么烈的酒，我还想再尝尝。"

温酒入喉，甘洌如泉，咽下去以后，那滋味却百转千回在舌尖，辛辣得呛人。

胸中像是有暗流涌动，抬起头来望着天花板，嘴角挑起一弯新月的弧度："有人说，我杀了我的师侄，你相信么？"

身后很安静，我以为他不准备回答了，放下酒盏时却听见他的声音："……不管信还是不信，事实永远都摆在那里。真就是真，假就是假，所以说什么相信不相信，本身就没有意义。"

我默了一会儿，心中突然明朗起来。是了，我既然知道浣颜不是我所杀，那就不需要揪住这些东西不放。我只要自己明了就够了，别人信不信，对我来讲，都不重要了。

想通了心里就像有一块大石头落地，于是抖擞精神笑开来："那么，既然如此，也没必要在这逗留了，回天上吧。"

"哦？你下决心了？不回那道观了？我也才晓得，那漩思真人是你师兄安排她照看你的。"

我一脸迷茫："啊？你……你如何得知？"

"今天从观里出来，我就感觉到有个小道姑远远地跟着，看见你是朝玄青门的方向去的，才又回去了。幸好我提前一直有所防备，在身上下了个隐身术，除你之外，别人皆看不到我。"

我凝眉思考了一会儿，想起从前种种细节似乎还真是可以对得上，那这么说师兄他……

我轻轻叹了口气，事已至此，我已无回头之路。

不过穆谛此人，实在是神出鬼没，他进了惜魂殿，师兄也没察觉到有不寻常的气泽。这个人真不可小觑。

我转脸深不可测地看向他。

他叹了口气："好，黎天联的目的确实是那两把神剑，往后也确实要靠着你，只是你若是不想上天过辛苦生活，可以进黎天联来，往后都是自己人，我们定会护得你周全，只要你肯配合我们，神剑很快便可到手了，到时候，你父母双亲的仇，我们黎天联一并帮你报了。"

"这条件似乎很诱人呢。不过这么大的事，要容我考虑清楚了才行。如若我不肯配合，你们待要怎样？"

"实话说，我们联主不会像鬼族那样，打进九重天强取。你也是刚烈之人，怕真是那样，也会像你母亲一样，那么黎天联也还是得不到神剑。所以希望你好好想想明白，你父母与鬼族的深仇大恨，是报还是不报？若是要报，那么，除了我们黎天联，谁还能帮到你？"

"此仇当然要报，只是早晚。"

我望了一望窗外，发现这个黎明真的很美，金光从云层的空洞中漏出来，我又找到了一个方向前进："我想回去看看，这只是我的本心，所以不管发生什么，我都负担得起。"

翌日天晴，微风和煦，薄云红日。

我打理好行装出得客栈，穆谛已等在外面。银面具的青年还是一副短衣打扮，发髻撇下来的发尾随意遮在面具上。他从我背上接过书箱的时候漫不经心地问："就这么上天？我猜你还有事情没料理吧。"

我含笑点头称是："总得回去看看我师父他老人家。"

四月天里已颇有些夏天的意味了，倾渝山上海棠三千倒是开得明丽。

师父从未提起山顶有这么多海棠树，可在一夜间给黑白色的寂寥山景衬上颜色。十里海棠林花树齐开，光华卓然，遍地成红，只这样看着，便会不由自主屏息。

我一眼瞧见花树中间一座飞檐双层小木楼，木头成色非常的新，料想建了不久。门是虚掩着的，内里打扫得干干净净，灶间的锅碗瓢盆都刷的十分干净，卧房中被子叠得整整齐齐，旁边的琴桌上搁着师父那把破枫木琴。八仙木桌上摆着一套绘仙鹤的白釉茶具，其内略微落了些尘埃，旁边竟然摊开着一本书，看封面是《磻溪集》。这本书师父从前就很爱看的，已经翻的破烂了。

看来这小木楼师兄那边有人来打扫过了，但师父从前动过用过的地方都还是那副样子，好好摆在原处。喝茶，看书，弹琴，哪只手拽住了师父的脚踝，将他拽进往事的风尘里。满眼都是往昔的影子。

"你叫余故。不留余地的余，往事已故的故。"
"我吗？我是你师父。"

楼后一株高大海棠树下一座小土包，前头一块汉白玉石碑，剔透石冢上落满海棠花瓣。穆谪靠在屋旁一棵老槐树边上远远等着我，我迈着几乎颤巍巍的双腿走到那石碑跟前，手搭上冰冷的碑沿。

这是师父。上次见的时候他还能跟我开玩笑，这次见就已经躺在这石碑底下了。若是十年前没有师父，我不晓得我会怎样，或许早就死了。

鼻子一酸，几乎双腿同时脱力，膝盖就触上了惨白石碑。两滴清泪双双落在坟前。心中有什么地方隐隐作痛，一刹那不知触动了哪个阀门。我从来没有这么痛快地哭过。

我想，有些人虽然死了，但总是能留下点什么的。

直哭到没什么眼泪可哭了，我才抹干眼睛站起来。突然间山风乍起，花瓣飘摇，扑簌簌落下来，有那么一片殷红的，盘旋停在我指间。我看着内里精致的纹路，突然笑起来："师父，我知道我是谁了，但你不要生气，我能保护好自己的。"

"我已经是上仙了啊，是不是很厉害。我给你舞一套剑法吧，你想看那一套？"

"那就岳楼剑法吧，你走的时候我还没有练好，现在已经舞的很漂亮了。"

我吸了吸鼻子，从腰间拔出凉夜剑来，用了全部的心思舞这一套剑。落下的海棠花瓣被剑风带的翻飞起来，我看不到是怎样一种景象，只看到回落到地上的被削成两半的红色花瓣。料想花瓣绕着剑身飞旋，裙摆转起时，花瓣随白衣飘飞，像是惊天动地的一支舞。

民生禀命，各有所错兮。定心广志，余何所畏惧兮？

舞罢我喘着粗气坐下来，仔细端详起满地落花。师父活了八千六百七十三岁，说长不长，说短不短，在同辈的神仙中却算得上是短命的了。从前我不明白，他表面最是风流潇洒，但却是活得最明白的。对师父来讲，无谓什么生死，三界和他自己这八千六百多年，他恐怕从未认真放在心上过。活着或是死了只是两种不同的存在状态而已，既然同样是状态，那就都是一样的。

风去风又起，我拍拍裙子站起身来："走吧。"

远处倚树望天的穆滴应声背起地上书箱转过身去。我小跑着追上。

　　"我同师兄的事，幸好师父他不知道，不然不晓得他怎么想。"

　　身边人好久才回话："你真当他是不知道？"

　　我扭头："啊？"

　　"他知道也只是装作不知，由得你们自己造化而已。"

　　是啊，有什么是师父不知道的。何况这点事情。他那样通了天机的人，提前料到了今日这一步也说不定呢。

　　同穆谪分别后，在山下逗留了半日，我在脸上蒙了块面纱，乘着夜色赶往九重天，用瞬移术避过了南天门几只困得打盹的虎豹。今晚天上似乎有宴，一路并没有什么人，只几个来去的婢女，甚是省心。凭儿时的记忆，穿小道直奔第三天十里白桦林。

　　白桦林中桦树参天，三五步便可见一潭，水汽朦胧，雾气缭绕。传闻第三天白桦林中栖着一种虎头鸟身的神兽，我怕夜里碰见闹出大动静，干脆跃上一棵白桦俯瞰整片林子。

　　林子出奇的大，一眼望不到边，我手搭眉骨，一眼便望见在这死寂林子中不远处那一点如豆灯火。

　　近到跟前抬头一看，确是月满楼没错。于是长出了一口气，活动活动筋骨，心情也好了不少。

　　远看虽只是一个光亮小点，近看来月满楼飞檐翘角，倒是很气派，楼高六丈，从下至上一共五层，最顶上一层做成露台凉亭，四角亭由四支柱子撑起，四围悬着白纱帷帐，不用时可收到房梁上去。第三天离月亮十分的近，如此一来，晚上不管放不放帷帐，都可纳得满室月光，果真是实实在在的月满楼。

　　我撸了撸袖子，双脚一蹬地蹿到第三层房檐，在房檐上一个借力，空中后翻，正身时便已落在第五层的凉亭顶上。夜里的风十分舒服，我坐在一截突出的飞檐上吹了会儿风，沿阶梯缓缓下到第四层的围廊。

第四层东面有一扇窗是半掩着的，我心说找着地方了，拉开来便跃了进去。

房中油灯的灯火因为掠过的风猛然晃了几下，我本以为它顶多也就晃上两晃，谁知这不争气的火苗竟然灭了。登时屋中一片黑暗。我正预备着吹个火苗什么的将灯重新点上。谁知手却反被人制住，同时脖子上贴上了一片薄薄匕首。就听见紧贴着耳边一个沉着女声："姑娘好身手。"我试着想挣脱那人的束缚，却是徒劳，想来被定身术给定住了。我心想这回玩大了。

只见从身侧急速划过一道红色光柱，直击屋中某个黑暗角落，一盏昏黄油灯登时亮起。我来不及看清房中景象，也来不及去看困住我的是何人，试了几个常用定身咒的解咒，试到第三个时手上猛然一松，我想也没想躬身一撑地翻过一个空翻，还没待站稳拴着红穗子的匕首就到了身前了，慌忙矮身一闪，那刀锋就从头发之间穿了过去，直直钉入身后墙壁。我丝毫没停顿，一蹿蹿到了身边一座碧纱橱之上，只是刚刚那一下子不小心拐着一只木椅，那椅子擦着地板发出一声极刺耳的声音。

房门就在这时被推开，一个清丽女子声音自门后响起："班七儿你这是……"话语声戛然而止，推门的是一个执了把团扇的美貌女子，云鬓金钗，青衣款款。

此时我正单脚立在高高的碧纱橱之上，低头看着房门外女子的表情同样惊诧。

"仙子你看这不知哪里闯进来的……"

"阿故？"那青衣女子开口，脸上已经笑了起来，"果然是你。阿故。"

我尴尬的从橱上跳下来，"哈"了一声："秋窗姊姊……"

"唉？仙子你认识她？"

　　片刻之后，我同秋窗和她的侍卫班七儿围坐在隔壁秋窗的房中。梳着双髻的小童子进来摆了茶，我同秋窗寒暄一阵，她便问起我近日状况。我瞥了一眼旁边的班七儿。秋窗会意，笑道："班七儿是我的心腹，实际上算是朋友，都是自家人，她很忠心的。"

　　那班七儿也颇懂得情理，看我这样她并不见怪，只朝我略微点了点头。她举手投足都特别冷定老练，从秋窗口中得知她的年龄竟很是年轻。

　　本来这事也没有什么好瞒的，将来我重登上郡主之位，还不是人尽皆知。我便放下心来，跟秋窗把我同师兄后来的事情说了，又告诉了她我身世的事情，当然穆谪那段我就说成是有仙人助我，给含混过去了。最后说我要回九重天来，还需得请她出面帮一帮忙。

　　她起初很惊讶，不过马上就重新镇定，笑着答应下来。

　　后来班七儿就问："姑娘就是要找我们仙子，直接从楼门进来说清楚便是，为何要跳窗？"

　　我咳了一声，干笑道："哈……这不是，我怕被别人撞见不好解释嘛……"

第二十二章

第二日风云平静，我静坐在铜镜前，打量着镜中的自己，自两边斜拢上的鬓发，用镶釉玉的琉璃梳固定好，脑后繁复垂下的锦绣发带和红玉珠串叮当作响。我将刘海别在头顶，就像十年前那个模样。月白垂袖上襦和绣仙鹤的大袖衫，以及高腰束起的月白曳地长裙，边沿镶着黑金滚边锦带，手臂上搭着一条青黑色流云披帛。我对着阳光转了一转身子，额前刚贴好的血红色花钿格外明艳。

我由秋窗带着，赶着玉帝早朝行将结束的时辰行往第九天凌霄宝殿。时候掐的正好，我们站定殿外求见的时候内里玉帝正欲退朝。穿过九层金龙门，和恭立在两旁的百官，踏着云雾缭绕，我跟在秋窗身后来到玉帝面前。

"江桦仙子，求见朕何事？"

面前的秋窗对着玉帝拜了一拜，将我让到跟前："禀玉帝，小仙前日自凡尘中救上一个即将饿死山中的人来，没想最后未能救活，本想派人将她埋了，不大时却幻化出个神仙来，说是十年前给人封入一个凡人肉身中，而此时凡身死仙魂死不得，才得以从封印中逃出。"

玉帝在宝座上欠了欠身："有这等奇事？"

秋窗一笑又道："这桩子事可不止奇在此处，君上仔细看看，这人长得像谁？"

"抬起头来。"

听得这声命令，我心中暗喜，不紧不慢微抬了抬头，便看见玉帝那老头子的一双眼睛正盯在我脸上。

"唔，眉眼间确有三分熟悉，只是识不得是哪位故人。"

朝堂之中静寂，我定了定神，勾勾嘴角轻声笑道："君上记不记得，十年前紫佛苑中的顾翎安？"

此言一出，百官哗然。刚上天的小官不知紫佛苑顾翎安何人，请教身侧老官，老官口中唏嘘感叹，叙完旧事只剩惊诧。十年来我的容貌虽变化不少，底子却还是原来那样，不应当只有玉帝，至少在列的我三舅七舅九叔十二姨什么的，都该觉得我面熟。

宝座上的玉帝脸色变了变，正色道："何以见得你便是我天族的小郡主？"

我心下偷着乐，道早料到这一步，遂恭谨上前走了几步，轻轻拂开左肩上的披帛，半只火凤赫然翩飞在肩头："君上不认得这张脸，可还认得这个？"

玉帝走下宝座，探身过来，伸出一只手，在指尖将要触到那火凤时猛然顿住，又缓缓收回。然后重回宝座坐定。

"那么，你被谁封入凡身，你可还记得？"

"记得，十年前，我父亲娘亲与鬼军作战，许久都没回来。有天夜里，我梦见了我父亲和娘亲在梦中叫我，我醒来就跑出去找他们。后来天亮了，我也不知道跑到了哪里。我看到好多好多人，围着一个头上戴着帽子的人，那人站在一座高台上，拿着一只拂尘做法，要把一个比我还小的女孩用火烧死，说是要送给天宫水君，便能下雨。我告诉围在那里的人们，'这个人是骗人的，我见过水君，他不喜欢你们这样做'。这个人很生气地看着我，说我是妖，坏了祭台的灵气，过来一指我，我便飞了出去。等醒来时才发现已成了凡人模样。"

玉帝听罢低声叹息道"：罢了，这些年苦你了。回来了就好，回来了就好。"又正色道："顾翎安，近前听封。"

我等的便是他这一句，听封，等于是承认了我的身份。

"今，天族荣庆公主之女顾翎安，封楚城郡主，接任紫佛书尉，赐居紫佛苑。"

我垂眸笑道："谢玉帝。"

搬进紫佛苑是第二日晌午。因为院落空置太久，内里好多东西需要重新置办，是以多费了不少时间。

紫佛苑是座五进院落，内里含了一座小园子，布局还是原先的模样，跨进院门便是前院，右手边是屏门，过屏门是跨院，内里包着小花园。寻常会客议事都在前院。转过山水纹影壁，正中一座红漆花梨木雕花垂花门，入了垂花门就算进了内院，内院分三层小院，中间有穿堂，可供在三层院中来往自如。正房琳琅居在第三层院内，娘亲从前住的渡梦楼辟在跨院南角，封印着天招地敛的楼兰阁，实则是第三院琳琅居边上一座厢房。

我仍旧住在第二院中的正厢房川流居，位置应当在整个紫佛苑中间，一来前后出入都比较方便，二来我小时候便住在此处，承载了旧时我全部的快乐忧愁。

我先去楼兰阁看了看那两把神剑，将以前下在门外就再没解开过的禁令换了一换，接着将紫佛苑逛了一逛，连带着回想起了往昔许多记忆。紫佛苑中一些房舍，除去幔帐帘布稍显旧态，器具摆设仍旧一如从前。渡梦楼上那扇雕花长窗边，似乎还留着娘亲独倚窗栏的一抹虚影，琳琅居中红漆梁柱间，也似乎常绕着我与父亲玩闹时的笑声。

在接下来的日子里，我接待了不少访客，还赴了不少宴会，总之忙得很。来我这儿的大多是天上的亲戚，还有与我父母交好的一些长辈们，都无甚稀奇，只是有那么两个需要提一提。

是一日天色已晚，房里掌灯，我正倚在里间屋坐榻上看书喝茶，镂空雕花门外风铎叮咚，我抬头瞥了一眼，看到门外垂首作揖的小童子，清凌凌的声音便传过来："郡主，有客来。"

我皱了皱眉，心想谁会这么晚来，还是将手中书扣下，撩裙子下榻道："叫他到前院选蕙馆，我这就过去。"

此时却听见门口另一个人的声音："神女，我可以进去吗？"

我愣了一愣，反应了好久。这是阿端的声音。

我答应了一声，重新在榻上坐好，果然是她，穿着一身藕荷色长裙，手中捧了一只方盒。

"阿端。"我笑道，"你怎么来了？"

她朝我行了个礼，走到近前来，将那木盒子放在我手边，道："这是很重要的东西吧，神……郡主走时没有拿，我给郡主送来。"

我认得这盒子，细长条的红檀木盒，打开来是一只冰翡翠戒面如意钗，这东西是我当年被师父领回华山时戴着的，如今想来，大约是六岁那年娘亲送的生辰礼。在云水观那会儿我还想起这东西忘记带了，但想着放在十音阁中，大概给烧坏了吧，还挺惋惜，没想竟还完好地搁在盒子里。

我摸着木盒上的纹路："这东西竟没给烧了。"

"给包在绸子里放在柜子底，后来我收拾出来的，倒没事。"

本来她若单是来给我送东西，那这事也算完了，观她神色却似乎有什么难言之隐，遂放下木盒，抬眼看她："阿端，你此次前来，不光是给我送这个的吧。"

闻言她抬眼看了我一眼，又将目光转向别处："郡主……"

一闪之间，她竟扑通跪下来，恭敬垂首道："阿端是个孤女，跟了郡主这许多年，颇得郡主厚爱。阿端此生就郡主这一个主子，倘郡主不嫌弃，我愿一直跟随郡主，服侍郡主。"

我下榻将她扶起："求之不得。"

我扶她坐在我旁边，道："前日我还说这偌大的九重天，竟没有一个得心应手的随侍。你明日便去玄青门将那边料理料理，完事就来我房中吧。"

"我现在已不是玄青门中人了。"

我皱了眉："他们将你赶出来了？"

"是我自己出来的，昨日听说郡主在天上，我就跟仙尊辞了玄青门的差事，一心来投奔郡主的。"

所以当晚她便住进我房中，往后依旧做我的随身侍婢，不在话下。后来一个清早，我刚用完早膳，就有客人候在迭薆馆。我换了身衣服来到馆中。小童子端来茶水退了出去。这回是个我不认识的人，靠在侧座宽背木椅上，左手抚着茶盏，右手搭在椅背上，这个坐姿倒是很像梦少柏梦柯。他穿着一件石青色直裾，腰上系一块玉佩，五官端正，目若朗星，头发散乱披在身后，很长，坐着直垂到地上。

我坐稳问他是谁，他看着我颇轻地笑了一声："郡主不记得我，我可记得郡主呢。"

我不置可否地看着他。

他直起身子来很恭敬地拱了拱手，嘴角带了点笑意："在下紫微北极大帝座下贪狼，见过郡主了。"

啊，他竟是贪狼星君，这个人我确实见过几次，他和师兄关系很好，在观水东宴上和惜魂殿中都打过照面，不知为何一时竟没想起来。但现在的境况，只要和师兄扯上关系的人我都要小心。

思忖着我将脸色放缓了缓，心不在焉地说了几句客套话。

他嘴边勾着笑，语气却凉悠悠的："郡主是聪明人，我这个人平时随意些，什么事想做就做做，不想做就搁下，也不爱串门客套，今儿来郡主这儿实属难得，也就不拐弯抹角绕圈子了。"

我明白他的意思，他是说他本身没有什么必要来，但他既然来了，就是有事要找我。一下子神经紧绷，直觉是和师兄有关。

贪狼君眉目舒淡，喝了口茶道："郡主不必担心，小仙还没有那个闲情逸致给你师兄通风报信。"顿了顿又道："也不是什么大事，只是奇怪，不久前你们二人还好好的，怎么现在就成了这样？"

我垂了垂眼皮，紫砂茶盏中浮起的茶梗飘飘荡荡。话中不自觉地带了些无奈，好像在自言自语："我也不知道。怎么就弄成这样了呢？"

默了一会儿，他道："你可知，那天你被封楚城郡主时，说的那番被封进凡身的一席话，玉帝并不很信，曾派了人下凡去打探虚实？"

我惊诧道："哦？有这样的事？这我的确不知。那玉帝可曾打探到什么没有？"

"都被我的人暗中挡下了。"

我听了心下五味杂陈，只得道："如此说来，我实当谢你！"

如今想想确然是鲁莽，虽说和当余故那会儿不太一样，但到底还是这张脸，在玄青门中待的时候也见过不少面上的人，那天无奈胡诌说被封进了一个凡人体内的事，稍费点功夫就能被揭穿，如此一来，倒是多亏了贪狼。

不过是为什呢？他这个人绝对不会因为他和师兄的情谊就多事来趟这浑水，或者兴许只是一时兴起？若是如此当真是很危险，今天他这样帮我，明天他突然不想帮了，保不齐就把我给卖了。

这个人还要提防着些，切不可与他走的过近了。

这几日过得很是舒坦，没有什么烦心事，再加上多了黎天联这个强大的靠山，只觉得从头发丝到脚趾头都挺起来了，十分地满足。

后来就没再见着贪狼星君。我不知那天他来找我到底为什么，他只是问了问我同师兄的情况，自然最后也没问出什么，就走了，再加上他似乎永远噙着点笑模样，倒是愈发让人猜不透。在他走后第二天就发生了一件要命的事，我后来突然想到一个不太可能的可能性，他那次来是不是为了提醒我什么，不过那是后来的事了。

那日晚间我趁着夜色放出被黎天联施了秘术的信鸽子，告诉穆谪一切皆顺利，然后叫着阿端预备去跨院走一走。

我正往大门那边走着呢，一个婢女迈着小碎步急匆匆走来，见着我行了个礼，道："郡主，外面有人要见您。"

"这黑灯瞎火的谁啊？去告诉他我已经歇息了，叫他有心明早再来。"

那婢女便去了。因为到跨院去必须经过前门，我和阿端随着那婢女身后就走到了门前。

此时门外送来断断续续的人语声，先是那婢女谢客，后面就是一个极熟悉的声音，这声音的主人说过的那些话，在我心中数不清回放了多少遍，低沉威严之中尽是温存清明，响在我耳中却如同炸雷。

这声音我既盼望能听见，又害怕真的有一日会再听见。

只觉得一时间气血上涌，我几乎记不得自己是怎么冲上前去推开的门，只推了一半就马上后悔，但因为用力太猛，我直直撞开门冲了出去。

门外是如海的九里香，已有几朵提前开了，凉夜里散发着隐约冷香。

花海前背对着我端立着一个人，高高的玉冠，如瀑垂下的发，飘飘然的月白衣装，风拂过只见发丝舞蹈。施施然的背影，仿若是月光雕琢的一般。

面前的人缓缓回过身来，微仰起下巴，淡漠的眼写满疏离，倒像是一块温润白玉浸了月华，淡色的唇微微张了张。

师兄眸子转了转，最后定在我身上，是和看着别处时一样的眼神，毫无波澜的眼神，面上一丝表情也无。阿端几步追过来，在我身后道："郡主，房中温了壶梅隐香，怕是已经凉了，我去换换水。灯给你放这儿了。郡主，夜里天凉，你且早些回去罢。"说罢拽着那傻站在旁边的小婢女匆匆走了。

师兄只顾瞧着我不说话。

"若是你喜欢，我以后天天穿黑色。"这是他当初时候许给我的话，只是到了此般地步，这些东西自然都失了效用，我何苦巴巴地再去问上一问，已不成想再把这些鬼话追回来了。

他穿玄色固然好看，穿月白色也是别样俊朗，想来若长着他这样一张英气正好的脸，就算穿土黄色也是风雅且风流的。只是现在穿什么颜色的衣服是他的自由，他尽可一个时辰便换一种颜色穿着，我却不能再说下那样的话讨他许诺了。

师兄上前一步，脸上没有表情，语声倒轻柔："阿故。"

我深吸了一口气，矜持地退后一步，端端将手拢在身前，尽量把声音放得无一丝起伏："余故是华山玄青门第八十三代掌门余岚季的小徒弟，顾翎安是天界的紫佛书尉，天族唯一的一位郡主。纵我从前是唤过余故这个名字，但此时非彼时，还请仙尊另当别论，当作这是两个人来看吧。"

他垂眸，琥珀色的眼睛里隐含了什么，面色却依旧冷漠。我有些气，耐着性子问他："仙尊来我府上有何要事？"

他瞥了我一眼，神色里竟隐有怒气，半晌，淡淡道："无事。"

这个人，私下里说起来，我是怕他的。以前的事不明不白，他来找我，我便怕他提及旧事，虽然我不愿承认，但我潜意识里还是想见到他，甚至还想听他说说那笔旧账，我想听听，他是不是悟过来了。明白点说，就是我仍盼望他能明白，伤浣颜的不是我，我盼望他能主动跟我和解。

在我推门到现在的短短时间里，我已经做好了万全的准备。如果他不提此事，但他来找我，说明他至少不是不想看见我，我便给自己留条后路，寻个长久借口好以后能见着他。若他提了，却还是原来那副模样，我也可以继续耐着性子和他解释，在这么长时间以后，我仍能从容地同他解释，并且长久的解释下去，一边尽我所能的查出那件事情的真相。或者他已经知晓我是冤枉的，这样当然皆大欢喜，也是我最想要的结果。

不管是这三种假设中的哪一种，我都能接受。但他哪一种都没有选。时隔一年多以后，我们的重逢仿佛之间隔着重重迷雾，整件事情扑朔迷离，他却能这样镇定地道一声无事。我直欲冲上去一剑将他砍了。

他的声音是那种用手指敲木头似的有回响的低音，清冷里偏带了点清明，听上一回直觉耳朵就能晚聋个七八年。但他说出那两个字，听来却刺耳得很。

我扶着门框，皱眉道："从前我自知欠你良多，你前前后后救过我三回，常言道救命之恩无以为报，但后来我也救过你一次，算是抵了一条命，这一年多来发生的事情，与我来讲同死过一次也没甚两样，如此说来，第二条命也算我还了。这最后一条命，你就痛痛快快说罢，一年多前那笔账要如何算，我就依着你将这笔账算完了，也等于还清你了，就此两不相欠罢。"

天不知何时开始下雨，我心中窝火，好半天才觉出来。但也没预备将他请进屋去，只硬支在门外同他将这事挑明。

他沉默良久，脸在黑夜里隐约不明，半边黑着半边还算亮堂，眼睛若秋水一般深不见底。

我自以为这话说的已很近情理了，他没有理由不答应。

哪知他转了个圈，生生将这摆在跟前的话绕了过去，只说了不相干的事情："你不必再叫我仙尊了，阿故，我已经不是玄青门的掌门了。我现在住在第七天清央殿，官拜左长令。"

我听完哑然。乖乖，第七天清央殿，虽说偌大第七天，紫佛苑在东头清央殿在西头，但等闲的神仙腾个云眨眼就到。而且师兄这人一向不太喜欢服务大众，能得清闲便清闲，做掌门的时候，能精简的事务都被他精简光了，如今竟跑上天来揽活，且揽的还是这个左长令。左长令是玉帝座下正一品官，管的乃是整个凡界同天界的交接工作，大到维护天机不泄露于凡界，小到人间某座山头上某个供神仙的道观香火不济。总之真真是个麻烦官职。

我噎了半晌，消化完这个突如其来的变故，表面依旧镇定无比。我没闲心同师兄唠家常，只告诫自己，现在正经是要同他把烂账算完，其他事统统以后再讲，遂压了火气又问道："那，左长令大人，这笔账你看却是如何清？"

因没去顾看阿端留下的提灯，内里的火苗终于在这时不堪雨水洗礼被浇灭了。即便有月亮当头，可这是在九重天上，月光并没有天底下那么清亮，灯一灭，我便只能勉强辨认出近处东西的轮廓和阴影。

面前的黑影动了动，我只看清发丝飘扬，空中送来袅娜桃木香。黑影一拂袖子从我眼前消失了，几朵开了花的九里香在远处凝成小点。我怔了一怔，怒气恍然没了，只疑心他是去了哪里，望前方却不见。

雨渐下渐大。

我在原地愣了一会儿，顿觉疲倦，预备寻提灯回去，明日一大早再作打算。正此时，从侧面披过来一件外氅，泛着盈盈青白色，我拽紧袖口，摸出细致绣纹来。这是师兄的外氅。

"莫着凉了。"

他今夜种种都像是要和解的形容，神情却又远不像那么回事。我好久才回过味来，一时间直觉火气窜上了脑门，猛转身死命推他，口中吼道："你骂我也罢，甩冷脸也罢，甚至你提剑来杀了我也罢，你这算是怎么！"

　　推他这一下格外用力，但竟没推动，反倒我自己被顶的踉跄后退了几步。本我是背对着门站着的，但刚刚一转身再加上这后退，便撞进了门面和门柱的夹角，然后跌在地上。

　　地上因下雨凉得要命，我打了个哆嗦，但却没有精神站起来。

　　静默了一会儿，那黑影突然蹲下身来，一双手环到我脑后。盘在头顶的簪子被拔了下来，柔顺的头发顷刻垂到地上。我刚想道一声放肆，肩膀竟给人扣住，被一双臂膀搂入怀中。

第二十三章

我贴着师兄坚实的胸膛，只感到一阵又一阵海浪一样汹涌的悲伤，一次次漫过心口，淹向喉咙。

我的父母都早早仙去，曾经当作父亲的师父如今也已长眠，亲戚们虽多，但往来甚少，其他的人能够帮我，也多是因着自己的利益，能无条件对我好的人很少很少，而像师兄这样高不可攀的人物能对我这个没用的小师妹如此得好，着实难得。是以师兄这个人，在我胸口里那颗扑通扑通跳动的火热物什中几乎占了全部的分量。

你若是多着紧一个人，就会多害怕他离去。从前的时候，我非常害怕师兄突然从我眼中离去。

我曾试着想，如果师兄从我的生活中消失，那会是个什么模样，结果恐怖地发现根本不可想。所幸那段日子他待我非常好，我虽然偶尔惶恐，但终究没有深刻考虑。

可如今我想，若是他真的彻底从我的世界中抹去行迹，我大约会过得更好受些。

你永远无法想象往日对你最好的一个人在一夜之间突然变得连看见都不想看见你，那会是一种怎样空荡茫然的感觉。就好像你做了一个梦，在这个梦中实现了平生全部的愿望，你觉得从没有这样完满过，正在春风最得意时，梦却突然醒了。

师兄的肩膀有着我最熟悉的温度，我倚靠着这样的温度，以前的景象一幕幕掠过眼前，而现在他对我这样，我才当真是茕茕孑立。

因为心里郁结，再加上淋了雨的缘故，头脑中有些混沌，只觉空气里弥漫过来一丝酒香气，却不知是不是我的幻觉，过了一会儿才觉得不对劲，酒的味道就绕在鼻尖，似乎越来越浓烈。

我才想到今天辰时第九天上摇摇飘下来三声钟鼓鸣，这是新官上任册封时必会有的声音，我还以为是哪个小官被提拔了，现在想来估摸是因为师兄。既然是上任当日，师兄又威名赫赫，叫天上的各路仙者纠缠起来摆个宴喝个酒什么的最是寻常，师兄不胜酒力，看如今这光景，想是白日里喝醉了。

唔，他今日这副忽冷忽热的形容，大概也有这么一层原因。

之前心中几乎全被怒气填满，如今冷静下来，我才开始注意周围境况。

周围的境况十分糟糕，我歪在狭小角落里，身上师兄的外氅滑下去一半，雨下得密密麻麻，声音如浪潮，门槛不宽，雨水从外面打进来，门上的黄琉璃檐角汇下一股水柱，顺着挂在下面的黄铜风铎淅沥沥流下来，我左边的袖管已整个湿透了。

我坐在雨地里，甚没用地连打了两个喷嚏。我想了想，枕着师兄的肩窝委婉道："我近日新得了两罐上好的顾渚紫笋，倒还没尝。外面雨下得也大，不若到茶舍中煎上两壶，也可暖暖身子。"

只听他深叹了口气，揽住我的腰将我抱了起来，月白色的外氅搭在我身上。我攥住那副绣有精致鱼尾龙的领口，心想师兄这木头脑袋终于将我说的话听进去了一回，哪知他口中念念有词施了个术，便进到了一个不认识的房中。

这间房不大，东面摆着一张长榻，对面安放一座十二扇折屏，上绘仙山楼阁雾霭朦胧。我愣了那么一会儿，心里思忖着我刚刚那一句话师兄他是不是会错了意。

看见我们，原本立在屏风一侧嚼耳根子的两个小婢登时敛了笑意，大约是瞥见我，脸上露出些惊讶神色，但到底是九重天上的人，只恭敬垂首立着。其中一个道："大人，您沐浴的热水已经备好了，您看看这两件寝衣您换哪一件？白的那件薄些，绛色那件厚实些。"

我见着那屏风后冒出腾腾热气，想必那就是所谓给师兄沐浴的热水。师兄径直走过去将我放在长榻上，回身出门时淡淡道："玉瓯，白的那件给我拿来。拾墨，你便伺候着郡主沐浴吧，沐浴完叫她换上我那件绛色的。"话毕就走了。

那唤作玉瓯的婢女愣了一愣，赶紧拿着那件白色寝衣匆匆追去了，走时还十分有眼识地放下了悬在门口的红色纱帘。

另一个叫作拾墨的，矮身对着我拜了一拜，道了声："楚城郡主，您是否要奴婢拿几本小人书供您沐浴时解个闷？"

我还没弄明白是怎么回事，几乎脑子不转地答道："好。"又突然回过神来："算了，你放下寝衣便去歇着吧，我想自己泡着休息一会儿。"

她答了一声是，正欲走，被我叫住："这却是哪里？"

那叫拾墨的略略抬头，古怪地看了我一眼："第七天清央殿，左长令大人府邸。"

刚刚淋了雨，冰凉的衣服贴在身上很不舒服，且不管师兄为何将我带到他府上，但既然他如此周到地让我沐个浴，我自然就盛情难却地沐一个。

宽了衣在水中躺了一会儿，听着窗外雨滴落在琉璃瓦上的叮叮咚咚。略微觉得有些头晕，就闭上眼打了个盹儿。再睁开眼时水还是热的，我觉得泡得差不多了，浑身舒爽，预备出浴。一抬眼望见屏风外坐了一个人影，我惊了一惊，悄没声背过身去，将周身收拾停当，取下搭在屏风上的师兄的寝衣，一套套在身上。

我略微咳了一咳，轻轻转过屏风走了出去。

风起竹林

看见那人我松了口气。果然是师兄，盘着腿趴在地上一张矮桌上，眼睛闭着，似乎是睡着了。他一头柔顺光滑的头发拢在肩后，顺着白色寝衣向下延伸，铺开在地上，状似一朵飞在九天上的祥云。我看着他的侧脸，那张安静的脸，直挺的鼻梁上面那一双有着长长眼尾的眼睛，即便是闭着，看起来也有一种英气端严。

也只有这种时候我敢这样看他，这么长时间没有见面，他在我眼中的形象变得模糊不可亲近，但这样睡着的时候，似乎能离我更近一点。

我忍不住伸出手，指尖停留在他发鬓。

没想师兄睡得十分轻，只这一下他就醒了，缓缓睁开眼来。我吓了一跳，慌忙将手抽回来背到身后。

他愣怔地看着我，好半天揉了揉眼睛，道："你沐浴完了？还冷吗？"边拿起放在桌上的一只茶碗，发现里面茶水已经凉了，顺手送到自己嘴边饮尽，又端起旁边风炉上的茶壶重新倒了一碗，递到我跟前。

"我这身衣服，你穿着倒还挺合身。"

我默默接过茶来，瞥了瞥宽大的几乎要从肩膀上滑下去的领口和拖到地上的衣角，心里嘀咕果真合身，果真合身的紧。

只是他竟知道我沐浴完会觉得口渴，倒是意外。

我亦坐下来，等茶水稍微凉一凉。这期间师兄那一双眼一直没离开过我，我也不敢看他，只好低头盯着茶水发愣。

水面上蒸腾起的白气缥缈散去，我将茶碗端到唇边，轻抿了一口。

碧螺春，一年里采下的第一树茶叶，炒青揉捻后少取一点，用春分之后第一场雨后山上淌下的泉水来煮，便能煮出带有些许雨后空山味道的茶，咽下后舌尖仍有沁人心脾的清香气，经久不散。这是我从前最爱喝的。

师兄不知何时用手捏住了眉心，眼紧闭着，神情疲惫，大约是因为不胜酒力有些头疼。他这个动作，我看在眼里，竟然莫名有些心酸。

窗外雨已经停了。杯中茶将将饮尽，余下的几滴清汤在杯底的如意雕花上流转再三。

我转了转杯子，将它轻轻搁在桌上，方欲起身，对面的人忽然睁开眼，站起来的时候，手不经意地扶了扶桌沿。

他走路摇摇晃晃，我原本想将他搀一搀，手刚送过去却反被他拽住，紧接着腰上一紧，横着就给他抱了起来。我一下没留意，直撞上他胸口，他晃了一晃，这一晃间他尚有工夫挪出手护了护我的头，才没至于让我撞到长榻边上的雕龙扶手。

他将我放在长榻上，自己从另一边上来，窄窄一张长榻，挤了两个人，我感觉有点儿不自在。

我径自往外面挪了挪，勉强笑道："这样大一座清央殿，大人你……"

"我殿中没有多少仙官仙婢，今日里刚搬进来，几乎所有房间里的布置都没有置办，今晚且在这凑合一晚。"

我本来想问为何我不回紫佛苑，但扒拉扒拉他方才那句话，似乎没有这个选择，也没有其他选择，他说的话丝毫没有辩驳的余地。他今晚一直邪行得要命，我不敢违逆，只得乖乖躺下。

师兄轻轻点了点手指，房中的烛灯应声灭了。屋内登时黑得伸手不见五指。我躺的很有分寸，既没碰着师兄，也不至于因为太靠近长榻边缘而掉到地上。

身侧师兄双眼轻松闭着，胸口略微起伏，呼吸绵长。我原是侧身躺的，长久下来，压在下面的肩膀有些麻了，我想要翻个身，但在这样狭小一张榻上，身边还睡了个人，动作十分的局促。刚稍微动了一动，耳边就传来师兄的声音，即便他这个声儿放得轻且低，依旧掩不住个中威严。

风起竹林

他说："睡不着？"

我僵了一僵，确然一点睡意也无。以前锁在十音阁中的那些个睡不着的夜晚，我都会怎么办来着？哦，对了。

我翻身平躺下来，半晌轻道："我想看看星星。"

这原是我一个不可能实现的奢望，师兄大概不会理我，最终说出来，不过想让心里舒服一点。

想到这里竟然不自觉地笑了一笑。

但当他伸过手来拂去我挡在眼前的发丝的时候，我明白今夜果真不同寻常。

本应闭合得严丝合缝的漆黄木屋顶正在一点点消失，露出头顶一大片天幕，就好像是在一座断崖之上看到千里关山之中镶嵌了一片深蓝湖泊，湖泊的边沿泛着点点光斑，一点一点缓缓从天上落下，那些晶莹几乎就落在我眼前。

夜空在我眼前一点点张开，直到占据整个屋顶，雨后清新的草香气绕在鼻尖。清央殿离月亮近些，接着朦胧月光，我看见师兄那一张脸。

上一眼他还是严肃的模样，下一眼看过去，他莫名勾了勾唇角。那个笑消纵即逝，却也够我回味许久。一年多不见他笑，我已经忘了他笑起来的样子。

我一眼找到北斗七星的位置，顺次将它们连起来。寂寂夜空之中，星子闪的让人遐想。

这期间，我没有说话，师兄亦没有说话。有好几回，我想开口说些什么，好将那一层格挡在我们中间的白纱挑开，我想重新清晰地看到他，但最终没能说出口，因为害怕这个美好的夜晚会瞬间消失，于是深吸一口气，我告诫自己，这种话还是不要说出来的好。

但多年以后，我后悔那夜没能再叫他一声师兄。

我躺在榻上，好像看到心中积聚许久的乌云终于一片片散去，觉得真好真好。

　　人就是这样，从前拥有很多的时候，总还觉得不够。可只要是在落魄之中，哪怕有一点小小的希望就会觉得满足。

　　我明白今晚，我很满足。

第二十四章

我抬手挡住八仙窗外如血的夕阳，另一只手接住前日里我刚放出的那只通体雪白的信鸽。

我小心取出绑在它腿上的小纸条，展开来。穆谪回了几个字：这便好。有事传我。

我站在渡梦楼上，望着紫佛苑外的成片九里香花田，大概是昨晚下了大雨的缘故，花朵在一夜之间全部绽放，就像，就像我出生的那个晚上。

精巧的白色小花映衬着西天的落日，一瞬之间便镀上红色光辉，香气悠悠漫开来，在风中飘摇。

我笑起来，想起昨晚，我在清央殿那张长榻上解开的郁结，还有暗暗下的，那个要再努力一把的决心。把困扰很久的事想通的过程真是个美妙的过程，心中像刮过了一阵风，吹散蒙在上面的尘土。

在记忆里，我已经很长时间没有这么自在过了，所以半夜朦胧醒来，发现头靠在师兄肩膀上，我也没有挪开。

晚些时阿端进来与我道："郡主，方才奴婢路过清央殿，见一位太医令自门口出来，与门旁的小仙童说话，奴婢听见左长令大人似乎是病了，却不知是什么症候。"

我听这话奇道："怎么刚上天来好端端就病了？"阿端答不知。

我思忖一会儿，想还是去趟他那里，一摸头发，才发现那只金丝翡翠环簪子不见了，回想一遍，才省起昨晚沐浴的时候随意放在旁边一只方几上，早上换了衣服回来便忘记还有这么件东西。在紫佛苑中懒散惯了，竟一天都没有发现。

我心下窃喜，只道是摸着个理由能去探探师兄，遂收拾收拾，没带阿端，独自出门了。

我踏着满地的斑斓光影，穿过望不到头的九里香花田，到达那座恢宏殿宇门前时，日头只剩下一点侧影。

敲开紧闭的雕花大门，一个小婢女进去通报，我在门口等了半响，直等到一丝儿太阳光也见不着了，那婢女的影子才从里面一起一伏地过来。

我随那婢女穿过长长回廊，进到那间桃木香四溢的书房中时，天上星子已熠熠发光。门敞开着，徐徐凉风穿过琉璃珠帘，将案旁人松散的发丝撩起。他今日着了一件寻常白衫，案上搁着一碗药汤，热气氤氲。婢女走后，屋内一时寂静。我咳了两声，问候了两句他的病，他说没什么大碍，不过风寒。我放下心来，小心地将话题引到那只簪子上。

"已经叫人丢出去了。"他说这句话的时候，语声冷的吓人，我看不到他的脸，但却没来由地感到刺骨。

"丢……什么……丢……"

"郡主不要了，放在我这处也没用，自然就扔了。"

琉璃珠帘叮叮咚咚，我花了好久来琢磨这番话的意思，琢磨到最后，只觉头痛。

从前在华山的时候，我曾想过，我平生全部的心愿，一定都要和师兄一起去完成，我想，神仙的一生有这样长的时间，等将来，我要和师兄去做所有我想做的事情。闲着没事就爱掰着指头算计，有哪些浪漫事等着我们去做，后来多得记不住，又舍不得忘记，就

风起竹林

从竹林里捡地上的竹叶，每想到一条，就写在上面，然后夹进书里。最后那本书已经被我翻得掉了页了。只是后来从华山逃出来没带在身上，里面写了些什么大都忘了，可那满满当当的心意，却是一直记着的。

我瞪大了眼睛不让眼泪从里面掉出来，心里骂当时自己到底是有多蠢呢，什么心愿什么竹叶什么装满心意的书，全都是狗屁。

我盯着那个端坐的背影，眼中细细描出他的轮廓，那安静的背影到了我眼里变得模糊。心中充满了强烈又乱七八糟的念头，嘴唇却不停地哆嗦，我不知道自己努力了多少次，才将那句话囫囵问出口："我只问你一句，段温言，如果，如果昨晚我戴的是那套银首饰，你还会这么果决地将它扔了吗？"

珠帘的影子被案上烛灯的光扯得支离破碎，不远处那只执笔的手没有一丝停顿。

他咳了两声，许久，哑着声音道："会。"

在这样漫长的时光中，我听到他那一句话，眼泪登时便挂了下来。

他说："如果无旁的事，郡主请回吧。"

我几乎不记得那天晚上怎么回的紫佛苑，只是后来听阿端说，她赶来清央殿的时候正碰见我攥着扇子面如土色地从里面出来，临走前甩下一句话，那句话说的声儿大了些，恐怕邻近的几座殿宇都能听见。

我说的是："大人好风度，今后我楚城郡主，再不踏进贵府半步，大人招待，楚城担待不起。"

阿端说我是说的气话，确实不假，直到回了川流居中我尚且还浑身发抖。阿端给我端来一壶梅隐香。我喝了一口，缓缓将心情平复下来，想方才那句话，实在说得有些过了。

　　我确实气，我觉得我长这么大，从没气成这样。但即便再气，我绝没想过要同师兄断绝来往。

　　我苦着脸看向阿端："阿端，你说，这个事要怎么弥补呢？"

　　"奴婢说句不该说的话，到了这个地步，郡主还是把前尘往事给忘了，好好在天上生活下去的好，玉帝一定会为您安排一桩好亲事，您就只当左长令大人只是同在天上供职的同僚，将念想断了罢。您是玉帝亲封的郡主，何苦放下架子去求着他呢。"

　　我幽怨地抿了口酒："当初我能上天来，就已经做了这个打算了，但他昨晚那个形容，着实同今天判若两人，怎么说我都放心不下。"

　　顿了顿又问："你且说吧，这事还有办法弥补没？"

　　她沉思片刻，耐心道："郡主只好自发再多说些软话……"

　　我喝了口酒，悲苦地认命了。

　　阿端道："郡主无须忧心此事，倒是另有件奇事。"

　　我抬头："怎么？"

　　"左长令大人来天上前将掌门位传给了现今玄青门资历最好的弟子魏闵如，如今才知这里头还有一层关系。言道余上神退隐山林的那个晚上，在五大长老的结魄殿中留书一封，说若将来哪一日左长令大人不能在掌门宝座上坐着了，便以此书信为证，将掌门位传给这叫魏闵如的。起先五个长老都啧啧称奇，照理讲下一任掌门就该是左长令大人自己选的徒弟，实搞不懂余上神此话何意，却还是乖乖收了。奴婢原以为这任掌门是大人挑的，今日始知原是如此。"

　　我听完她这话，先是愣了一愣，而后了然。师父他老人家，竟然英明到这种地步。

　　跟前的阿端急切问："郡主能否同我解一解，余上神如何晓得大人做不了长久掌门？"

　　后一日我自床上醒来，只觉喉咙干涩，浑身无力，头晕得很，阿端说我大概是那晚上淋了雨，伤寒了。可我觉得，再不济我也是个神仙，神仙哪有那么容易伤寒，这里头，必是还有些什么别的缘由。

直听得众仙官自凌霄殿退朝四散，紫佛苑外十分的喧闹，我刚从被褥中爬起来用早膳。

因我供的这个紫佛书尉是个分外特殊的职，并没给编进百官之列，玉帝每日例行的朝会，我便得以冠冕堂皇的在紫佛苑中歇着。如此，我也就乐得自在，不用忙着同那些个七大姑八大姨十六大舅子客套，大概是在玄青门这样的懒散地方待久了，我不太适应天上这样的环境，若不巧碰着个同我八竿子略略拐得着的亲戚，我要先对应他这张脸寻到他的尊号，再对应他的尊号推出我应当将他唤作什么，这就真是头痛。你想要是你哪天上街溜达，突然迎面一个人向你亲切地打招呼，然而你根本记不得那是谁，愣愣看人家半天，然后那人热情握住你手道一声"哎呀我是你三表姨夫家的妹妹的小姑子呀"，那得有多尴尬。

所幸我的这些亲戚们，大都住在第八天上，没事并不来第七天晃悠，总算让我省不少心。

九重天九重天，天有九重。这九层天，是一层一层摞起来的。最上面是第九天，最下面是第一天。一般来说，一层天越高，这层天上宫殿府邸的位分便越尊贵。

第九天上的殿宇，大多用来举行朝会法会，待客宴饮，剩下的宫殿群，是玉帝和他的老婆们住的地方。第八天收容了所有留在九重天上的天族亲戚，玉帝那些已成年自立门户的儿女们，并带他们的家室，将一个第八天塞得满满当当。这里面，我是个例外。

历届的紫佛书尉，为了能当好这个职，玉帝专在殿宇最稀疏的第七天上修了一座院落，这院落隐在茫茫九里香花海之中，忒清净。紫佛书尉也就成了这九重天上最孤独的一个职位，整日里同两把破剑一起过日子，甚至有五成要为它们丧命。可我心里清楚，早晚有一天，我要亲手把它们交给黎天联，从那时，天上地下，就再没什么紫佛书尉了。

我卧病在床的第三日，师兄驾临了紫佛苑。彼时我正靠在床上吃葡萄哼小曲儿，哼的兴起了，就摇头晃脑起来，一时没留意，一小粒葡萄种差点呛进喉咙，我按着嗓子拼命咳了半天，憋得一张脸通红，好不容易将它咳了出来。

师兄正在这时候由婢女领着走进我房门。我见着立马理了理头发，挺直身子，尽量神情自然地坐好。见着他我便想起那天那支簪子的事情，心里顿时生起无明业火。但一转念，我已决定要挽回那天气急了放的狠话，所以心下一松，唇边带出三分笑意来。

师兄见着我这个模样，愣了一愣，可也只是一瞬。他走过来，在我床边坐下，我热情地将葡萄盘递过去："大人吃葡萄。"

他淡淡扫了一眼，没说什么。

我讪讪收回手，干笑了两声。

他望着我，嘴里念了句什么，我身上便多了一件狐毛大氅，我有些意外，他倒像没事人一样关怀了一下我的身子，我自客套回他。我亦问他他的病症可大好，他答好了，我便没再细问。寒暄一阵，他递给我一把扇子，脸上没有什么表情："新近得了一把上好的白缎扇，只是没画扇面，有些可惜。听闻郡主在作画上颇有些造诣，特地向郡主请一个扇面，郡主有空，就描上两笔吧。"

师兄说的不错，师父从前教我琴棋书画，这琴棋书三样我都学得很不像样，但唯独画画，我能博得师父一声赞。

我展开那把扇子前前后后看了看，确实是把好扇子，白缎光滑，黑檀木柄打磨得圆润细致，尾巴上拴了个扇坠，原是个雕了一头跃虎的黄玉坠子，摸着甚温润，底下坠了一条蓝靛色流苏，倒是很好看。

"人道郡主作画，景能画的让人身入其中，人能画的比真人还要有三分神采，飞鸟走兽能画成活物，花能画的香气远飘。"

风起竹林

我顺了顺那条流苏，点头笑道："大人谬赞。"

我虽知这是别人编来的奉承话，从他嘴里说出来，听在心里头倒是有几分喜滋滋的。

送走了师兄，我瞧着那扇子自顾自傻笑，好像忘了那烦心事还堆在那里一分没少，哼小曲儿也就哼的更欢快了些。阿端见着我这副模样，借此机会端来了汤药和热腾腾的茶水，先灌我喝了那苦得要命的药，又猛给我灌了几壶茶水，才心满意足出去了。

生活在庆水畔的夫诸一族近年里动荡不安，几次易主，民心浮躁，新登基的夫诸族君听说天上新立紫佛书尉的消息，竟叛乱想要夺取神剑。天界内乱很是少有，玉帝震怒，一道天旨，着了我二十万天兵平乱。

此事紧急，是以我病好刚一下地，就拎着剑领兵急急奔去庆水，描扇面一事就给搁下了。

我率领着身后一片黑压压的云头铺开在庆水上空的时候，脚底下江水翻滚，这个势头，恐怕要发洪。

夫诸原本是很漂亮的神兽，身子像是鹿，通体雪白，头上树枝一样的角火红，尾巴扬起，四蹄恍若生风，踏水而行的动作分外优雅。但化成人形以后，着实是个不太中看的种族。

今日随我前来的，还有一个素日里指挥统帅天兵的将军，叫作张群四，我命他先下去探查情况。不大时，他腾起一朵云头屈膝跪在我跟前："下面雾气忒重，末将搜索一圈，不见夫诸族族军踪影。"

我环顾一周，望着庆水云层中隐隐约约显现的长惠山山顶，心中已有了对策。

"郡主，您看，是否下去在阳岸扎营？"

我笑道："营是自然要扎的。"

水浪蹿到十丈高时，我正领着十万天兵渡江，江阴便是属于夫诸族的广袤地域。

今日迷雾重重，五里外的军阵便压根看不见，再加上庆水波涛汹涌，水声震天，将军队行进的脚步声彻底掩盖。如此形容，很难掌握敌军行踪，夫诸军迟迟不出现，就是为了乱我们阵脚。可谓是天时地利都备齐了，再来点计策，就可实现他们的如意算盘。

我师父和师兄都是见过大阵仗的人，是以对阵法的研究极其高深，我师承他们二位，师兄没事便愿意堆沙堆跟我模拟两军对阵，虽然我没能学到他二位学识的十分之一，但自负在战略布局上也有两把刷子。我从前在九重天上的时候，对这个很感兴趣，也没少受过这方面的熏陶，所以即便是第一次领兵打仗，心里总还有数。

果然，渡了江不过走了几步路，眼前的青灰色浓雾中缓缓显出一个兵阵，领头的将军一袭红袍，身材高大，面色却苍老。

两军之间距离隔得不远不近，那将军抱拳一笑，声如洪钟："将军席威盛见过郡主，郡主别来无恙。"

我心说什么别来无恙，你见过我吗，没见过装什么大头蒜。拎了剑在手中转了两圈，道："废话少说，开打吧。"

我心里清楚，这是一支疑兵。按常理来讲，照我们这个情况，就应当先在阳岸扎营，随后主将领兵渡江探情报，夫诸军必是料到我会如此，所以在江对岸埋伏一支疑兵，制住我带的这支渡江军队，实则是一出调虎离山，阳岸早已布好的真正主力军会八面包抄围剿扎营的军队，如此一来，便能将我们消灭个干净。

这是个好计策，但我明知如此，还是领了兵渡江，这叫作将计就计。

这个红袍将军带的兵大约有五万，和我们这一队战在一处，一时兵器交接声，各种斗法产生的奇怪声响，全都汇在一处，从天上往下看，必是出五光十色花里胡哨的大戏。

那个叫席威盛的将军使一双大弯刀，所幸我试探他修为并不算高，我自己修成上仙以后，再加上随着封印解开从前的修为也都回来了，对付这个将军并不吃力。

打了一会儿，那将军开始左顾右盼，大约是在等对岸的捷报，结果一不留神被我在肚子上戳了个窟窿。

我笑了笑将剑抽回来，得空一瞟长惠山山顶，看到张群四已领兵立在了那里，稍稍安心，继续同他周旋。

大约又过了一盏茶的工夫，身后的庆水河突然水声大盛，一时再听不到这边兵甲相接的声音了，水浪声宛如发了疯的狮子，边在原野上狂奔边声嘶力竭地咆哮。所有人都保持着举着兵器的姿势，目光转向身后。正此时，一个夫诸族小兵从天而降："报！阳岸十万大军全部被洪水所淹！"话音还没落地，另外一个又从天而降："报！背后发现十万敌军！"

那将军的脸登时就绿了，衬着他身上那件大红袍子，格外的好看。

他绿着脸转头看我，我摊了摊手："我不过是扎营的时候下了个诓子，扎了个假营，命那十万大军登上长惠山山顶助那洪水一把。唔……现在他们差不多已经绕到你们后面去了吧……"

夫诸那五万精兵被二十万天兵前后一夹击，顷刻给消灭了个干净。我同张群四两路大军会作一路，我挥了挥手中的盘龙符，一路向江阴的夫诸王宫杀去。

一路过关斩将，我后背上被划了一刀，但所幸没大碍。夫诸族的地盘挺大，但以我的行军速度，不过一天一夜马不停蹄，在天将黎明之时兵临王宫门前。

夫诸族这些年光忙着篡位谋权了，兵练得很不咋地。这么一路杀进来，我的兵只损了不到一万。我命了张群四领兵将王宫里三层外三层围得密不透风，然后自己点兵杀进王宫。一路冲进正殿，内里空无一人。难道给他们族君跑了？不过哪怕是瞬移术，也决计移不到夫诸族的地盘外面那么远的地方，而我在他们原先的每一道关口处都留了小将领兵把守，他即便是跑了，也早晚给逮住。

我在殿上转了一圈，隐约听见某处传来点动静。哦，原是没跑，钻桌子底下了。我抬手将那金丝楠木桌子掀了，一瞬之间，突然一道光刃直指我喉咙，我险险避过，下巴上被割了一道小口子。

躲在桌子底下的夫诸族族君还维持着抬手的姿势，一见没打中我，整个人战栗起来："怎……怎么，玉帝叫你平乱，你却要灭了我族不成？你将我族灭了，玉帝亦不会饶了你的。"

我觉得好笑，轻轻格开他举着的右手，笑道："你身为一族之君，做出了这样的事，难道不该披着荆条去天上跟我姥爷解释解释？"

我变出锁仙链来，给他使了个定身咒，将链子往他身上一砸，他登时缩回了原身，倒是头威风凛凛十分漂亮的夫诸。

我摸了摸他那一双火红的角："你再不是夫诸族君了，你的子民们应当高兴才是，玉帝会重新立族君的，你的族会在这片土地上存活的好好的。"我望了望窗外升起曙光的天幕，复道："玉帝让我将你毫发无伤带到他跟前，那事不宜迟，今早你便随我上天，在朝会上好生拜会拜会他老人家。"

第二十五章

　　这一战凯旋，我回得天庭，拖着挨了两刀的身子，在朝会进行中途之时被玉帝放了进去。

　　百官在两旁立得肃穆，玉帝那张老脸上瞧着我的眼神总归有了些许笑意。

　　上了天缓过来气儿，连夜的疲惫在一瞬间回到身上，我支棱着眼皮草草将整件事复述了一遍，一些不重要的地方就咳嗽两下遮掩过去了。说话间恍然朝旁边瞟了一瞟，玉帝座下左右各有一个小仙官，小仙官边儿上隔着一丈远，是分列的百官，打头儿的是正一品的重臣，左边的那个是我十三舅舅，正端着脸一本正经地偷偷朝地下比手影玩，右边那个穿了一身端严的朝服，袖口和领口绣着精细的银线钩花，一头头发用一只漂亮的冠整齐的束在头顶，脸上无一丝笑意。

　　那是师兄，冰凉的眼眸望着缩在我前头的那只夫诸兽，好像在看污在地上的一块泥巴。

　　看见他我便想起那扇面的事，接着就自然地想到那扇子上描个什么扇面好呢，现在六月中了，应当画个应景的。如今天上的合欢开得正好，画上应当很是风雅，但我想一想，实在不好意思画合欢上去，就依依不舍地放弃了。

　　这么一思前想后，嘴上说的就卡了一卡。

　　看来今日玉帝心情很好，许是哪位夫人近日得他欢心，他竟在宝座上开玩笑道："怎么，段仙君脸上有只蚊子？楚城你怎么老是看他？"

这话一出口，我十三舅在旁边小咳了两下，师兄悠悠然抬起眼来，面无表情的望了我一眼，望见我下巴上那个小口子的时候，不可察觉地皱了皱眉。

十三舅的府邸离清央殿不远，自从那日晚上我气急在清央殿门口吼了那么一句话以来，再见着十三舅他就带着一丝似有若无的笑意。

我小时候在天上的那几年，对姨姨舅舅们并没有多少印象，甚至不记得他们的名字，但这个十三舅舅我却很记得，一是他官做的大，作为儿子特会讨老子的欢心，二是若是有什么奇闻趣事，只要叫他知道了，就等于是整个九重天都知道了，你前一晚上还偷乐这秘密保守得好，第二天一早就发现全天庭的人看你的眼光都透着一种莫名其妙的八卦气息。

至于他听没听见我吼的那一句，他从来没在我跟前提起，我估摸是前些日我卧病在床，他不太好问，才一直憋到现在。

我皮笑肉不笑地敷衍说只是左长令大人身后那根柱子上雕的麒麟有趣，我多看了几眼。

玉帝没再说什么，听我把后面的结尾说完，再关怀了一句我的伤势，随手点了恭敬站在一边的太医令，着他往我府上送几只好膏药，然后看了那夫诸族君几眼，判了个打下凡界永世不得飞升。我自觉这罚的有些轻了。不过既然玉帝这样判，不疑有他。

退朝之后，玉帝将我留下来，秉着姥爷对外孙女的身份说了几句话，称赞了我几句。无非什么第一次领兵就大获全胜不愧是天族的郡主云云，我自点头应着。而后他命我将那夫诸身上的锁仙链取下来，他要和他唠唠嗑，我便疑心，难道这夫诸族君同玉帝有旧？也无从考证。他们唠嗑，我自然就告退出来。

结果刚一出门，一堆大大小小的神仙立刻围将上来，都是方才朝堂里头的，其中还有几个我的亲戚。他们一上来便七嘴八舌问我的伤势，又给我凯旋道喜。

一个小神仙道："方才听张将军说，郡主您身披飞鹤袍，脚踏墨云靴，一柄凉夜剑舞得出神入化，小仙正遗憾没能随您平乱，如有下次，一定要跟去瞻仰瞻仰您的风姿。"

我听着这溜须话干笑着点了点头。他们七拐八弯，就给绕到了我同师兄的渊源上。

我心里暗自道了声十三舅您老人家英明，嘴上笑着胡诌八扯了两句不相干的，借故抽身走了。

我回到殿中，沐了个浴，用法术处理了伤口，然后敷上膏药。阿端替我敷膏药的时候随口说了一句："您走的那日下午，左长令大人来过一趟，我告诉说您去庆水平乱了，他才没说什么走了。"

背上那口子挺大，刚在上面用了法术的关系，敷上膏药有些疼，我龇了龇牙："他不知道我去庆水了么？这种事情他这样的官不知道吗？"

阿端看了我一眼，随和道："我也不清楚，只是后来几天听说他告假在府中，据说是抱病了，从来没出过一次门，今早上朝会才跨出门槛子第一脚。"

我默了一默没再说话。

这时候忽然外面有婢女道："郡主，左长令大人到了。"

我愣了愣，阿端朝外面喊："郡主正敷药呢，先叫前堂去候着罢。"我登时拍了拍身后那块膏药，蹦起来套上衣衫："不必，我去见他。"

穿过十里雕花游廊，来到垂花门前，正撞上他往里走。我笑了笑刚想叫他进去喝杯温酒，下巴就被轻轻抬起来。

那一双眼被阳光照进去，里面亮起点点幽蓝的萤火。看进去，你就会觉得那像在一池深幽的无边水泽中找到了最闪的几颗星星。

所以，在许多许多年以后，即便几百年不再见面，我忘了他那一副宽阔的肩膀和挺直的脊梁，甚至忘了他漆黑的发还有紧闭的唇，但我从来没有忘记过这一双眼睛。

我不知道这一瞬间是不是触动了心里某个最温柔的角落，只是突然之间，很想落泪。但是我瞪大了眼睛。它们就像雨水落在瓦片上那样静静地，悄无声息地淌了回去，淌进身体里，我感到胸中有一股暖流。

然后，我笑了一笑，用来安慰自己。

面前的人换了一身青色圆领袍，披在外面的鹤氅是厚重的靛蓝色，让人想起夜里晴朗的天幕。

他轻轻抚了抚我下巴上的伤，用极低的声音道："那道蓝光上有毒。"他递过来一只小巧的玉盒，有点像盛胭脂的。

"你怎么知道那光刀是蓝色的？我记得我没在朝堂上提……"

"回去好好洗一洗伤口，把这个擦上涂匀了，才不会留疤。"他顿了顿，轻声补上了一句："女孩子身上一道疤也留不得。"

我攥着盒子浑浑噩噩回到房中，阿端一提醒，我才突然发现刚刚傻乎乎的竟忘了留他进来喝一杯酒。我打开那盒子，是白色的晶莹剔透的膏糊，擦到下巴上凉凉的十分舒服。

我将那玉盒收进抽屉，取了那把白绸扇，独自一人绕过垂花门，进了跨院。

跨院中有个长形的湖，浮了半池子荷花。我抬起扇子对着阳光看了看。唔，荷花最近常画，今儿个要画个别的。

我执起扇子挡了挡迎面照过来的毒辣日头，闲步穿过雕花的汉白玉水上游廊，一路步到亭中。亭四周悬了水蓝色的幕帐，我走进去将它们一条条放下来，风吹起来的时候，四围的幔帐随风披拂。

风起竹林

我望了望四围的景致，翻手施法术在亭中间搭了个临时木桌，然后手上一拂，就有了笔架和笔洗。

我坐下来，目光落在湖岸上那棵独株的木兰。

这种时候还缺一件东西。我捏了个瞬移术，回房取来了那只我最喜欢的翡翠虎头香炉，回得亭中，点了一只沉水香。

大概一炷香的工夫，沉水香的后调在风中散去，白绸扇上落了一枝横斜而出的袅娜红木兰。

我拾起扇子来端详了半晌，觉得甚好。

小时候，我姨家的一个哥哥曾经说过这么一句话："追姑娘的时候，为了尽可能多的制造接触机会，每一次见面都要为下一次留足借口，比如说借东西，有借还得有还，下次便能理所应当的去见她了。"

我深以为然。

他既然请我描扇子，我描完自给他还回去，那既然如此，我就勉为其难地去他府上走一趟罢。

我收拾好头发和衣服，出门的那一刻，阿端道："郡主今天有开心事？"

我笑着看了看她："像吗？"

"像得很。"

前面已经说过，我供的这个紫佛书尉的职，乃是个分外特殊的职，常容易被各种是非困扰。作为一个紫佛书尉的女儿，我从小就体会到了。

于是在我从紫佛苑出来，穿行在无边际的九里香花田中时，我遇到了第一个刺客。

九里香开得正好，空气中充斥着馥郁的香气。我走在丛丛白色小花中间，怀中揣着那把白绸扇，能感到脑后的发带飘扬。

　　我听到身后离我很近的某个方位传来一点不同于花朵摇曳的细碎声响，接着那一条像火龙一样的火焰冲击过来的时候，我捏了诀隐去了身形。

　　这个刺客反应得极快，我刚出现在他身后，他忽然猛地转身，一个带着火光的手刀直劈我面门。出来时我没带凉夜剑，情急只得在手中结了个幕罩去迎。

　　那手刀堪堪停在幕罩跟前，我看向他的脸。他头上的斗笠压得很低，面部从鼻梁往下都蒙着黑色的面具，面具上露出一双细长的眼睛。紫色的瞳孔，眼上的眉弯如三月杨柳，我马上将目光转到那人的手，看到圆润的长可三寸的指甲。果然，是个女人，魔族的女人。

　　大眼瞪小眼半晌，那停在跟前的手刀忽然一转。这是个障眼法，我一愣，随即就发现一道红色的光剑，像脱缰之马从侧面向我冲来，剑身上蹿出的火蛇不断扭动。

　　行刺紫佛书尉，其实这一般不能称作行刺，因为刺客们的目的是拿到天招地敛两把神剑，而因为紫佛书尉同瑕蛊秘术定下的契约，不能将紫佛书尉杀死，所以刺客一般是用胁迫的方式逼紫佛书尉放出肩上的火凤，解开秘术。

　　但今天这个有点不同。她想杀了我。

　　就在此时，突然从我身后闪出一个人，发丝飘飘，手中结起一只黑色漩涡，像狂风卷起地皮上的小石头，然后凝结成一个黑色的圆盘。

　　一眨眼的工夫，那光剑就到了，它实打实撞在圆盘上。那一瞬间，我清晰地看到黑色圆盘上镂空的纹路。

　　光剑与圆盘相接的地方火花迸溅，两样强大的法器缠斗，卷起漫天的黑风，我只来得及拽进身上的披帛不叫它被吹走。幸得这情形没能持续多久，光剑上的火蛇突然停止攒动，随着剑身化作点点光斑，那女刺客看了我一眼，一闪身不见了。

身前人身形一歪，跟跄了几步，我勉励扶住他，他却忽然转过身来，眼里蕴藏着深邃而汹涌的，一种我不知名的情绪。

然后，在漫无边际的九里香花田中央，对面的人一袭蓝袍，拽住我的袖子将我拉入怀中。

我扑进他怀里，桃木的香气绕在鼻尖。他搂的紧，我没能抬头看他的眼睛，但却听到那急促的喘息声从头顶上传来。"以后要记得，无论何时出门，剑都不能离身。"我偏了偏头："什么？"

"吓死我了。"他的声音很低，我想我一定笑了一笑。

"你知不知道……"

我贴着他的锁骨，想听他说我知不知道什么。

他却不再说下去。

我只觉得像是回到了从前，我还是那个叫余故的小神女，他还是我师兄，是我最亲近的人。

"你怎么会出现？"

他的喘息缓缓平复，按在我背上的手指力道极大。我动了一动，把脸埋在他的衣服上，吸了一口气，声音闷闷的："你为什么会突然出现在这里？"

"为什么……"他口里慢慢地念着。我知道他绝不是在想为什么，他一定是在想别的事情，会是什么事情呢。

"我本来可以很漂亮的躲过的，还能回击她一招，你那么急做什么，我已经不是……"

话说到一半，抱住我的手猛然松了，师兄边咳嗽边从喉咙里抖出一个字："对。"他那几声咳嗽好像从极深的肺腑中传来，他伤着了？方才他伤着了？然后突然，他抬手将我推开，那一下并不很使劲，我往后退了几步，他却差点跌倒在地上。我惶惑地看着他。他轻轻地说："对，你说的不错。你已经不是从前那个余故，我的小师妹。楚城郡主……在下之前已经说过，往后无事不要再来找我。"

　　我想我对他这样的态度已经很适应了。从前，这样的时候，我总觉得仿佛是从一座高高的楼台上跌落，从心里的某一处，那个很高很高的楼台上，一直落进深渊里去。可是现在，我在那楼台底下摆了一张软垫子，即便是再掉下来，心里也不觉得恐惧。我会掉到那张软垫上，然后拍拍屁股站起来，还能继续生活。

　　我叹息着说："我越来越不认识你了。"

　　他望着我的眼睛，有那么一瞬，我感觉那双眼睛离我很远，看起来模模糊糊。

　　我摸了摸怀中那把白绸扇："楚城今日去贵府找大人，为的却是大人前日里托给楚城的一桩事。那把扇子我已描好了，却不知当不当大人的意。"

　　按道理讲，我同他在九重天上算是平辈，我这话说得客气，即便将这番话说到玉帝他老人家跟前，我想也是合宜的。

　　"那把扇子，你扔了吧。"

　　六月暖风徐徐掠过九里香花田，几朵白瓣的小花飘起来，我抬起手，有一朵恰落在指尖。这八个字当真说得轻巧，我那日自从接了他拿扇子，供它像供我祖传的宝贝，今日里苦心寻到好景色，将它画好花样，然后一刻不停巴心巴肝地跑来找他。他这么一句话，让我觉得我之前的种种都像是笑话。

　　"是，我是该扔了它。"我抬起头来："敢问那日大人将我那簪子扔在了何处？我好将这扇子也扔在那地方，叫它俩凑个双对。"

　　他没再说话，只又咳嗽起来，声音急促。

　　我以为，他托我画扇子是在我心中点了一盏烛火灯，我百般呵护着那火苗叫它不被风吹灭，而他现今如此，便是亲手生生将那灯掏出来，扔在烂泥地里践踏，我心里只留了一堆死灰，还有无尽的黑。

　　多年之后，我想起此时，那光剑若打在我身上，怎么也是半死不活，可我是什么修为师兄又是什么修为，他用法器接了，竟还伤成那样。如果我能冷静一点，就会察觉到不对劲，就会想到，恐怕他刚上天那会儿那所谓的病，远不是伤寒那么简单。可我那时正怒火中烧，如何想得到这些，只招来一朵云头，抬腿踏上去头也不回地奔去紫佛苑。

第六卷　千杯令

第二十六章

晚上的时候，我乘着夜色登上渡梦楼。我终于明白娘亲从前为什么喜欢这个地方，她为什么经常倚在这窗边看着远处。在渡梦楼上，能看到很远很远的地方，白色的广袤的九里香花田，紫佛苑中每个小巧景致，还有天尽头成群的宫殿府邸，几朵孤云飘浮在天际。看着这样的景色，可以将思绪放得无限遥远，寂寞的人总能在这思绪里求得一个圆满。

今晚的夜色很澄寂，有隐约的虫鸣，九里香的香气散在风中。楼下的荟蔚湖泛起盈盈波光。荟蔚，是我起的名字，云雾弥漫的意思，取自诗经里"荟兮蔚兮，南山朝隮"。

阿端道："郡主，夜里恐有蚊子，奴婢去取盏灯来罢。"

过了好一会儿我才道："不必，此处黑灯瞎火的，这么着，正好。"

今天这档子事仿佛没什么，我搜刮了半晌，也没从心里搜刮出半点怨怼的意思，连我自己都觉得不太寻常。

这个情景，我倒很想取出笛子来吹上一吹，一摸怀中，才摸着那一把白绸扇。我将它取出来，哗啦一声展开，就着月光端详了几眼那一枝袅娜的红木兰花。然后我说："自从出了浣颜那件事，我没有一次不想要挽回的，多少年也好，我想我只求这么个结果，老天大概不会这样不近人情。"

"但是阿端，今天是最后一次了。"随即我抬手，将那把扇子撕得粉碎，轻轻一抛，抛进了荟蔚湖中。

在命里这一盘纠葛中，我挣扎了许久，最终将前尘往事都撕作碎片，投入脚底下这一汪盈盈碧水之中。

撕扇子的声音在安静的夜里听得刺耳，我感到身后的阿端抖了一抖，可她终究没说什么。

过了今晚，这场业障终于要了结了。

第二日风光大好，阿端帮我拢起床帐，打水洗脸，我自个儿上了水粉，描好却月眉，在额头仔仔细细将花钿贴妥帖，阿端帮我梳了个颇清丽的发型。我抚了一抚脑后坠下流苏坠的翡翠凤凰簪，甚是满意。

挑了一套碧莹莹的裙子穿上，我随着阿端去前院用膳。用膳时阿端状似无意地提了一句："听闻第五天能瑞上君的百花园最近花开似锦，九天的神仙们白日里无事都愿意去逛，不若郡主待会儿也出去透透气罢。"

我捏着一只杏仁荷花酥，答道："甚好。"

于是半刻后，我握了一柄绘了青黛山水的团扇，带着阿端奔第五天去了。

能瑞上君的百花园里花开的果然好，里面的神仙也果然不少。

才走了不大一会儿，便迎面撞见我二姨娘携着她新添不久的小孙子。他一身红艳艳的小袍子，算起来倒是第一次见我。我先福身拜了姨娘，又从手中变出块糖酥随手给了那小家伙。他倒不认生，抱着那糖酥屁颠颠跑过来。那跟在身后的婢女直个儿喊："小世子，您慢点，仔细摔跤。"

那小红袍子一下扑在我身上，嘴上粘的糖酥渣擦了我一裙子："堂姑亲近阿阑，阿阑喜欢堂姑，娘亲整天就知道教训阿阑，阿阑才不喜欢娘亲，阿阑要跟堂姑走。"

二姨娘在后面道："这小兔崽子，这小嘴真是会哄人，你看你把堂姑的漂亮裙子都给弄脏了。"

我边将他从我身上扒拉下来，边陪笑道："不碍事不碍事，回头叫婢子帮我洗下就是。小世子机灵聪敏，长大必然成得一番大事业呢。"

当是时，闻得旁边一声轻笑："罕见听郡主讲这般话，如今说来，乃是真心喜欢小世子罢。"

一转头，方见得贪狼星君一身飘飘白衣，从那边道上来，身后跟了个垂首的小童子。

只见他远远朝着二姨娘行礼道："二公主。"又走到我跟前，"郡主今日好歹从第七天上下来一回了，前些日您庆水凯旋，贪狼没能去恭贺郡主，今日得见，不如一叙？"

他这番话说的怪客套，想来是他今日没什么趣儿，兴头上来又寻我演戏。

对面的二姨娘两厢一瞄，识趣地寻个理由带着她那一干仆众绕道走了。

我同贪狼寻了个清净墙根，在一株凌霄花下站了站。我抚着团扇作和善状："星君且说罢，今儿个寻着本郡主，却是为的什么？"

他高深莫测一笑："若我说是为同郡主唠个闲话叙叙旧……"看着我面色不善，又顿住改口道："贪狼此番，确有要事同郡主知会。郡主猜猜是哪桩事？"

"今日不巧，本郡主还有些杂事要处理，便不同星君……"

他哈哈一笑，才上前一步拦住我："方才乃是小仙胡扯，如今说正事。前日里那黑纱覆面的刺客，郡主可还记得？"

我心中思量一番，这个事，倒是没同旁人说起，他如何知晓？难道是师兄……

于是忖度道："固然记得。如何？"

他勾起唇角来："那刺客……小仙回府时，正逢着她鬼鬼祟祟闪出来，若小仙未看错，应当是黎天联一位团主。"

他这话在我心中过了几遭："你如何得知？"

他笑："郡主大约不晓得，凡是黎天联的人，腰上需系一枚牌符，正面是寻常纹样，反面是团名。如此，只要看一眼那牌符，便知这是哪位团主旗下的人了。若是普通的喽啰，就是枚木牌，若是团主，便是枚玉牌。那日我瞧见那人，正看见她腰间挂了只汉白玉牌符，恰巧她衣袖飘拂间那玉牌翻了一翻，反面却正写了一个字，只是写的是个什么，小仙没看得清楚。"

若要说贪狼同穆谪，我自然更相信穆谪些。只是黎天联为何要派刺客来，着实叫人捉摸不透。不过贪狼此话也不能全信。

我装作无意瞥了一眼身边的阿端，阿端会意垂首道："郡主，广寒宫中的嫦娥仙子约您辰时未刻去同她下棋，如今时辰已到，您看……"

我作恍然大悟状："哦，确有此事。"又十分抱歉地转向贪狼星君："今日之事，谢过星君了，改日再请星君过府一叙。"

带着阿端转出百花园，一直到腾云回第七天紫佛苑，我都没再说什么。回至川流居，我顺手啜了口早上没喝完的茶水，阿端在一旁担忧道："郡主……"

"此事我自会弄明白，只是阿端，"我瞧了她一眼，"只是，我到底是天族郡主，同黎天联这些事情，终归是要违背玉帝的事，那两把剑我迟早要交给他们，好替我父母报仇。你是个忠正的小神仙，可还愿意跟着我么？"

她即刻福身道："阿端相信郡主的为人，无论郡主做什么，阿端都必是要跟随郡主的，还请郡主往后，不要再问这样的话了。"

我思忖半日，放了只信鸽给穆谪，叫他近日来天上一趟，有要事相商。

　　过两日是我生辰，过了这生辰，我便满十八周岁了。玉帝特颁下旨意来，在第九天华赋楼上为我摆生辰宴。

　　那一晚，阿端服侍我穿上最华贵的衣服，据说是凤羽所制，光是羽毛便有九种颜色。这件羽衣是当年玉帝赐给我姥姥惠芬皇天妃的，她老人家去世后传给我娘亲，我娘亲又传给我，我成了余故以后，一直在玉帝那处收着，如今取出来，仍一如刚做好的一般光鲜华丽。

　　花了半个时辰绾发梳妆，最后镜子里我的模样在昏灯下宛如一朵盛开的牡丹花。阿端放下榆木梳笑说："郡主，您今儿个穿的，竟好似第九天上璀璨的云霞。"

　　酉时三刻，我提早带着阿端赶到第九天华赋楼，由一对小仙婢领着在楼顶落座。一番寒暄，人陆陆续续便都来齐了。今晚到宴的都是我事先拟好呈交给玉帝的名单上明明白白写着的人。所有我尚留在天上的舅舅和姨娘，还有些我平素交好的，比若秋窗同她的侍卫班七儿，三品荆山侯的夫人蓼蓝之类，一共不过三十七人，如今我数着人都已到齐了，只是正对着我的那一方长桌竟还空着，上面同寻常一般搁着银盘银筷，边儿上端正摆着鱼纹银酒盏，我望着那坐席出了会儿神，想不出是为谁准备。

　　玉帝携天后娘娘按着时辰驾到了华赋楼，颇具威仪地从伏倒在地的一干人等中间穿过，落座在最上头的紫金宝座。玉帝摩挲着金雕龙扶手同我道："朕从前便说楚城你每日穿得太素了，今日这一番打扮，才像是我天族的郡主。"

　　玉帝天后既到，便即刻开宴。众人寒暄应酬自不必说，一杯酒刚下肚，玉帝就朝旁边随侍的仙官道："朕备的歌舞，叫她们上来罢。"

　　我笑道："是什么样的歌舞，君上刚一落座便叫演？"

　　"今日既然是你的生辰，寻常歌舞你也看不上，这出自然是三界难寻的。"

我用手指扣着桌面，想看看这三界难寻的一场舞究竟如何。

未几，一个舞女脸上覆着红面纱，拖着长长的大红水袖上来，朝着四面都见了礼，边上抱着琵琶的歌女便开始弹琴。

这舞果然不错，水袖翻飞间好似一朵风中飘飞的盛开桃花。

我还没扣下去的食指顿在了半空，琵琶如雨声纷纷落在屋檐上，让我想起今年入春后下的第一场雨。皎月盈盈风依依，萤火婉娈芳华䥀。台上的舞姬挥舞水袖转过三圈，竟一个闪身不见了，琵琶声随之戛然而止，空余一块薄薄的红面纱翩翩飘飞落在地上。

舞姬现身朝着端坐在宝座上的玉帝行了礼，不知是谁领头叫好，又听见玉帝在上头赞扬封赏。

待赏完了，玉帝才悠悠问："楚城，你怎的老盯着那地上的面纱看？"

我却不能说是想起了在玄青门中时那个有微风的夜，想起我穿着白衣合着师兄吹的曲子跳的那一支随性舞出来的不成形的舞。

那一夜，师兄的每句话每一个字我都清楚地记得。他说那是他看过的最好看的一支舞。我却知道，当时在玄青门中，随便寻个姑娘来，十成有九成都能跳得比我好看，可他如今还能记得那番话吗？

我站起身来："禀君上，楚城只是想起，小时候在家宴上，娘亲曾跳过一支舞，穿着有长长水袖的大红舞服。那时楚城年纪虽小，娘亲的动作，到现在却仍能记得清楚。只是那日之后，便再无福看娘亲跳舞了。"

玉帝默了一默，在他这一默里，没有人敢再说话。

"你娘亲当年，是朕几个皇子公主中生得最标致的，你的容貌承你娘亲，小时候便长得俏丽可爱，如今这般大了，也成了这一辈的几个孩子里最出众的，倒让朕想起你娘亲当年……"

"……却都是过去的事了。"

那舞姬自告退下去了，上头的玉帝缓缓道："段仙君，朕见你站在那处好些时了，怎的还不上来？"

话毕停了一会儿，只见一人自木阶转角处从容地走上来，他穿着青黛色的直裾，如黑缎一般的发散在肩上。他走到我眼前，无意识地，至少是装作无意识地瞥了我一眼，我不能确定我是不是为那冷淡眼眸里一星半点的亮色颤抖了一下。他声音平缓："回君上，臣下来时，舞姬正献舞，怕扰了君上雅兴，故而没立刻上来。"

他顿了一顿，又说："今日臣下得报，说前些日您贬下凡界历十世命劫的箴广真君的第一世已薨了，早上便赶往幽冥府为他操办第二世的投胎事宜，方才才赶回天上，是以来迟了。还请君上恕罪。"

"今日是楚城的生辰，你请朕宽恕何用？还看楚城如何了。"

于是他转过身来，目光一点一点移到我脸上，那神情同看着摆在桌上冷冰冰的杯盘酒盏无异。

我看了看他，笑笑站起身来："楚城听闻大人不爱应酬，除去料理公事，实是难得出府，任谁也请不动。今日大人能临生辰宴，乃是楚城占了大便宜，又岂敢怪罪大人呢？"

"那便多谢郡主了。"

师兄松松将抱起的拳往前送了送，缓缓转身走向对面的长桌。

宴上歌舞酒茶自不提，只是玉帝端坐在上，并没人敢像往常一般随意说话，言行见颇刻意，我看着都觉得累得要命。

酒过三巡之后，师兄手中掂着银酒盏，我不知他是不是有些醉了，可料想以他的酒量，喝了这么些，必是醉得差不多了。

玉帝看着我道："楚城，在天上这些日子你还住得惯罢。"

我笑："长辈们照顾，仙友友善可亲，尚有君上护佑，自然住得很好。"

他将眉毛弯了一弯："听公主们说，你成日在府中闷着，不常到各天去走动。紫佛苑那个地方，也太冷清了些，你自己住未免孤单。"

顿了一顿，他问："你…，可有意中人没有？"

我自然不能回答有了，只得答："还未曾有。"却不由自主往对桌瞟了一眼，师兄正盯着杯中酒，神色漠然，不知在想些什么。

回头却看见玉帝同从师兄那处收回视线来望向我："你也该嫁了，朕最近为你物色了一位郎君，同你很是般配。"

二姨娘问："是哪位神君，能配得上郡主的风姿？"玉帝继续同我讲："你看，段仙君如何啊？"

突然有银器掉落的叮当声，偏头一看，秋窗好端端拿在手里的银筷不知所踪，手还举在半空。

不，我还不想嫁，我还不能嫁。别人不行，这个人，玉帝说的这个人更不行。

有谁应了一句道："君上果真是君上，这三界之中，还有谁能比段仙君风姿卓然？"

又是谁赞同道："果然如此，仙君同郡主实是天造地设的一对。这样的人，是再也没有第二个了。"

可我已再听不见这些声音了。它们统统离我远去。半轮清明的下玄月，月光采走白昙花的一段幽香，然后在小楼的翘角上刻下盘龙的轮廓。

我看着他的眼睛，他面无表情地凝视着我，眼里似乎藏着一点疑惑。我的目光抚摸过他脸上的每一寸光滑皮肤，眼角细微的皱褶。他的嘴角动了动，吐出两个字来。虽然他没有说出声音，但我知道他说的是什么。

他说，阿故。我知道，我知道一定是这两个字。

阿故，阿故。

师父说我名字里的故字是往事已故的意思。那如今呢？如今我是不是也可以，把那些不愉快的往事都当作故去的一件寻常小事，如同今年故去的春天，还有春天里一同故去的那枝白杏花？

可这事由不得我。我本来不在意这些往事，现在在意，是因为师兄在意，若他可以轻易地放下它们，我就能立刻同他言归于好。

可又怎么能呢？他不会是那样的人，他不会为求一个心安而蒙蔽自己，因为他晓得那不是真的安心。他不会，对，他不会。但那天竹林中的事究竟如何，又有谁能见证呢？所以才会走到今天这步田地。我闭了闭眼睛，暂时避开头顶炫目的灯火，谁都没有办法，现实永远是如此，就像是过世的亲人摆在家中的灵位，你可以装作看不见，但它就在那儿，即便你故意背过身去不看它，心里也知道，它就在你的身后，吞吐着灰色的烟雾，时时提醒着你那让人感伤的旧事。

想起彼时在玄青门中大婚，满眼红绿吉祥，素日清冷的华山自山脚到云中都披了喜气，最终虽没能完婚，心中的情谊却能掂量地分明，是沉甸甸满当当的。再看如今，只有人将此事提说了一句，听着的人心里却没有半点暖和气儿，只如掉进了个冰窟窿，浑身上下拔凉拔凉的。

这果真应了凡界那句词，叫作"物是人非事事休，欲语泪先流"。

我捻了捻袍袖，起身郑重地绕过长桌，恭谨地行大礼跪到玉帝跟前。见我如此，身后比我位阶低的神仙们登时起身站在桌后，这是天上的礼数，因我正跪着，他们受不住这样的礼，是以只得站着。

我垂头望着楠木地板，尽量将声音放得沉着："楚城必当谨记君上圣恩，只是楚城小小年纪，无心念此，不如过些年数，才是正好。"

"你及笄已三年，却如何还小？段仙君仪表堂堂，风骨傲然，同你结缘，难道不好？"

只此时，我突然感到身体里像涌上一股什么暗流似的，冲得头脑晕晕的，却只得死撑着回道："非是不好，只是……这……"可嘴唇竟也开始哆嗦起来，交握的双手浸出汗渍。

上面的玉帝问道："段仙君，你看如何？"

　　我偏头瞧了他一眼，他的表情似乎有一瞬的怔忪。可也只那么一瞬罢了。我不太清楚那薄凉的嘴角是不是向上勾了勾，只听见他回了一句话："能娶得郡主，实乃段某殊荣。"

　　荣字刚落，我眼前一黑，头直直朝地上撞去。

第二十七章

阿端说，我晕在华赋楼以后宴就散了，随后秋窗来了紫佛苑。我从前就知晓她懂些医术，却没料到她懂成这样，一探脉便知我是中了些许讳蛇草的毒，又说我中的很少，不打紧，只发出来便好了，不必用药。

阿端同她虽合计不清这毒是如何中的，可毕竟不是寻常里吃饭走路便能中的，才推说是上次伤寒未痊愈，将玉帝叫来的太医令打发走了。

可自此我就浑浑噩噩睡了有三天，这事不能抖给外头知道，阿端顾自着急，照她的话，若我第四天头上再不醒，她便要去清央殿找师兄了。幸好我十分有准头的在第四天早上醒了来。

在这睡得昏昏沉沉的三天里，我总反复地做着一个梦。只是这个梦说来荒诞，竟是一个冷得冻人骨头的寒冬，天上飘的雪花果真如鹅毛般大。我身在一片竹林里头，不断踏雪向前走着，似在找一个人，却又不见人影，走了很久，很远的地方站着一个玄色衣裳的人，那人打着一把二十八骨的素色油纸伞，伞沿压到眉角。他隐在几棵竹子中间，伞上肩上发上都积了雪。虽然隔得远，我却能看清他的脸。每到这时候，我就跟跄着扑过去冲他喊："师兄，你不是说惜魂殿的梅花开了吗？你回去的时候，一定带我去看看，你带我去看看那花开得好不好……"可就好像他看不见我，我只是个影子一般，他只是笑着，真心实意地笑着，同从前一样的笑着。任凭我如何喊话，如何拽他的衣袖，他只站在那雪中，如同一座汉白玉的石像。

醒来以后，我多半已记不得梦中细节究竟如何了，只晓得是做了个让人心伤的梦。房中光线暗，我眼睛模糊看床边坐了个人，一袭的黑衣，认定是梦中人。我便登时立起身子，按住他的肩膀，狠命的前后摇着，只觉着眼泪扑簌簌往下掉。

"你为什么不说话，你还认得我吗，我是余故，我是你师妹啊……"说到此处时，手下的那一方肩膀颤了三颤。

阿端同我讲这段的时候，眼里有种躲闪的神情。我抖了一抖，叹着气问："你还是去把他找来了？"

"那不是……那是江桦仙子啊，那时仙子刚好在旁边守了您一会儿，您醒来时也不知怎的，将她身上那一件蓝外褂都扯得皱巴巴的。"

我惊诧道："她穿的竟不是黑的？"

"仙子一身蓝衣蓝裙，如何是黑的？"

只是闹完这一出，我并没有清醒过来，又睡了个把时辰，再醒时秋窗走了，我也不再胡言乱语。只是心中仍然烙着那个身着玄衣打着素伞的人影。

傍晚时候，玉帝派人来传口信，道我若实在不愿嫁给段仙君，不嫁也罢，犯不着急出一身病来。

从前刚出这些事情时，阿端劝我看开些，莫要将这些放在心上，不如在天庭上逍遥安稳做我的郡主来得痛快，每日的乐趣也实诚些。可后来又发生了诸多变故，她大约已明了再想图清闲自在是不大可能了，最近便总劝我养个淡然性子，平日里多休息休息，凡事慢慢来，日子也总是要过下去。

我听着深以为然，意欲悠闲几日，岂料半夜里三更天，穆谛便来了。当是时我平躺在床，不知是怎么回事，许是连睡了三天，觉补得很足，今晚睡得浅些。旁侧的小轩窗外两棵榆树将叶子抖了抖，我便给听见了，睁眼朝外头瞄了一眼，瞧见一只麻雀鬼鬼祟祟地在窗口盘飞了好些圈。我定睛看了两眼，哦，原是他。

我自岿然不动，将眼皮盖上，开了第三眼，瞅准了窗外动静。

不过半刻，窗外那麻雀不见了，再一瞧，床前飘飘然立着一个人，黑发黑衣，打扮得甚干练。

我等着他将我喊起来。

哪知他悠然拉了把木凳在我床边坐了，隔着青纱帐，语声平缓：

"郡主此番寻我，所为何事？"

我叹了口气，掀开锦被倚着枕头坐起来："何事？穆谛，我真搞不懂你们黎天联到底在搞什么，几日前那个刺客，却莫不是你们联主派来同我切磋长进的吧。"

他沉默了一会儿："这件事…，是我对不住你。"

我倒挺意外，竟轻笑了一声，想了想又不由自主笑了出来，抬手撩开纱帐，将它挂在一旁："怎的？"

他抚住贴在脸上的银面具："那女人叫红洺，是煞天团团主，她……"

我紧跟问："她如何？"

他停了一会儿："顾翎安，你可知晓联主为何对那两把剑有如此强的执念？"

"为何？还能为何？不过是为了称霸三界的那个至尊之位。"

"不然。"他正色看我，黑暗中他的眼里亮起一点星火："魔族虽素与鬼族关系不冷不热，黎天联却与之势不两立，甚至于联中一个鬼族人都没有。乃是因为老鬼君婳因欠着黎天联十多条人命债。"

我冷笑道："你却不是在诓我吧。"

他垂眼不置可否，只续道："舞阑绝从前原也只是个普通的魔族人，他母亲是魔君眼前一个顶红的舞娘。后来有那么一次，魔君邀姻因进宫商议政事，宴上舞阑绝她娘献舞，被姻因看中掳了去，她夫君携着亲戚十来口找去鬼族，亦被扣在那处。"

"哦？"

"他娘一看此情此景，饮了鸩酒自杀了，那些个亲戚们便大闹宫中，惹恼了姻因，将那十几口人也杀了。如今你可懂了？联主他要得到那两把神剑，却不是为了能摆布天下而已，他是要复仇啊。"

有那么一会儿的缄默，屋中静的能听见风从窗缝中溜进来的声音。

我轻轻问："那倒奇怪了，黎天联同鬼族斗，不论是哪方胜了，天界不都捡个现成便宜？我姥爷……玉帝他便将那剑借他一借，又怎样？"

穆谪转过脸来，看着我低笑了一声："若事事都能同郡主想的这样简单，三界早也该太平了，"他的面具上闪过一道银光，"玉帝怕舞阑绝将剑借走，待要还时就麻烦了，说不准到时他不想还了呢，想干脆称个三界君主呢？亦或万一黎天联败了，剑落在了鬼族手里呢？不管哪一种，最后的结局都是三界大乱，这哪里是坐享其成，明明是自找麻烦。"

我将他同我说的消化了一下，提起一口气，问："那么穆谪，你得给我解释清楚，那个刺客是怎么回事。"

"她……她对、她对联主有情，因这上古的神剑，拿到手中不好掌控，她怕联主为这个涉险，丢了性命。"

我挨着床沿凑过去，看着他说："果真如此？"

"果真如此。"他笃定地看着我，银打的面具上泛起冷冷的光辉。

我叹了口气重新倚回枕头上："穆谪，你是不是觉得，我虽然岁数长了，但同从前的余故，其实并没有多大的分别？"

"郡主此话怎讲？"

我愣了愣，望着床脚安息香放出的白雾气层层漫上床帐顶，窗外透进来的冷光给墙边的那株四季桂盆景笼上朦胧的阴影。要说变了呢，也真就是变了，要说没变呢，却也有些道理。我笑笑刚欲说没什么，叫他只当是听错了，他却径自望着旁侧那扇绘着青山云海的八开面屏风，幽然道："余故是谁我却不认得，在我这，只认得顾翎安而已。"

倒也是。于黎天联而言，余故不过是横生出的一个枝节，只有顾翎安才对他们有意义，我始终都只是顾翎安。余故怎样，又有谁会在意呢。

穆谪起身将纱帐放下，看到我的脸时微微顿了顿，道："你这讳蛇草的毒是红洺剑上带的，并不要紧，好生休息罢。"

穆谪走后，我思前想后，起来点了灯将阿端叫来："同我梳妆罢，去天枢宫。"

"这么晚了，贪狼君睡下了罢。"

我看着窗外道："不能。今晚玉帝在扶云水廊赐宴南北斗星君，如今刚过三更，约莫还没散呢。"

我穿上明黄的裙，罩上海棠红的大袖衫，领着阿端出院门直奔天枢宫。

云雾缭绕的天枢宫跟前，一个小仙官将我们拦了一拦："您是……"

我捋了捋袖口："紫佛苑，楚城郡主。"

他立刻弯腰行了个大礼，起来时面露难色："星君在宴上还未归来，时辰也晚了，您看……"

阿端上前一步："郡主自然知道时辰晚了，此时前来必有要事，还请小兄弟给郡主泡壶茶，好生等等星君罢。"

那小仙官不敢造次，领路进了宫，在一处堂前将我让进去，又招呼点灯上点心。我道:"不过等个人,点心就免了吧,灯点上一盏,搁在旁边就行。"他认真地点上一盏莲花小灯,恭谨退到堂外候着去了。

我百无聊赖地坐了约莫有一炷香时间,起身在堂中转了几圈。堂后是一扇四开面的隔扇门,红檀木雕花的,没有漆金漆,十分的雅致。我将它推开,乘着夜色望了望堂外的景色。堂外是小花园,园中布了一条活水渠,上面架着画桥,西南角是望云楼。虽是夜里,仍能看出园中仙气缭绕,景致层层叠叠,远近各有风情。贪狼星君果然是贪狼星君,在九天之上,怕是连玉帝后宫里的园子也没此处风雅别致。贪狼君实不愧为天界有名的潇洒公子。

提了莲花小灯,被徐徐夜风吹着,听着虫鸣幽幽,云上偶有仙鹤清啸着飞过,星子忽明忽暗,这便是我所怀念的夏夜。那时候,吃着冰凉的豆沙糕,披一件轻纱褙子,可以放心地随意地笑,自在的同师父和师兄谈天说地,听风穿过竹林叮叮咚咚的声音,回房睡觉时总是依依不舍的。夏天那样热啊,让人觉得好像世上根本不会有冬天存在似的。

我偏头望了望身上织锦缎的华服,肩上依稀可见的艳丽火凤,还有额角垂下的红玉玲珑流苏坠,忽然觉得这些都与这夏夜格格不入。

"郡主有心事?"

这声音空灵蓦然地从背后响起,我惊了一惊,回转过头,贪狼君一身凄寒的青衣,飘然倚在我身后一只红檀木高脚架上。虽是刚从那浮华气躁的酒宴上下来,身上仍然仙气澄明,气质悠然。

我笑了一声,道:"星君当真好似鬼魅。"将莲花小灯递给他,回身落座在堂中。他生了个小风炉煮茶,我望着他那一副清亮的广袖,道:"今日夜里前来,扰了星君清眠……"想起如此说下去,依他之性必定要说玩笑话来同我扯皮,面对这种人只能简洁明了地切入正题，才能免掉同他周旋斗嘴的过程。

是以我改口道："日前星君同我说那刺客是黎天联的人，我已核实，确然不假，还要多谢星君，只是此事我未同旁人提过，你如何得知那刺客便是来行刺我的，而不是去别的府邸呢？"

他将浑身蒸腾着热气的茶壶端上桌来，神色微妙："难道不是郡主您自个儿说的么？"

我愣了。

他斟好茶水给我递过一盏，那表情笑也不是，不笑也不是，温声说："下界新贡上来的白牡丹，郡主尝尝。"

我捂住茶盏喃喃嘀咕："我何时说漏了嘴不成……"

他终于忍不住笑出来一声："起先小仙见到那刺客时，只是猜测，依小仙之见，当时那个当口，能招来黎天联刺客的人这九天上倒有不少。那日在能瑞上君的百花园中，小仙不过试探两句，郡主答得倒着实爽快。"

我几乎磨牙："贪狼你好大的胆子嘛。"

他笑着赔罪："不敢当不敢当。"

一盏茶下肚，小风悠悠穿堂而过。我望了望门外园中那座小画桥，抚着脑后那只山茶簪，正色道："今日前来，还有一事相求星君。还烦请你动用动用各界的关系，帮我查一查两个人。"

他抬眼望我，那一双眼好似秋水桃花，笑时自有了波纹："哦？"

我向堂口望了一眼，贪狼会意道："郡主不必担心，方才我进来时，已叫卫韩下去了，此时这堂外方圆五里绝无一人。"

我从贴身锦囊中取出两张字条，是事先用小楷写好的。我递与他，轻声说："诡天团团主，穆谪。煞天团团主，红洺。"

他接过字条来，看了一眼："郡主将这两个人放在一处，可有什么用意？"

我凝视着手中的茶盏："没有用意。"

他的嘴角扬起来，手一拂，将字条烧作了两团灰，抛进小风炉中："好。"

我央贪狼帮我做此事，一是此人各个门路的眼线都有一些，胜算比较大，二是我放心他，因他这个人绝不会多管闲事。

今年的立秋来得晚些，七月中天上有了小风，到了傍晚寒蝉鸣声悠悠。紫佛苑跟前的九里香依旧开得烂漫，因了这个，整个院子都长久地溢满香气。阿端总嘟囔着川流居中太过冷清，终于在那天挖了院中一株火红的凤仙花，栽进盆中送到我屋里来。

玉帝再也没提那要同我找个人做伴的事，一切似乎一如往日。

那一日我正在房中看书，阿端进来道："郡主，江桦仙子递来帖子，邀您去白桦林喝茶。"

我一听江桦仙子四个字头就犯晕，自上次我将她错当了师兄以后，再见面也就是远远打个照面，我自不敢上前同她搭话。她一向识大体懂规矩，可归根结底她对师兄存着那个心思，又听着了我那日着疯魔同她说的那句话……乖乖，她找我去作甚？却不是决斗吧。

阿端试探着问："您看……去还是不去？"

我合上书卷叹了口气："去。早晚要见，反正我闲着也闷得慌，就去又如何？她还能一刀将我劈了？"

梳妆后我挑了一把蝶戏紫藤的团扇，出院门去第三天，临走时顺便手指一点给凤仙花浇了水。

到白桦林跟前的时候，就看见班七儿站在林子里头远远同我招手。我走过去，她同我行礼道："今日仙子摆的茶桌在离月满楼三里的一处水潭，郡主您腾个祥云罢，如此走下去，怕要走到黑天了。"

我顺着她的话招来祥云，贴着树尖尖飞过大片的水潭子，携着满袖的风落在一方顶大的水潭跟前。幽幽寒潭映着参天的白桦树，反出一种静谧的淡蓝，叫人甚是赏心悦目。

潭上雾气缥缈，对岸一只长桌，桌上一张古琴，琴后坐了个美人。班七儿引我同阿端绕潭走向她，她端了一碗碧莹莹的茶水叫我道："阿故，坐罢。"

这一声叫得我心肝肝一颤。

她叫我来喝茶，便果真只是喝茶，因我两个素来无话，出了我病中胡闹那档子事之后更是无话，只得边啜着茶边说些无关紧要的场面话。

我不晓得她请我来到底目的何在，但绝不是单让我来品一品这用秋初露水泡的碧螺春。

于是我借一口热茶定了定神，同她提了个醒道："秋窗姊姊，今日请我前来，却有什么事情？"

她看着我笑了笑，刚欲开口说什么，面上神情一僵。我顺着她望去的方向转头看向身后，只见浓淡飘忽的雾霭中，一个身着暗紫色长袍的翩翩身影正从几棵白桦树中向我们走来，那欣长的身形和精纯的仙气，是我再熟悉不过的。

我猛地放下茶碗，咳了咳，不乏慌张地看了眼身边的阿端。

第二十八章

阿端脸上并没有什么表情，我望着那紫衣的人影，想必他是来找秋窗的，待他见到我也在此处又会怎样呢？

我必须得找个理由遁了。可又怎么说？情急之下脑中竟一片空白。意识中浮现的场景竟是我挠挠头冲那人说："哎……哎呀，今儿个左长令大人在这儿散步呀，那你既然在这散步，我就先走一步了，人多了气闷……气闷……"

我眼睁睁地看着他踱步过来，带着晨时林间的清风，皑皑青云顿足在他脚下，那一身紫衣飘飘摇摇，好似踏着昆仑山万年不化的积雪缓缓行来的天地圣神。

秋窗起身同师兄打招呼，旁边的班七儿同阿端各自行礼，我僵硬的挨在那一方石凳上，看着那尊圣神法相庄严地向我走过来，站到我面前，我不自然地挤出一句话："啊……原来是左长令大人啊。大人……也来……"话未说完，胳膊就给他拽了起来。

"鄙人寻郡主有要事相商，此处不太方便。"

我被他拽着往前疾行了几步，阿端连忙跟上来，后面秋窗道："大人既然来了，权且喝杯茶再走，果真有要事，便……"忽然停住了。

师兄回头问道："果真有要事便怎么？"

她垂头没答话，师兄方欲抬腿再走，秋窗忽然自身后喊道："大人……大人是故意如此的吧，大人已站在那处许久了，若想知道什么，为何不当面问？您说找郡主有要事，难道我却不能有事找郡主吗？难道秋窗哪里做错了吗？"

师兄在原地顿了一顿，一个字也没说，拉着我绕过水潭，他的眼睛在晨曦之中像一块剔透的琥珀石。

走出好远，我回头看见，弥漫缥缈的雾气后，参天的白桦树间，秋窗的青衣裳变作了水墨画上一块烟云，堪堪定在那里。

师兄将我带回第七天，我悄悄问道："有何要事？不如回紫佛苑去说罢。"

好一会儿，他才悠悠道："你不是说，要让我替你回华山看看惜魂殿的梅花开得好不好？"

我一时愣怔，他道："华山那个地方，你回不去，你当我便能回得去吗？"

我想起那个梦，梦里的我在漫天大雪中哭喊着，拼了命摇晃着师兄的袖子，他却怎么也不答话。

"你怎么……你怎么会知道这些？"我仰头看他的脸。

他的脸同往常有些不同。因为我许久不曾看见他笑，如今盯着那一副面皮看了好长时间，才醒悟他原来正笑着。

"你同我成亲，我会在紫佛苑给你种梅花，你想要什么颜色的梅花？"

我看着他的眼睛，觉得这个人十分陌生，又十分熟悉。这是师兄吧，这不是高高在上，统辖着凡界芸芸众生的左长令大人，这只是我的师兄。

"同我成亲，阿故。"

胸臆中似乎似乎存在着一个人，他拨开层层沉重的灰色雾霭，向我走过来。他这样对我说："这就是你这些年一直渴望来到的那一天，你已经找到那个人了，抓住他，不要放他走。"他迫使我说出答应的话。

但是我犹豫了好久。那天晚上在渡梦楼，我明明已经决定了，只当他是天界万千神仙中的一个，我平日遇见同僚们怎样，遇见他便依旧怎样。虽然下了这决心，可怎么就是没有长进呢？

想毕我将他的手一甩，往后退了一步："你不是师兄，谁也不要妄想代替师兄。"

我端出郡主的架子来："左长令大人，你我平素没有什么交情。我一向记性不好，不过有一件事我倒是记得，大人刚上天来时，似乎同我有过过节。你叫我无事不要再去招惹你。几个月来我一直秉着这个原则没去讨不开心，怎么，大人您忘了不成？"

第七天的九里香花田边上有个湖，叫作南杏小塘，虽叫的这么个名儿，却着实不小。湖上建了连串的长回廊，可遥遥望见远处的恢宏殿宇。我两个此时正站在这南杏塘边上。

他幽幽看了一会儿湖上回廊里悬的九层玲珑翠珠帘，我却也不确定他是不是在看那九层帘子，他的目光邈远，倒像穿过它们望着某处不存在的远方。

目光回来时已将眉眼间的黯淡深藏，他勾起笑容来："你说的不错。"

"诚然，诚然我不会是你的师兄。不过如今，玉帝提说我同你的亲事，这乃是桩两全其美的好事。郡主请想，您一人在天上，表面亲戚众多，实则无依无靠，如若哪天出点什么事情，却没有一个能将您护得周全，而要是嫁给我，便保管得以过得无忧。而我，虽为一品左长令，却终究不过一个臣子罢了，但如是娶了你，平添了一个郡马名分，在九天上的根基便也稳得多了，还可享富贵荣华。如此一来，我们二人都求仁得仁。"

他是在拿话气我。

我晓得他这个人对什么富贵荣华并没有多大兴趣，他如此说，便是让我悟出我在这一桩婚事里，只是他换取这不重要的荣华富贵的筹码，他将我顾翎安毕生的大事当作一场交易。

只是出奇的，我倒没有多生气，反而转回身笑了起来，信步绕过塘岸踏上那长长的水上回廊。

我掀开第一层玲珑翠珠帘，笑了起来："左长令大人，你这个条件给的不错，不过还没说动我。你看，从现在开始，直到我们走到这回廊的尽头，你若是能说得动我，我便向玉帝请旨，赐你我为夫妻，你看如何？"

他眼里好像有火星子闪了一闪，半晌，笑道："好。"

第二十九章

　　那一日第九天上云雾飘渺，我沿着凌霄殿前九百级白玉石阶缓步而下，低头看着行每一步时从裙子里露出来的海棠花绣鞋鞋面。

　　流云给烫上了金边，分明是七月半天气，周身却像浸在冰水里一般绕着丝丝寒气。我觉得身子好像不是自己的了，单薄如一张在风中乱颤的窗户纸。阿端在后面道："郡主冷吗？为何似在发抖？"

　　我抬手抚了抚额角，长吁了一口气："无事。"心里却在想着别的，方才我提婚事的时候，玉帝脸上虽闪过一丝惊诧，倒没说什么便痛快答允了。

　　"郡主……您说昨日左长令大人以穿过九珠帘回廊之时劝您同他成亲。他是如何说的，您竟答应了他？"

　　昨日里在那烟云缭绕的水廊上，我抚着团扇向前走，能感到脑后的发带飘飘摇摇。我是真想听听，如若他果真说动了我，我便答应他。

　　"郡主可知，道为何物？"

　　我不假思索："道生万物，万物即道。"只是我虽为一个神仙，却从不晓得什么叫作道生万物，万物如何便叫作道，只是书上这么写，我便这么背。

　　师兄的声音清而深沉："道乃本源。万物之存是为道，万物之变亦为道。"

我掀开第二层玲珑翠珠帘，看见他的眼睛如一块玉石，盈盈倒映出潋滟水光。

"月因有其道，故阴晴圆缺自有定期。四季因有其道，故春夏秋冬周而复始。人因有其道，故因缘际会，生老病死。道便是万物存在与消亡的根本规律。"

我听着这些玄乎的东西，思索着他同我说这些有什么功用。远处一只白鹤翩翩然落在回廊尽头翘起的朱檐上。

第三层珠帘叮叮咚咚被撩开。

师兄说："尚道者无为无不为。无为即是无不为。"

"如何解？"

"无为者，非是无所事事，而是顺道而为。此道乃人之道也，然道乃虚无缥缈之物，如何掌控人的命数？"

"必有化像。"

他笑起来，桃木香气悠悠，仿若置身于三月桃花林。

"是了。人心便是道的化像。"

我将藤萝团扇举起，挡一挡刺目的日光，抬手撩起第四层玲珑珠帘。

他转过脸来，盯着我手上那只青翡翠镯子，眼波动了一动："道借人手而为，人为便是道为。"他顿了一顿，神情严肃起来："是以无为者顺道而为，便是顺心而为，其意志就是道之意志。道既是万物本源，自然无不为，无为者按照道的意志而为，固然无不为也。"

他给了我半晌来消化这一则玄妙道理。在我们走向第六层帘子的时候，他看向我，眼里蕴藏了一片无名海："你可能望见你心中的道？"

无名海上下了一场薄雨，温柔绵长。

我几乎打了个哆嗦。

道即是万物本源，人心乃是道的化像。我心中的道，便该是剔除万难，抛却所有横生的枝节和缠绕横亘在外的不得已后，唯剩的那一件物什。它是我最原本的愿望。

我在师兄的眼睛里看到了我心中的道。

我停在第六层玲珑帘跟前，抬手扶住明黄漆柱："你如何知道我心中所想？你如何晓得我心中的道？"

他看着我，眼神平淡，道："郡主若果真无此意，断不会许我这九珠帘之时。"

第七天清音阵阵，珠帘琳琅，水雾袅袅，裙裾飘摇。

我偏了偏头，仔细辨认他的神色，却还是看不出什么，他那一张脸上的表情无喜无悲，寡淡平常。我道："那可未必，或许我只是觉得无趣，说到底此事全权掌握在我手上，只要我硬了脖子无论如何不点头，你也没辙。"

他默了一会儿，道："郡主不是那般混沌之人。"

最终没等我们走到第九层珠帘跟前，我便败了。那日的事，以后每每忆起，心中都有种不可名状的滋味，这滋味，竟与许久之前那个雪夜，我穿着大红婚服，望着师兄渐行渐远在华山那一片茫茫雪坡之中时的心思有些许相像。

玉帝将婚事定在八月十五。不几日，贪狼星君携了一份礼驾临了紫佛苑。我将茶席设在荟蔚湖水榭上，放下四围帘幕，看了眼阿端。

阿端恭顺道："星君同郡主叙话，有事传唤阿端便是。"便退去了。

今日贪狼君着了一件烟青色衫子，我递与他一杯茶。他拢住广袖，喝一口道："小仙尝闻郡主善吹笛，特叫能工巧匠以火麒麟骨中髓打了一支笛送与郡主，不知当不当郡主的意？"

我未置可否，他从手中变化出一只锦缎盒，拨开盘扣，从中取出一只晶莹剔透的笛子，仔细看下，白底上布有青纹，似勾勒出云雾缭绕的群山模样。他道："将火麒麟骨髓从其骨中捣出，用天火凝炼九日，成青纹白石，色泽似玉，价值却当得上一座玉山，最是珍奇，举世难寻。"顿一顿又笑道："小仙平日里爱收集珍奇玩意儿，见这一块石上自成昆仑仙山纹样，料想郡主当会喜欢。"

我接过那支笛，仔细端详，上面纹样果真像是昆仑仙山，心想这支笛确然比我从前那支旧的值钱许多，天上地下也就这么一支，可我却仍然喜欢原来的。就像自从我到了九重天上，有多少从前见都没见过的钗环首饰，却仍最喜欢师兄送我的那套素银的一样。

"确是支好笛子。"我道。

贪狼君端起茶碗来，眼中携着笑意："恭贺郡主，结得良缘。"

我淡淡应承了他道的这句喜，提壶续水，将脸隐在蒸腾的白雾中。放下壶时眼里看着面前那只梅花状的细瓷茶碗，道："贪狼君此番来，可带来什么消息没有？"

他用手指闲闲敲着木桌，挑眉轻笑一声："郡主说的不错，确然有了。"

依贪狼君金口所言，穆谪原是地界之上，九天之下一个闲散游仙，与苏少师出同门，不知是哪两族的混血，没有原身，也没有爹娘，很小时被弃在西黄山一处野塘子边上，被他师父芝寿老君发现，一只包袱皮裹回了家中，如今已五千多岁。

在三千四百岁上，穆谪遇到一个杜若小仙。因他在过去的那三千多年里过的都是清修生活，好不容易下山一次，对这个杜若小仙动了尘心了。她家里贫苦，他那时只想着，将来学得一身本事，带着她远走天涯，各处游历，四海为家，保她一生平安。

可就像没有人生下来就是上神一般，世上也从来没有如此简单就可以实现的愿望。后来有那么一天，他陪她去西山采一味草药，他不过回头将先前绊住他们的一枝树枝砍断，回身却看见不知哪里冒出来的一头黑熊正朝她扑去，他猛冲过去险险护住她，右眼上却

风起竹林

被熊爪子抓了一下，眼睛好容易被他师父医好，脸上可怖的伤疤却始终没能去掉。他师父打了一只银箔面具给他，他虽不在意这些，却有些害怕了，从此像宝贝一样时时刻刻护着她。

这个杜若仙同魔界一个叫红洺的女子有些情分，那时候她已是魔君第七个儿子最心腹的护卫和刺客。她因此结识了他，为他冷峻的面容和从容的气质所倾倒，只是他一直未尝注意她，在他眼里，除了那个眼神清澈，声音甜美，衣上发间带着杜若清香的白衣小姑娘以外，这天底下的女子，都是一个模样。

一个略有阴风的晚上，红洺生辰，请杜若仙子去她住处共进晚膳，他亦去了。在宴上，杜若仙稍喝了几杯薄酒，有些醉了，红洺将她安置在她房中榻上歇息。他不便跟去，便留在前院宴桌旁。后来不知怎的，待他发觉后院的天色有些不对劲时，红洺的卧房已给密不透风地围在了三层地火之中。红洺身为她主人最得意的刺客，也不免常常遭刺，可她次次都能躲过，偏生这一次，她将杜若留在她房中不过片刻，竟赶上刺客来她院中行刺。

穆谪冲进火海中七次，被红洺拉出来七次，差点就也死在了里面，最后却只捡到一片白色的，边缘被烧焦的，依稀带有杜若香的衣角。

他回去后大病了一场，醒后看着手里那片已经被揉烂的白衣角，在房中呆坐了好些日，不肯喝一口水，五日之后又晕了过去。

他在师父琴音中醒来，这一次倒没有再颓废了，他突然悟了。仙术学得再多也救不了老天要带走的人，该发生的总会发生。他向师父请教如何能避免这样的事，他师父道："摒弃你的七情六欲，看淡所有的身外之物，不要再有想要保护的人，不要再有不想失去的东西。"

他觉得这太难，他师父说："我教你仙术，但从没说会了仙术就能保住想要保住的人。你若不想做这样的人，就将仙道弃了，去过你想过的生活罢。以后悟得了什么，或者有过不了的关，记着来找为师。"

于是他便真的下山云游去了，后来误食了一味剧毒的草药，被恰巧路过的舞阑绝所救，进了黎天联，又遇到红洺。他从来没怪过她，因为他晓得这同她没什么干系。

我想如果他没遇到杜若小仙，或许现在已经成了天界又一个高高在上的上神，清净无为，无欲无求。

于是我把这个感想同贪狼君说了，他丹凤眼中浮上戏谑笑意："若不遇到她，他还会遇到丁香小仙百合小仙，不管怎样，他都会成为诡天团团主穆谪而不是供万人瞻仰的上神穆谪。"

我望着炉里烧得发红的炭火静默了一会儿，问道："那你可打听清楚了，红洺为何要来行刺于我？"

他道："郡主难道还想不通？"

"只有一处未明。"

"黎天联为了那两把剑，怕是折进一半人手也甘愿，那红洺对穆谪情切，只怕他犯险故来行刺你。"

"确与我所想相同，只不过她不是呆傻之人，如何为了一人便要忤逆于舞阑绝？还用刺杀这等拙劣的手段？"

"她不是呆傻之人不假，却也不是冷静之人。在这之前她曾多次想方设法套得关于瑕蛊秘术之事，都无果。她必然是实在没法了，情急出此下策。"

接下来的日子过得极其安逸，阿端每天总不忘提醒我何处景色好，力谏我各处游玩，以致等我回过神来时，已是八月初一了。因虽则我嫁了，紫佛书尉却还是要当下去的，是以我同师兄将来的居所并不在他的清央殿，而在我的紫佛苑。侍女仆婢们由阿端带领布置新房，新房便是第三进正院里的琳琅居。我吩咐阿端，琳琅居里除了要清扫干净，把那些旧了的帘子，铺的盖的换新，其他陈设一概照旧。

其间秋窗来过一回，我留她吃茶，席间她看我的神情不太自然，末了柔声道了句喜递来贺礼，我望着沉甸甸的一只簪盒胆战心惊应了。

此后我忙于应酬各路亲戚们的拜访，待紫佛苑中茶叶告罄时，已到了八月十四。

我竟开始紧张起来，深秋天气，我独自在跨院一座小堂里，将四合的雕花木门都敞开，融进斑驳的花影和阳光，望着斜横垂下的一枝红海棠坐了半日。

下午我擅自去倾渝山看师父。师父的坟头上青草丛丛，我拂净碑上的尘土，三拜之后，取出随身的水囊，里头灌的是我亲手酿的梅隐香。我将酒倒进事先揣在袖子里的白瓷杯里，在坟前洒下："师父，明日我同师兄大婚，先请您老人家饮下这杯薄酒。"

我坐下来，仰头望了望满树的海棠花，道："您是如何预料到我早晚会知晓自己身世的？又如何预料到师兄迟早会舍弃掌门之位？"

有轻风拂过，头顶花树枝桠摇曳，连带着花影朦胧，玉石碑上光华流转。

"是了，您怕是及早便料到了，不然如何会在隐退之前就物色得了最佳的人选？"

"您从前说，世上之事，看似繁杂，实际左右不离其本，只要抓住一件事的因，就掌握了它的果，哪怕是千百年后。如今徒儿见识了。"

这么坐了不知多久，我在白瓷杯中倒满梅隐香，一饮而尽，放下时轻松道："师父可想徒儿陪您杀盘棋？蒙长辈们教诲，徒儿的棋艺已不像从前那般蹩脚了。"

我方欲从手中变化出棋盘与棋子，身旁冷不丁伸过一只手，夺了酒囊和瓷杯。那是一副苍色广袖，袖口绣着神鸟白鸾。我顺着那一副袖子向上望去，迎鼻撞上桃木的香气。戴欣长玉冠的青年手执酒杯的动作风雅潇洒，手一倾，带有梅香的清酒洒入黄土，执杯的手手指修长，关节隐隐泛白。

"在这种时候也敢擅自失踪，现在天上已经找你找得鸡飞狗跳了。"

我装作悠然道："哦？大人鬓发柔顺，衣着整洁，气质从容不迫气定神闲，看来天上鸡飞狗跳的着实厉害。"

他看着我没说话，脸上做出一副若有所思的表情，良久，他蹙起眉头，这么问道："你却不是……不想成这个亲了吧？"

我没想到他有此一问，愣了一会儿道："大人似乎，一向对我对这门亲事的看法甚是在意。"

八月十五一早我不过寅时便醒了，将锦被向上提了提，隔着纱帘望窗外流云冉冉，屏风脚底下的金兽头香炉燃着安息香，安静地吐出袅娜雾气。耳中蓦然传来十分邈远的一个声音。是谁在边弹琴边唱呢？

"夜漏渐长愁少睡，秋衣未制怯新凉。明朝却有欣然处，写得黄庭又几行。"

啊，对了，是娘亲啊。这般迤逦婉转，又这般哀愁决绝。这是娘亲住进渡梦楼后第一次在旁人跟前弹琴，那一日家内便宴，玉帝不知着了什么疯魔，偏要听娘亲的琴歌。娘亲推脱不过，弹唱此曲，父亲持金筷为我夹了一块猪蹄，冷眼看着娘亲一首曲子生生将一个家宴搞得气氛沉闷，惆怅无比。自此，玉帝再没提过娘亲琴弹得多么好了。

我在榻上挨了半晌，杂七杂八忆起许多事，直至阿端卯时进得屋来，柔声道："郡主，时候到了，请起身吧。"

　　我照旧又躺了半刻，道："叫膳房备碗鹅梨莲子粥罢，今儿个我想吃点清淡的。"

　　阿端先备好热水供我沐浴，采下新鲜的凤仙花瓣为我涂蔻丹。

　　四个内房侍女用金盘端来我的婚服，里外一共七层，据阿端说乃是玉帝钦点天上最好的工匠所做，全部是上好的真丝织成，几日前我曾见过一次，却不过寥寥几眼，已觉得华美非常，如今才得细细观赏，果真非同一般。第一层月白抹肚，第二层水绿内衫，第三层藕色暗云纹罩裙，第四层嫣红穿枝团花绣罗襦，第五层杏黄如意团花绣丝裳，系上绫罗锦绣玉带和半块青玉彩珠腰佩，而后是朱红的锦丝大袖拖尾衫，绣的是双蝶穿花图，蝶是彩蝶，花是牡丹。最后是缟素织金绣花披帛，上用金线绣出双鱼戏水纹，煞是好看。

　　阿端给我将发一绺绺绾好，戴錾花翡翠如意步摇的时候，我想，这一场婚事确比从前在玄青门时那场奢盛许多，可这锦绣衣冠下包裹的心，可还能像那时那般滚烫吗？

第三十章

阿端执意要在我额上描一只火凤，就像当日玄青门中那场婚礼时一般。我起先争辩了几句，最后依了她。

待一切收拾停当，已是正午时分了，晌午刚过，阿端同九个仙婢随我去第九天明善堂拜众位尊神。礼诗诵过，一一拜过，再回到紫佛苑时天色已晚，淡淡一轮月影已自天边捧出。

今夜八月十五，金桂袅袅，月痕清冷，云雾迷离。

酉时三刻，紫佛苑外仙乐声声，我明白时候已到，执起缂丝绣花牡丹团扇，举起将半张脸遮了，随着阿端为首的十对衣冠楚楚的仙婢开到紫佛苑门边。门旁两个侍女款款将门打开来，只见门外灯火昭昭，浩浩荡荡的神仙队列仙气卓然，排场着实令人惊诧。

打头的人身形颀长，着一身朱红衣装，身后列着仙童十对，玉帝的儿女们，我的舅姨，一个个锦衣玉带位列在后，再加上天上一众位分合宜的神仙们统统在场。门前停了一架由两只青鸾拉着的云车，亦是纹饰华美，气度不凡。

我向前走到师兄跟前，他将我望着，眼神里分不出悲喜。他牵过我空出的手，将我扶上云车，自己亦上来。仙婢们和仙童们各列车旁，后面一队神仙腾云在后，云车一路扶摇，直奔第九天繡顺堂而去。

其间他一直将我的手拢着，轻轻搭在云车上靛蓝的锦缎席子中间。半晌我的手便凉了，他的手却反常地温和，他望着我笑了一笑，眼睛里像沉着一汪秋水，又深又明亮。

纵然我将自己的半张脸都遮在团扇下，但我仍疑心他看出了我的眼神不似平常，于是他抬起另一只手，将我被风吹至脑后的一绺发重新捞到前面来，温存道："当日你自个儿求的玉帝，如今何以这般忧愁？"嘴角自然地勾了一勾："莫不是，莫不是嫌我这几日没寻你说话，你便不自在？"

我没来由的一阵战栗。

后头不知是哪两个神仙嚼舌根子，不巧声儿有些大，叫我听见了："郡主果真同左长令大人有旧，我从早便瞧出来……"然又有人咳嗽了两声，那人便没言语了。那两声咳嗽，听着有些像是十三舅。

师兄置若罔闻。他大约是觉得我冷，却殊不知虽同样沐着风，我举团扇的手却是暖的。他将我那只搭在车席上的手捧起来，仔细搓了搓，捂在胸口跟前。

因从前我的手即便是到寒冬腊月也是暖和和的，师兄的手倒常冰凉，是以他并不曾为我暖过手，想到此我忽而觉得可悲又可笑。

可悲的是我两个逾八年的这一段情谊，起先一直顺顺当当，在玄青门那段日子里，我两个无话不谈，我不快活时有人愿意不厌其烦地同我说话，我难过时有人能耐心地听我诉苦，在深冷孤寂的夜里有人陪着我，所以在这世上我即便无父无母，在华山那一方促狭的天地里，亦不觉得伶俜，只想着我生来便该是如此的。即便我没有师兄，师父也会将我照顾得很好，这世上许多事情我也会自己悟得，在漫漫的岁月里学会自己长大，可一旦遇见了这个人，尝到了这里头的好处，就不能想象如果没有他，我要如何过活。但如今，我竟能习惯了没有他的生活，径自长成这般模样。今日不过暖一暖手这等寻常事，我居然能感伤至此，天命究竟缘何厉害至斯，不久前还能互相调笑的两个人，怎么转眼就生疏到这等地步？

可笑的是我历了这诸多变故，却还能简单地以为，我两个成婚，即便举案齐眉相敬如宾，其余之事皆好调停。却没想天命这东西若果真如此慈悲，当初又怎么会谱那样一出大戏，于我最好的年华里泼下一头冷水？

师兄那一副红色袍袖上的云纹在桂花香里明明暗暗，我微微挣了一挣，轻声道："你当我是你的什么，呼之即来挥之即去？你现在这般对我，谁知道明天又会如何？我时常想，倘若我哪怕是你案上的一只砚台或一支笔，你大约也会对我比现在好些。"

我看见他眼中的光亮淡去。他轻轻搁下我那只手，淡淡道："我又何尝不想活得纯粹简单，如果能如此轻易就既往不咎冰释前嫌，那真是轻松太多了。"

眼里有滚烫的东西，把一双眼烧得红起来，我怕花了妆容，只得探身向前，垂眼欲将它滴到地上。

隔着一丈远的阿端向这边靠了一靠道："郡主身子不舒服？"

许久，我哑着嗓子道："……吹风吹得头有些晕，待会儿就好了。"

翩顺堂金梁玉瓦，堂前两列红漆麒麟灯柱上七十二盏长明灯光华灼灼，辉煌二字怎写得出其三分。

我同师兄携手上堂，堂内到场的神仙们纷纷起身相迎，秋窗亦在其中，向我点头道喜。各路神仙依次列坐，不几时，只听殿外有仙童唱道："玉帝天后到！"众仙齐齐下拜。

我私心里有些期盼着出现个什么人，亦或什么事将婚礼打断，可却出奇的顺利。

行却扇礼时，他用两手握住我的手，我抬头望他，缓缓移开团扇，看清我额上的火凤时，他略愣了一愣，抬起手来抚上我额角，那双手温润修长，宽大有力，曾经是雨夜里我最温暖的安慰，曾经将我护在身后让我逃过许多次危难，可也只是曾经罢了。随后沃盥拜堂，行同牢礼，其间广寒宫嫦娥端来她亲制的月饼，和着礼乐献舞。众仙好不尽兴，师兄面容冷淡，再没说些什么话。解缨结发，侍女将两绺发用红绳结起，装进一只嫣红流苏锦囊，我颤巍巍接过，好像手中拿的不是锦囊，而是一只扎手的茅草团。

礼节已毕，主婚人唱赞诗，玉帝在座上多喝了两杯，未下旨意下一步该如何。师兄道："君上同众位仙僚欢庆佳节，望准臣下先携郡主归去罢。"

玉帝没说什么便准了。

依旧伴着那十对仙婢和仙童，我两个自韡顺堂出来乘上云车，往紫佛苑归去。

琳琅居中春桃屏风映出灯火瞳瞳，龙凤高烛燃得明艳。桌上果品酒茶俱全，我倒了一杯茶在嵌珠金杯中，饮尽润了嗓，便搁下，拢了拢衣襟坐在红帐纱橱边，低头装作欣赏大红的锦被上的团花纹样。

师兄将玉冠取下放在桌上，道："你饿不饿？不饿就睡吧。"

我囫囵从金盘中挑了个月饼吃了两口，就再没动这些东西的意思了。遂胡乱把头上的首饰摘下来，用桌上一只木梳将头发顺了顺，瞥见师兄已洗漱完毕，将外裳脱了搭在旁边，身上一套中衣衫，我望了望自己的衣裳，心里无限愁苦，僵了半晌，心一横想不就睡个觉嘛，于是乎开始散披帛解腰佩。金饰玉带一件件被我卸在桌上，另将三件衣裳叠了，在自个儿身上留了三件，一件抹肚，一件内衫，一件罩裙，亦洗漱了，打着哈欠向纱橱走去。

师兄往旁边让了让地方，我爬上床垫，和衣缩在纱橱里侧。半晌我睁开眼缝瞥了瞥，暗自窝火，咳了两下道："怎么还不放下帐子？"

师兄回头看了我两眼，方放下纱帐，将锦被理了理，自己挪到床上躺在外侧。

　　我只怕他早晚要说些什么话叫我难做，于是翻身面朝墙，呼吸匀称，装作已然入睡。

　　好久他都没动静，我心想管他的呢，这一天忙里忙外忙得骨头架都快散了，且先睡个好觉，明天还有得闹腾的。

　　没想正半醒不醒的时候，师兄蓦地叫了声："阿故。"将我几丝游神牵了回来，我却疑心因为自己正晃荡在梦境边儿上，不晓得这个声儿是里面的还是外面的，干脆不理睬他，继续睡我的觉。

　　接着良久没声，又在我即将入梦之时开口，声音极沉，极轻："一年半以前，在惜魂殿后面那片竹林里，倘若我……"末了他叹了口气，倘若什么却没说出来。

　　我登时清醒了，一年半前在那片竹林里发生了什么我再清楚不过。

　　"哈。"我翻过身平躺下来，道："你要是在我被刚关进十音阁的时候说这话，我也还会听听。"

　　"是不是我已经不重要了，段温言。你知道凡界卓文君和司马相如的故事吗？"

　　他不答，我便讲下去："司马相如起先以琴歌《凤求凰》相邀卓文君，后来两人互结连理，本是一桩美谈，可后来司马相如入京做官，起了纳妾之意，卓文君作《白头吟》和《怨郎诗》，即便后来使他悔悟了，可你以为，他们还能像从前一般幸福吗？"

　　我轻笑了两声，道："就像如今，哪怕你已得到证据证明不是我，又哪怕我告诉你是我，又能如何？这一年半的光景还能忘了不成？"

　　"心已寒了，要一寸寸捂热，何其艰难。"

　　半晌，师兄忽然咳嗽了两声，翻了个身压低声音道："不累么？睡觉吧。"

　　龙凤烛缓缓燃尽，最终只剩两点火星。我记得小时候，有人同我说，喜房里的龙凤烛代表着新婚的两个人，哪一只先熄灭，就预示着哪一个人会先另一人离去，若两只同时灭了，这对夫妻便能相守白头到老。好笑的是，今次这两根烛却是同时熄灭的。

多年以后，穆谪问我是何时起了自杀的念头的，我没有告诉他是在此时。

我抓住锦被，觉得心里像潮水一样的悲哀一层层漫过胸口，好像溺水一般快要窒息了。我深吸了一口气，极力睁大眼睛望着纱橱顶的钩花雕木，用呜咽一样轻微的声音说道："我怎么就信了你在九珠帘亭上的那番鬼话了呢？说到底，你不过是个自私的骗子罢了。"

师兄忽然咳个不住，他用袍袖捂住嘴，翻身下床出去了，便再没有进来。

我没有注意到空气中隐约的血腥气。

那一晚我一夜没睡，睁着一双眼躺到天亮，窗外鸟鸣嘤嘤，我笑起来。

时候到了。

第七卷　一晌梦

第三十一章

我醒来时，听见邈远邈远的地方有人高声吟唱。

"浴兰汤兮沐芳，华采衣兮若英。灵连蜷兮既留，烂昭昭兮未央。"这声音忽而让我想起昆仑山雪原上最圣洁的冰莲。

紧接着是各种各样的声音，女人的哭嚎，竹笛声声，不知谁的吵架声，孩子的呜咽，晓鸡的啼鸣，我只能分辨出这些，因为有上万种不同的声音充斥在这一空间中。

我许久想不起自己处在什么境地。我已经死了吗？四周云雾缭绕，丝丝缕缕迷人眼，白茫茫一片，我什么也看不见。

啊，对了。记忆开始复苏，我记起八月十五那日之后的事。

八月十六一早，我收拾齐整，着那只信鸽带着我的条子去给穆谪，我在上面说情况有变，我要同他们联主面谈。因我想越快了结越好，就在条子上书了个大大的"急"字。

用早膳时，师兄没有来，阿端说他昨晚怕搅扰我安睡，在偏房中收拾收拾歇息了，她在外面听着里头要么咳嗽要么干呕，一晚上没消停。一大早一个近身伺候师兄的小仙官急火火携了一包袱药材和一张药方子到膳房叫煎药。今早师兄早朝亦告假，正在偏房中休息。

我于是放下汤匙道："找太医令看过了吗？"

阿端道："奴婢方才揪着那小仙官问了一问，他说是老毛病了，一直断断续续吃着药，时好时坏。我又问他到底什么病，他一开始道大人不叫说，他不敢多嘴。我多逼了几句，他才说是从前伤寒治的不及时落下点儿根。"

我寻思一会儿，道："待会儿我去看看。"

用完早膳我从抽屉里取出那一只小白瓷瓶，里头装着两颗夫诸族那场战役后玉帝赏的所谓调神养气的灵丹，我一直没舍得用，此时心想反正我这辈子也用不着了，俗语说一日夫妻百日恩，我两个好歹也做了一天的夫妻，百日恩固是不能了，不过幸而往日的情分还值得记它一记。

后来我想起这一段，觉得自己实在是个混蛋。

出了琳琅居来到偏房跟前，我刚欲抬脚进门，听见里面师兄的声音道："方才眯一觉好了许多了，去把我那一摞公文抱来。"

不知什么原因，我忽然驻了足。在门前徘徊半晌，偶尔两声咳嗽，我听得似乎没什么要紧，将那白瓷瓶搁在门里屏风边上师兄一定能看见的地方。师兄从前见过我这只瓶子，也晓得里头装的是甚，他见到，应会明白我来过。

巳时末我在渡梦楼上收到穆谪的飞鸽传书。穆谪此次果然神速，办事利落又周全，言道未时整于倾渝山上我师父的木屋旁会面，他带我去寻舞阑绝。

我以为甚好。

剩下的时间里我将诸事料理好，扒拉了一遍我在天上认识的人，发现竟没一个可以去告别，不由苦笑。

午时七刻我往师兄门内望了一眼，看见小瓷瓶果然被取走了，方欲走，又猛然省起似乎应当进去看他两眼，我反过来复过去望自个儿的手，这大约……是我最后一次见他了罢。

在确定左右没什么人看着后，我捏诀摇身变作一只白蝴蝶，翩然飞进房中，落在屏风顶上，朝里间屋探了探，师兄仍穿着昨夜那件白睡袍，右手袖口有些许血迹。他躺在榻上，眼睛阖着，呼吸绵长，已入睡了。

我方才放心地飞过去，盘旋几圈，极小心地落在他额角。

有那么一刻，我忽然很渴望时间能就此静止。

我回过神来时，已是午时九刻，我最后看了师兄一眼，慌忙化出人形，回房带上我的凉夜剑，嘱咐阿端道："日后若有人问什么，哪怕是师兄，也断不能将我同黎天联的事告诉他半个字。"

阿端懵懂应了。

我接着去了倾渝山，穆谛竟已等在那里，他穿着如往日一般的黑袍，扎着铜护腕，午后阳光照在那一张银面具上，硬照出清冷的光。他靠在一株梧桐树上，嘴里叼着一片草叶，见着我点一下头算是打了招呼。

我回道："容我瞧一瞧我师父罢。"

我在师父从前住过的小木楼中转了几圈，除去落在桌上的已经干枯的海棠花瓣，把摆在水盆中的茶杯重新抹净，同师父说了几句闲话，转身穿过数不清的凋零的海棠树，穆谛道："郡主今日同往日不同呢。"

舞阑绝没有将会面的地点选在黎天联，而是选在了距华山千里之外的玉屏山。据穆谛说，玉屏山上有一座草堂，是黎天联的一个据点。因得到我的消息，不过短短数时，黎天联在鬼族中的细作全部活动起来，再则加派了人手。

舞阑绝孤身一人在草堂中见我，穆谛候在外边。大约是因为到了最后时日，我面对着这个人，黎天联的联主，在他紫色双眸的逼视下，尚能不胆怯，不羞赧，流畅自若地说明我的来意。

我说的言简意赅，我已做好准备交付那两把神剑，只有一个条件，待他们杀了婳因，我便即刻将火凤召回，随即自杀。如此一来，我生前并没有将我血液中的瑕蛊秘术传给什么人，火凤被召回后，两把神剑归位，重新封印于第七天紫佛苑楼兰阁中，而我一死，这世上便在没什么人能解开那道封印了，谁也不用念想。

这便是我昨夜于琳琅居中拟出的计划。

对面的舞阑绝道："你不怕玉帝怪罪于你？"

我望了望堂外金灿灿的流云："娵因没了，你们黎天联也该散了，我给天界省了两桩心事，没让这两把神剑惹出什么麻烦，这样一来，即便没给玉帝打招呼就闹出这么大动静，也不愁他老人家动怒。而且，我也给我父母双亲报了仇，也了了我自个儿的一桩心事。"

我本想我死前竟能将那只火凤唤出来一回，也算值得，可到最后，老天没给前七个紫佛书尉这样的机会，亦没给我机会。

就在我同舞阑绝达成一致的当口，穆谪忽跌跌撞撞出现在草堂门口，神色仓皇："娵因死了。"

堂中一时静默。

舞阑绝猛然起身，连带着铃铛声一阵乱响："死了？！"

"方才红洺传话来，说刚刚死。依我所知，洺因前些阵子于百步崖一战中折了一半修为，落了个重伤，受了些毒，不巧这个毒激出了他积在体内的一个病根，听说死的时候很是不舒坦。"

"他死的时候，还让给您带句话。他说，他一直在等着您去杀他，最后没能等到，他径自死了，只求您，别拿他的妻儿撒气。"

我本想舞阑绝会很生气，你想一个人为了报仇集结起各方的力量，历时许多年做足了准备，付出了极大的代价，结果在万事俱备之时他的仇人忽然病死了，这个打击不是一般人能承受的。我感觉舞阑绝岂是拿洺因的妻儿撒气这么简单，搞不好他想整个鬼族都来陪葬。

但十分出人意料的，他竟只答了一句话："哼，便宜他了。"

后来有一天我问起穆谪此事的缘故，他是这么答我的，他说舞阑绝的前半生确然只靠着仇恨活着，以至于常常半夜提着剑在房梁上舞剑。后来他从伺候他娘的老奴婢口里得知，他娘在未结识他爹之前就与婳因有情，到死钟情之人也只有婳因。后来他对婳因的态度忽而转变了，要说不恨是假的，但至少不只当他是仇人了。无论是多大的仇，这几十年来也淡了，何况还有这么一层。往后他的复仇之心自然不似往日般火热，到最后只为求个自己心安罢了。我听罢唏嘘了两声。

穆谪仍去料理鬼族那边的事宜，我思前想后，心想罢了，如此一来为我省了不少事，人死恩怨两清，我的父母也可安心了。看来我最后一件事今日也必得了结。

于是我起身方欲同舞阑绝说一声便遁了，他竟叫住我："你刚才说要自杀，是为的什么？"

我没想到他有此一问，思忖一会儿方答道："我被困了。被困进了一个进退不能的境地，若要脱困，只有这一条路。"

他冷笑道："找什么冠冕堂皇的理由，你只是活不下去了罢了。"我愣了半晌，笑一声道："你说的不假，我是活不下去了。"

在这白茫茫一片不知名的所在，我回想起那日的光景。

承德君八千七百一十九年，深秋，八月十六，略有薄云。

在玉屏山一段景致颇好的山谷中，我深吸一口气，以我毕生的修为建起一个结界，为的是不被打扰。

界成一球，边界透明，坚不可摧。我独自进去，与外面并无两样，依旧有声音，有味道。这样很好。

我突然想起十四年前，娘亲将我交给师父的那个黎明，霞光万道，娘亲看我的那双眼睛，光亮照进去，宛如温润琥珀，纯洁，沉静。我想，我想再看一看那双眼睛。

结界施展出天幕的颜色，透明结界壁上渲染出蓝紫色的水泽，从一点漫到整个球形结界，像是师兄在花白的宣纸上晕开的墨点，从那只温润狼毫毛笔上落下的泪滴。以及随后凝起的点点荧光，宛如天上星子陨落的模样。

而后，我听到从背后来的脚步声，还有随之而来的桃木香，余光轻轻往后一瞥，便看到那人的一片衣角。他就在我身后。

"呵，真是执着呢。"

我听到身后那人紧接着叫了一声："阿故！"

阿故？这早就不是我的名字了。

我拔出凉夜剑来，摸了摸它握柄上的镂雕纹样，食指和拇指捏紧一弹，把我的修为都悉数注进剑里，欣赏着它的寒锋。我想我自来到这世上，活了十八年，虽则不过十八年，却自负尘世中酸甜苦辣都经历过了，如今我择了这条路，是实在没有办法了。

"听我说，阿故，我什么都信你，把剑放下。"他的声音听来十分疲惫。

听到这个我忽然大为光火，他这么说，让我觉得似乎他只是觉得我在吓唬他，他说放下我便可以放下。

我只感觉心里像是在烧，眼睛滚烫，于是一股骤风般的强力猛地将我执剑的手拽起来。可就在剑锋刺进我胸口的一瞬，结界突然剧烈地震动起来，我身后那人竟想要自破心脉来使结界瓦解。"把剑放下！我都信你！快放下！"这声音声嘶力竭，沙哑得几乎无法从喉咙中挤出。

彼时，直到我看进他的眼睛，才晓得我方才的想法有多荒唐。

我看向他的眼，中间仿佛隔着山千重，水千重。他眼睛红得几欲滴血，饱含浓重深刻的绝望。

结界一点点破碎，就像天空中下了一场晶莹的雨。

我第一次觉得我这十多年来过得实在糊涂，却没有什么时候比这时更清醒。我晓得我的时间正像抽丝一样流逝而去，而剩下的这一点点，至少是我攥在手心里的。

神仙因受外伤死时，在见血和死亡之间往往存在一个过渡，在这个时段，至少不会像凡人一样脆弱地气息奄奄。我紧紧攥住剑，勉力将它拔了出来，立时血如泉涌。剑上注满了我的修为，拔出来反能争取到更多的时间。我用剑撑着地面，妄图能不跌倒，可最后以失败告终，师兄在一瞬间冲过来接住了我。他血红着眼，脸上血色失尽，嘴唇苍白干裂。他紧咬着下唇，鲜血自嘴角淌下来，"吧嗒"滴在我领口。

我望着那一滴血渐渐渗进衣服里，将那只银线绣的兔染得血红。我在这一刻恍然大悟，师兄这些时的不对劲，他的咳嗽，他袖口常有的血迹，他周身渐薄的仙气，和如今的模样，不难看出是受了内伤，可笑我竟信了那一句伤寒未好。

可这时的我什么也不能做，只能尽力用双臂环住他的脖颈。他站起身来欲腾云，结果咳了两下险些摔倒。

"我啊……"

"别说话。"他声音急促。

我不理，续道："我这一世，欠你许多，带我见了酆都大帝……便向他讨个人情，来世，都与你还上。"

他终归没能腾起云来，只得朝山北走着，边道："你若果真想还我，就闭上嘴，跟我回去，哪怕把我所有的修为都拿来救你，也要把你医好。"我将头向他怀中埋了一埋，他胸口起伏得厉害，却道："不许睡。"我笑了一笑："我说的都是认真的，咳，这……须臾十八年的时光，多亏有了你。"

也不知是被石头绊着了还是怎的，他忽然一个趔趄，最终坐在地上。我蹙紧眉，几欲伸过手去为他擦干嘴角新淌下来的鲜血，就像在姮因的鬼阵中我对他做的那样，就像从白泽族回来的那个夜晚，他对我做的那样。手伸到一半却停住了，因为我看见他眼里染着一种深邃而沉重的颜色，不是黑，不是我见过的任何一种颜色，让我想起半夜时高高的轩窗上浸透着夜色的窗棂纸，想起华山师父从前的书房里，重重书架间，被遗忘在阴暗角落中落满灰尘的那只白玉簪。像是……像是灰烬般的颜色。

我可以为他抹去嘴角的血迹，却无论如何努力也不能为他抹去这颜色。

他低下头来认真看着我，眉头紧锁，眼中波澜起伏，良久，收紧双臂环住我，将头埋下来，抵在我的肩窝。

"我从没想过……你怎么能如此轻易地……？"说到这里他几乎浑身颤抖，"你怎么舍得？"

身子在慢慢变轻，鼻尖的血腥味渐渐淡去。天上飞过秋雁两行，我只来得及将一只手搭上他的背，睁大着眼，努力不让自己的声音被风吹散。

"寻一个真正能陪你走过这慢慢仙途的人罢，不要像我，半路把你丢下。"

第三十二章

我死后魂归地府，扎在成队的凡人中，沿着忘川河，徐徐向前。

两列是成串幽灯。远处一座石桥跨河而过，桥上一位绛衣妇人。

队中人神色各异，有衣衫褴褛的小童子，有互相搀扶的老夫妻。我身后一人自队中挤出来，口中道："姑娘借过，容我寻一寻我家顺儿……"

好容易挨到桥上，那绛衣妇人面容慈祥，大约见我周身依稀仙气，颔首道："这位系哪路仙者？"

我道："天族郡主顾翎安。"

她即刻弯腰行礼道："老臣孟婆。"

正此时，远处铜铃大作，行来一黑一白两个神仙，黑衣的手拿锁链，阴眉青目。白衣的手执铜铃，吊梢眼，眉目间笑意盈盈。见我双双行礼，白衣的道："小仙谢必安，见过郡主。"黑衣的方沉声道："阴阳司范无救。"

我从前听过他两个名声，略点头算作回礼。谢必安道："我兄弟二人原在凡界拿人，不想被我家君座急急召回来，说郡主您寿数未尽，派我两个将您送回去。"

"寿数未尽？这是何意？"

谢必安一笑，道："郡主请借一步说话。"

忘川河畔生了丛丛矮株小花，也不知是白色还是黄的。我随他二人绕开河向前去，四围黑魆魆阴恻恻。谢必安翻手变出一盏挺亮的小油灯，在前头带路，范无救拎着锁子跟在后头。

谢必安半回身道："我家君座往日里，曾受过一个人的大恩，迟迟未能还上。君座仁德，一直念念不忘。方才那人找到府上，要将郡主魂魄召回。阴阳司素来公正严明，若只是别的小恩小惠，君座亦不会允的。"

我听闻急忙问道："那人可是，可是天上的一品左长令大人段温言？"

他莞尔："非也。那人姓舞，叫舞阑绝。"

后面的事我记不太清了，只记得他们似乎让我进什么地方稍候片刻，他二人去去就回。

我在此等着，听着四围各类杂乱的声响。不知过了多久，背后铜铃叮叮咚咚，我回身，见一黑一白二人正朝这边行来，打头的谢必安松松抱拳道："郡主久等。"

我问道："此乃何处？"

他道："此乃太真镜内。"望见我眼神迷茫，笑续道："太真镜乃传说中一件宝贝，原是二十八万年前，太上老君所制，镜内集三千八百个幻世，取神仙生魂于内，依次至各个幻世历劫。明是历劫，实则调养魂魄，乃是养魂圣物。老君他老人家将此物赐给了他的徒弟五观真君，五观真君应劫而去后，这面镜子辗转流落不知去向，如今小仙才晓得在我家君座这位恩人处，果真稀奇，稀奇。"

确是奇事，我边咂舌边道："要历完这三千八百劫，须得几年？"后头的范无救面无表情望着我，谢必安道："镜中时光与外界不同，历完三千八百劫，便好似过了千百年，实则镜外不过短短五年罢了。"

我叹了口气。即便五年，我也嫌太长，我怕五年后我从此处出去，师兄已无心寻我了，若如此，我即便出的去，又有什么意义呢？

不如死了的好，难不成我刚一出去就再被一剑结果了不成？

谢必安从袖中掏出一块玉符，口念咒符，玉符忽而腾空而起，化作一道金光闪闪的屏障，高似门扇，宽似屏风。随即他道："郡主年纪轻轻来至地府，生时必有些化不掉的仇解不开的怨之类，只是这三千八百个幻世非比寻常，郡主历过，想必想再有无法释怀的心结和执念也是难。比若我兄弟两个，在昆仑山还是一汪海子时便在阴阳司供职，押送过的魂灵数不胜数，做凡人时那些个尘世的恩怨情仇，如今看来，亦不过渺小似一粒尘埃。"

我心想却也是，即便我再要回去，也不过是投生转世，不如且历这三千多个劫再看。

我走进那一片金光中时，铜铃叮当，眼前铺展开一条深巷，孤灯幽幽，夜雨绵绵，偶有犬吠，在冷雨滴在发鬓上时，我发现自己变成一个小孩子，穿着素色衣裳，手里捏了半块冷掉的馒头。法术一概施展不出，我走到街边一户人家檐下避雨，看着街对面一家卖谷子的店家收摊掩门，远处马蹄声如疾风，声音凌乱，由远及近。

我不晓得将会发生什么，原先的记忆缓缓淡去，我发现有新的，一段段的场景灌入我脑中，在记忆完全更替之前，我的最后一个念头是：前路漫漫，我一定，要坚持下去。

所幸这一天终于来了，我捻着白色广袖缓缓落在太真镜内莹白色的平地上时，觉得自己仿若新生一般。

在镜中的这段时日，于每个幻世辗转更替的间隙，我时常在刚刚经历的故事与往日的记忆之中流连。经过这些故事后再重新审视从前的种种，我忽而发现，且体会到了许多不曾发现，不曾体会的东西。一些未解开的谜团，这么看来也都变得透明易懂。我想师父之所以能洞察先机，大约也是因怀有类似的领悟。

若说我死的时候尚有犹疑的态度，那么现在我才终于释然且澄明，我心里唯一的想法便是出去找到师兄。

此刻镜中万籁俱寂，与我初来时的喧嚣大相径庭。不知哪里飘来轻微的声响，像是水壶在炉上颤动发出的叮叮锵锵，还有沸水的咕嘟咕嘟。我循着声音的来源缓缓朝某一个方向走去，忽见地上一块东西正灼灼闪光。我拾起来，发现是一只玉符，五年前，谢必安曾用它为我打开了第一个幻世的门。

说来也奇，我方将它拾起，手指触碰到雕刻在上面的流云纹样，它便突然绽放出耀眼的金光，金光铸成一面人高的镜子，某种力量促使着我走向它，穿过它。

睁眼望见头顶未雕琢纹饰的房梁，我躺在一张素榻上，榻上不知被施了何种法术，冰凉冰凉，寒气丝丝。榻置在一间尖顶房中，房间并不宽敞，三面开了轩窗，榻边搁了一张琴桌，上面懒散放着一只酒杯，一只酒壶，和一张漆琴。旁边一只架子上列了几十册书，皆是游记传记之类。最醒目的是正对着我床榻的一张长桌，桌上摆了一面装饰华丽的镜子，镜框上镂刻着许多神兽，皆栩栩如生。

角上有一架通向下层的木梯，我瞧见榻边上搭了一件苍色毛斗篷，于是披上站起来。一开始腿有些麻，我扶着墙缓缓走向木梯。煮水声从梯下传来。

我走下来，在最后一阶上顿了足。谢必安同我说，求酆都大帝将我的生魂提回凡界的人是舞阑绝，所以当我看见穆谪正在窗边煮茶时，甚至没有感到一丝惊讶。

"穆谪。"我叫他。

他的身影一顿，过了许久，猛然转过身来，语气含着试探："……顾翎安？"

我边点头边走向他，落坐在他对面，用下巴指着茶壶道："帮我倒一杯罢。"

穆谪看了我一会儿，道："可有哪里不舒服？"

我从旁挑了一只茶碗，又伸手去拿茶壶，笑道："大约躺的得久了，只是略微有些不适应，无妨。"

他愣了一瞬，夺过我手中的茶壶和茶碗，倒了来递与我。

我问他我死后都发生了什么，他回想了一会儿，好像这五年中发生了不少事，末了才以一声叹息开口道："八月十六那天，我听联主说你要自杀时吃了一惊，慌忙赶到玉屏山时，独剩了一摊血迹和你的剑。我猛地想起幽冥府的酆都大帝欠了联主一个大恩，遂求联主去幽冥府走一趟，将你生魂提出，放在联主的太真镜中调养。"

我将茶杯放下道："你为何救我？"

他转脸看向炉上的水壶："一是为往日情分，二是，我于你有愧。"

"愧？你有何愧？"

他垂下眼睛，一只手抚上右脸的面具："浣颜本名叫作颜绘，是黎天联赤天团原团主颜正息的孤女，颜正息原也是个神仙，可生下来她来，不知怎的，竟如同凡人一般。黎天联并不是修行之地，她一直未能修得仙身，只于一些奇门异术上有些造诣。后来她长到十四岁上，心性却不似寻常孩子般单纯。颜正息死后，为那两把神剑，联主将她派去玄青门当细作。"

他望着我，似乎在探究我的神色。我也确实震惊得不能自已，扶住桌沿不让自己栽下去，强撑着看他，他眼神坚定，我晓得，他说的都是真的。

从前在华山时，我曾做过多种猜测，却唯独没想到这一种。

穆谪缓了一缓，喝了口茶续道："后来赵易制了一种药，说是可以解开你的封印，于是费了好大周章将你抓去决凌宫，喝了五六天的药，却没有什么实质的效用，只得将你放了回去。那时候，浣颜已经成为你师兄的徒弟，住进了惜魂殿，联主就命她施术法获取你师兄记忆里的符咒。出乎我们意料的是，浣颜在惜魂殿住了些日子，竟喜欢上了你师兄。起先她处处隐瞒，推说你师兄警觉性极高，况彼时你师父还住在惜魂殿，她找不到机会下手。一拖就是一年多，联主起了疑心，方开始派人监视她。直到那次，你师兄被困进　因的水阵，她去求苏少被我们发现，联主当即大怒，许了她最后一次机会，她却最终没能成事。为免节外生枝，联主钦点了我去杀她……"他说到此处抬起眼来，看到我的眼睛时忽然顿住不说了。

我此时心情岂惊愕二字形容，扣住他搭在桌上的手臂，嘴唇哆嗦半天才吐出成个儿的句子来："你……你却是在骗我。我不相信。你怎么可能会岳楼剑法？"

"一套剑法，即便传的人再少，只要这世上有人还会，有人还用，谁又能保证它不会泄露？我是苏子鸣的同门师弟，我师祖是当年玄青门第十八届掌门的旧友，他创制岳楼剑法时，我师祖曾与他商讨招式，绘了一卷草图，便是岳楼剑法最初始的模样，即便后来这套剑法一改再改，精髓却没变。师祖将这卷图遗落在山上书阁的一只匣子里，我有一日奉师父之命寻一本古书时，恰巧翻到它。那时师父亦不知道其中来历，只晓得是师祖的手迹。因那卷图潦草不堪，师父见我有兴趣，便赐予了我。"

"我拿着它在房中端详半日，发现卷首记了一行极小的字，大约交代了此卷的来由，我那时年少，不更世事，也并未在意，自己照着卷图摸索着练。当时功课也不紧，闲时便练习，大约过了半个月光景，师父见我练得有些意趣，扯过草图来指点了我几句。我这套剑法虽没受过什么正统的教导，到底常年用下来，也悟到了些心得。"

穆谪这般性子的人，难为他今日说这么多话，这些话虽句句都似惊涛骇浪，但我明白，自他说有愧于我，这后头的话便都是坦诚的。

我将眼睛转向窗外，道："穆谪，你可知道，我在太真镜中都经历了什么？"不等他回答便顾自笑道："我曾遇见一个小姑娘，是官僚家的千金，若不是因家人一时疏忽被拐走，本该被父母捧作掌上明珠，一生平顺安稳。她被拐后，给卖到一户人家里做扫地奴婢，几年后主子死了，她差点给活埋陪葬。后来跑出来，走投无路，只好去酒楼卖艺糊口，每日的饭食也不过几口薄粥。没过多少时日，酒楼倒了，她又让一个官宦家捡去，因生的颇有姿色，被派去这家人的仇家当诱饵，做着最危险的工作，整日战战兢兢，如行在刀尖上，朝不保夕。最后她主子终于扳倒了仇家，派人去仇家纵火，竟连一个逃跑的机会也没留给她。她葬身在了那场火事里。"

"在这三千八百个幻世里，我在田里种过地，在大户人家的厨房里刷过碗，在皇上的朝堂上逞过口舌之能，也曾在大街上卖过白菜。比起凡人在无休无止的战乱中颠沛流离，在污浊混乱的市井中疲于奔命，神仙的生活实在过于悠闲，也过于漫长，我们有几乎无尽的时间来化解矛盾，渡过劫数。喏，我现在回头看从前的事，有些场景已经不再那样扎眼，有些话也不再那样刺耳了。"

"所以我并不怪你，因为这并不是你的本意，这与你无干。"我说完这一番话，觉得浑身轻松。

窗外不知何时开始飘雪，雪色映在穆谛银色的面具上。他张了张嘴，想说什么，却终归没能说什么。

我没有为难他，喝了口茶，问起关于师兄。

穆谛说，这也正是他想告诉我的另一件事。师兄那日回天上后抱病告假了近一年。天界在我死后不久就传出消息，说楚城郡主隐退山林，这消息来得唐突而蹊跷，也没有过多细节上的赘述。

穆谛觉得此事因他而起，自当由他了断。所以，在我死后一年，他约师兄在昆仑山上这座专为我养魂而建的塔楼中见面，并如实告知师兄事情经过。还告诉他，四年后，我便会回来。

他说师兄那天在听他讲述时手几近颤抖，复杂的情绪溢于言表，却始终没开口打断他，听完后沉默了许久。当师兄看到那面镜子时，他说他会等我回来。

　　我走时昆仑山漫天大雪，穆谪倚在门槛上，问我今后打算如何。

　　我道："不如叫师兄辞了官职，同我找个山头隐居罢。"这么说着，自己玩笑了一回。

　　往后的日子是往后的事，不急在一时。如今我只想，待见着他，要把自己这五年来经历的故事，一桩桩一件件都讲与他听。